中国作协 2015 年重点作品扶持项目（纪实文学类）

威海，中韩交流的门户

杨机臣　著

山东大学出版社

图书在版编目（CIP）数据

威海，中韩交流的门户/杨机臣著. —济南：
山东大学出版社，2020.6
ISBN 978-7-5607-6632-4

Ⅰ. ①威… Ⅱ. ①杨… Ⅲ. ①纪实文学－中国－当代
Ⅳ. ①I25

中国版本图书馆 CIP 数据核字（2020）第 097764 号

责任策划：姜　明
责任编辑：姜　明
封面设计：张　荔

出版发行：山东大学出版社
　　社　　址　山东省济南市山大南路 20 号
　　邮　　编　250100
　　电　　话　市场部（0531）88363008
经　　销：新华书店
印　　刷：山东新华印务有限责任公司
规　　格：720 毫米×1000 毫米　1/16
　　　　　22 印张　210 千字
版　　次：2020 年 6 月第 1 版
印　　次：2020 年 6 月第 1 次印刷
定　　价：58.00 元

序一

国之交在民相亲

张蕴岭

朋友拿来杨机臣先生一包厚厚的书稿，说是让我看看，写个序。我当是一部学术著作，就接下来了，打开翻阅，才发现是一部“纪实文学”书稿。知识分子爱面子，既然接下来，要是把书稿退回去，实在下不了决心，于是只好静下心来阅读。

真是“开卷有益”。初读一遍，感到颇有收获，学到很多知识，特别是增加了我对威海与韩国关系的了解。对于我这个喜欢威海、把威海当家、对中韩关系颇有感知的人来说，与此书也算是有了一些缘分。

杨先生为写此书下了很大功夫，纵论古今、追踪调研、以实为据、以情叙事，把威海与韩国的源远流长关系放在历史长河、家国情怀与人间亲情的视野下叙写，细细读来，耐人寻味。

中国与朝鲜半岛山水相连，数千年来，双方相伴相依，建立了“割不断，打不散”的特殊关系。在历史长河中，虽有过节，甚至冲突，但“山不转水转”，联系从未中断。即便是在政治的寒冬季节，民间交往也“暗流涌动”，长期共处结下的情谊不等冰雪融化，便催生发芽，一遇春风化雨，就快速生长起来。从杨先生书中的故事里，我们可以看到中国与朝鲜半岛人民这种非同一般的情理基因。

在近代，中国与朝鲜半岛的关系经历了巨大的转变，历史关系的根基被破坏。二战后，本该回归正常的关系又被冷战割裂，朝鲜半岛南北两立，不仅朝韩对抗，中韩也成了敌手。直到冷战结束，才迎来了中韩关系的春天。两国正式建交后，关系有了突飞猛进的发展。

中韩建交并非突变。实际上，交往的种子早就发芽，穿梭于两国民间交往的人士忙个不停，即便官方，也是不断暗地里递送“秋波”。这是杨先生书里对我最有吸引力的章节，一个个动人的故事，那么多不辞辛劳奔波的人士，足显中韩关系内在的深厚底蕴。

威海是中国离韩国最近的地方。由于“一衣带水”的缘故，威海与韩国有着特殊的近情、亲情，古往今来，有说不完的故事。正因为如此，在中韩关系发展中，威海总是走在前面。

早在1990年中韩建交前，就有了威海至仁川的“金桥”

轮客货海上航线，真可谓中韩关系发展的“金桥”。中韩建交后，威海成了韩国企业家来中国投资最集中的地方，威海在中韩自贸区中获得了特殊待遇，以至于单立条款，赋予威海与仁川建立先行试验区的权利……

如今在威海，沿街遍是韩餐、韩店，若想吃地道的韩餐，不用去韩国，在威海即可。国之交，在民相亲。在威海，最能感受到的是中韩人民间的友情、亲情，由于都是黄皮肤，在街上行走，到餐馆用餐，很难分出谁是中国人，谁是韩国人。

做梦也没有想到，我与韩国、与威海结下了不解之缘。

早在中韩建交前，我就应邀到首尔开会，谈的是冷战后朝鲜半岛问题。那时，美韩专家都预测，朝鲜会很快“垮台”，只有我提出，朝鲜不会垮，他们有些不信。

中韩建交后，韩国成了我访问最多的国家之一。我对韩国实现快速经济起飞很感兴趣。1997 年，我主编了《韩国的市场经济模式：发展、政策与体制》一书，是国内较早系统研究韩国经济发展的专著。

后来，我作为中方代表参加由韩国牵头的“东亚展望小组”，几次受到金大中总统的接见。

再后来，我被任命为由两国领导人提议组建的“中韩联合专家委员会”的中方执行主席，在历时 4 年的工作中做了不少对推动中韩关系发展有意义的事，还担任了中韩友协副会长，参与创办山东大学与韩国高等教育财团合作举办的“山东论坛”。

近年来，尽管由于年龄的原因，减少了出访频率，但韩国还是经常去，大多是参加会议，在国内接待最多的也是韩国的朋友。

我的祖居在山东济宁，孔孟之乡，离黄海之滨的威海千里之遥，不过，“齐鲁一家”，在威海还是有乡情之感。我与威海缘分也并非自作多情，山东大学在威海成立韩国学院有我一份参与。2014 年，我被聘为山东大学一级教授，落地在威海，在山东大学韩国学院基础上成立山东大学东北亚学院是我的倡议，也有我的投入……

在这里有事干，找得到感觉，我由此萌生了在威海“落户”的想法。在得到夫人的支持后，我在这里买了房子，威海成了我们的家，我们成了威海人。

威海吸引我的不仅是无际的大海、清新的空气，更是因为我们把建设一流的山东大学东北亚学院作为理想和追求。孟子曰：“求则得之，舍则失之。”我相信，只要齐心努力，这个理想和追求，一定能够实现。

杨先生是老威海，有很深的威海—韩国情结，他是用心写的这本书，精诚所至，令人钦佩。说实话，我这里写的并非书序，只是读后的一点感言罢了。

（张蕴岭，中国社会科学院学部委员，
山东大学特聘人文社科一级教授）

序二

致力于开发威海“第四张牌”的人

姚鸿健

记得几年前的一天，杨机臣兄跟我讲，《中国作家》约他写一部关于威海的城市传记文学，我隐约感到这是一项对威海关系重大的文化工程。之后，他就这部作品的立意、架构、写作手法与我进行过多次沟通，尤其是书名经反复商讨方确定下来。他又嘱我写序，我欣然同意，并想好了题目——“在中华最古的海上歌唱”，意在称赞机臣兄是对威海文化倾心倾情的人。遗憾的是我爽约了，后来我把这句话写成书法作品送他，算是聊补歉意。

大约两年后，饱含着机臣兄汗水辛劳和他对威海浓浓深情的、开传记文学一缕新风的精品力作——《威海，守卫中华最古的海》，正式出版了。作品出版前，主要章节曾在《中国作家》上发表，在文学圈内引起不小的轰动。威海市委宣传部、威海市文联专门为杨机臣作品召开了“海洋文学与海洋文化研讨会”，来自全国各地及威海本地的50多位学者与作家出席了会议，大家踊跃发言，对杨机臣新作给予了充分肯定，对海洋文学与海洋文化的创作与发展发表了许多见解。

我有幸也参加了这次会议，还作了“威海的文化源头在大海”的发言。当时参加会议的只有我是个“圈外人”，按常理应只听不说，但机臣兄对威海文化的执着精神让我无比崇敬，因此我又有话想说、不能不说。

我知道，自己人微言轻，写与不写、说与不说，都对机臣兄及其作品的社会影响没有多大关系；但我也深信，机臣兄早已把我认作道义上的朋友与事业上的知音，我的写与说，他是很看重的。

正是在这次研讨会上，机臣兄在李炳银老师的指导下，又提出了创作一部以威海为切入点、反映中韩关系历史的作品。他的设想引起了与会者的广泛兴趣，于是，中国报告文学学会将其列为年度选题报批国家扶持作品项目，并获得审批通过。

这次会议刚一结束，机臣兄就不辞辛苦地穿梭于威海官员、老渔民及中韩商人之间，做了大量的访谈，搜集了许多有关威韩之间交流的第一手资料。他对这些资料以及多年积累的中韩关系方面的文献史料加以条分缕析、融会贯通，于2016年下半年，写成了《威海，中韩交流的门户》这部书稿。

“听凭岁月随流水，依旧豪情似大河。”机臣兄已退休赋闲，本应过着寄情山水、访亲会友、颐养天年的闲适生活，但他壮心不已，依然钟情于威海这片土地与大海，依然醉心于威海的历史与文化，依然漫行在文化之旅中辛苦且快乐着。从太阳文化、东夷文化、文登学文化到甲午历史、英租历史、红色胶东历史，他无不广泛涉猎、潜心研究。平时好友聚会，一提起威海历史文化的话题，他马上就会眉飞色舞、滔滔不绝、如数家珍，仿佛整个人都年轻了 20 岁。

越是地域的，就越是民族的。机臣兄是中国作家协会会员、中国摄影家协会会员，但他生于威海、长于威海、工作于威海，是地地道道、货真价实的威海本土作家、摄影家。他的作品，无论是文学还是摄影，都有两个显著特点：以纪实性为手法；以威海为题材。如，他出版过 3 本散文集：《我的威海湾》《海隅印记》《别了，庄士敦》；还有 3 本大散文写实丛书：《威海背影》《威海人家》《威海，守卫中华最古的海》；在《中国报告文学》《中国作家》等有影响力的刊物上发表了一系列中长篇纪实作品：《由一人弓到四个军》《拯救威海的记忆》《一个苏格兰家庭的威海探祖之旅》《被遗忘的 15 万“一战”华工》《威海人与香港警察》等，林林总总，无不是与威海历史有关的纪实作品。至于他的摄影作品，更大多以威海的渔村、农家为题材，透出清新的海味与原本的乡情。

2018 年 6 月 12 日，习近平总书记视察了胶东（威海）党性教育基地刘公岛教学区，我有幸面对面向总书记作解说汇报。事后有记者问我，“您最大的感受是什么？”我说总书记视察威海，为威海揭开了一张历史文化牌。在城市间发展角逐上，每个城市都在努力寻求、打造有自己个性的品牌。直白地说，个性就是“与众不同”。个性找准了，就会有知名度、有竞争力。我之前一直认为威海有海洋、生态、开放（离韩近的区位）三张好牌，打好了这三张牌，就不愁威海的发展。总书记的视察，使我的认识有了提升，这就是：威海还有历史文化这第四张好牌。前三张牌是“老天爷”所赐，这第四张牌则是老祖宗给的。

与记者说到这儿，我猛然想起机臣兄，他在我心中的形象伴随着我对“第四张牌”的新认识顿时升华，不由得使我对他更增敬意。我敬他为拯救威海的历史文化，数十年如一日，乐此不疲。他耐得住寂寞——默默地“单打独斗”、无怨无悔；他忍得下辛苦——四处奔走、青灯黄卷；他也担得起荣耀——著作等身、硕果累累。我更敬他是致力于挖掘、开发威海历史文化这“第四张牌”并为其做出重要贡献的先觉先行者。

威海，不应忽视杨机臣先生为这方水土的血脉存续与光大而做出的努力；祈盼有更多的有识之士与机臣兄同行；期待“打好历史文化牌”成为威海的共识！

作为机臣兄的同仁与好友，能在《威海，中韩交流的门户》付梓之际，写下这些文字，把杨机臣其人其文介绍给读者，我倍感欣慰。

2018 年 10 月 13 日于威海鹤山书屋灯下

[姚鸿健，经济学教授，山东省胶东（威海）党性教育基地顾问，曾任中共威海市委党校副校长，中共威海市委副秘书长、办公室主任]

前言

唇齿相依，源远流长

杨机臣

一　悠久的历史见证

中国大陆和朝鲜半岛，西以鸭绿江、东以图们江为界，境土相接，陆上交通自古有之。但是，古代两地交通并不仅限陆路，海上交通也相对发达。山东半岛与朝鲜半岛隔海相望，将辽阔的黄海环抱其中，连接成一个大海湾。周边岸线曲折、港湾众多；湾中海产品种类繁多、品质优良。对于两岸船只和航海术都处于原始状态的古人而言，这片海域航程较短，且不受北极冰山和赤道飓风的侵扰，既便利也比较安全。朝鲜史前遗迹及历史上的名都大邑，大都分布在西海岸，便是古代朝鲜人和中国人通过海上密切联系与交流、共同创造东方文明的有力证明。

“大石遗迹”作为史前文化遗存，更能说明两岸原始人在这一时期的密切关系。有资料显示，山东半岛最东端有许多大石遗迹，凡地名中带有“石硼”字样的都确有石硼存在。如山东半岛东端的荣成古崖头集北四五里远的石门子就有许多石硼，其构造形式和布置行列，与朝鲜南部的石硼群都相同。崖头集东12里有儿女石，系一大石碣，其东面则有一大石硼，这种石碣与石硼共存现象，与朝鲜全罗南道顺天的情形完全一致。与山东半岛相似，辽东半岛也有大石文化，且都不仅限于半岛而向腹地深处蔓延。从大石名称和形制，还可看出朝鲜半岛与中国山东与辽东两个半岛之间的关系，朝鲜半岛南部与山东半岛关系密切，其中部和北部则与辽东半岛关系密切。那时，尚无“国家”或“民族”的说法，两地人民生活在同一海域的两岸，社会发展阶段相当，物质和精神文明水平也大致相仿。

远古名人箕子在朝鲜半岛的出现，开启了两岸人民共同创造史前人类文化的历史，也是中国商代就与朝鲜有着密切渊源的例证。箕子名胥余，是殷商末期人，他到朝鲜后带去了相对先进的商文化，这正适合朝鲜人民的需要，于是箕子便成了朝鲜国王，开创了箕氏朝鲜的新时代。历史上，商代在黄河平原存在了五六百年，因为交通上的方便，它广泛吸收来自西方和南方的文明，文化发展得很快。箕子把商文化带到朝鲜时，两地社会发展阶段相差不远，商文化与朝鲜人民的智慧相结合，大大推进了朝鲜文化的发展。箕子是朝鲜人民不能忘记的中国历史人物，直到中华人民共和国成立后很长时间，在平壤城西北有所谓“箕林”，即箕子的坟墓被保护着，并尊其为“圣地”。到齐、燕及秦代，箕氏王朝在平壤传了40多代，约计八九百年，比周代还要长些。其间，“朝鲜”一词常见于中国的文献记载，可见两地人民曾有着延续不断的往来。

秦始皇时代因暴政所致，一部分秦人从海上逃往朝鲜半岛南部。当时那里的马韩[①]将东部沿海一带地方划出来，安置这批海外流亡“秦人”。从此，他们生活在这里，以至形成了后来的辰韩。[②] 直到几百年后，他们还保存着许多中国话，如称“国”为“邦”，“弓”为“弧”，“贼”为“寇”，“行酒”为“行觞”，彼此相称为“徒”。由于这种鲜明的“秦人”语言，有人便称辰韩为“秦韩”。这足以证明，朝鲜人民自古以来就富有正义感及患难相助的精神，同时也证明韩国人血脉中流淌着中国人的血。

秦汉时代，中国和朝鲜已成为距离最近的友好邻邦。陆路和海路交通都很便利，两岸人民自相往来，以至由暂时迁移到长时间居留，随感情融合则由客居变成了土著。这种事实，在朝鲜半岛和中国大陆交互存在。特别是秦汉之际，朝鲜半岛处于新罗（前57～935年）、高句丽（前37～668年）、百济（前18～660年）三国鼎立时期，中国也因政局动荡，

① 公元前100～300年，位于古朝鲜半岛西南部的部落联盟，与“辰韩”“弁韩”合称“三韩”。

② 初为6国，鼎盛期12国。公元前57年辰韩建新罗，东晋时又被新罗国所分。

导致大批中国流民移居朝鲜半岛。史载，秦帝国崩溃前后，河北、山东很多人为逃避赋役和战争威胁，曾成群结队移居朝鲜。此间，作为一种政治力量，燕人卫满和千余流亡者避居朝鲜境内，袭取了朝鲜王箕准（前210～前194年），自己组织政权，建都今平壤大同江南王险城，统治着半岛上的中国居留民和附近其他民族，成为方数千里的国家。由此可以说明那时朝鲜半岛和中国的密切联系。

唐代是研究中朝关系最为重要的时期。特别在新罗统一的200多年内，新罗统治阶级参照唐朝的政治制度，建立了它的行政系统和组织。新罗人民在与西邻交往和谐的情形下，为中国大陆带来了所需要的物品与文明，同时也带回了他们所需要的文学、艺术、工艺等。新罗国内建立大学，设立博士助教，几代国王曾经举行亲临国学听讲的仪式。7世纪末年唐文学家张鷟的作品，9世纪初年唐诗人白居易的诗篇，在新罗都很流行，由此引发大批新罗人涌入中国求学。仅公元840年，从唐朝回国的留学生人数一次就达105人。这样，又吸引了很多的新罗人来中国居留。可以肯定，唐代是朝鲜人移居中国人数空前的时期。

五代宋辽金元是社会大动荡年代，黄海两岸受到巨大冲击。但是，站在历史和文化角度评价，中国和朝鲜王氏高丽①的友好关系依然呈发展和上升态势。王氏高丽历经475

① 公元918～1392年，朝鲜半岛古代国家之一，第一代王王建灭新罗、百济统一朝鲜半岛。

年，在其前300多年，无论政治、军事都是和后周、宋朝联合，共同抵抗契丹、女真、蒙古的侵略，同时也和契丹、女真、蒙古保持一定关系，用实力去争取和平，使这一时期中国和高丽在政治、军事、文化、贸易、农业、学术等诸多领域的友好交往有了较大突破。

在明代，中朝双方联合抗倭开创了唐代以后最好的时期。14世纪中期，朱元璋（1328～1398年）领导农民推翻统治者，建立大明王朝。同时，李成桂（1335～1408年）推翻高丽王朝建立了李氏朝鲜（1392年）。中朝距离相近、文化相通，彼此亲密友好，政治、经济、军事上形成互补和密切合作。中国北部情况复杂，朝鲜出来帮助解决，并供给一切需要物品。倭寇是中朝两国外患，双方深受其害，于是便同心协力、联手抗倭。

物极必反，盛极而衰。明朝时期中朝双方结成了血浓于水的关系，双方关系达到鼎盛状态，但到了清代，这种关系由盛转衰。随着鸦片战争的爆发，清朝国力下滑、内政外交陷入困顿，对朝鲜的一些要求力有不逮，双方关系开始疙疙瘩瘩、矛盾不断。1894年的中日甲午战争，给两国带来了悲惨的命运，也结束了中朝两国统治阶级的矛盾。虽然清朝统治者的腐败导致甲午国耻，但朝鲜老百姓对入朝作战的中国军队却表现得很亲热，大部队经过之处都有很多民众夹道欢呼、送茶供水。这说明中朝共同抵抗外患，是民心所向、国家利益所在。

中朝是一衣带水的近邻，源远流长的交往历史，自然而然地形成了两国间的唇齿相依关系。纵观历史，自唐代以来日本曾屡次大规模占领朝鲜，中国政府总是不顾一切出兵援救，屡屡粉碎了日本以朝鲜半岛作桥梁征服中国的野心，为两国人民赢得了生存发展的和平环境，增进了双方感情和友好交流。反之，唇亡齿寒、灾难深重，甲午国殇就是例证。不过这种历史现象，在上下五千年历程中还是个别的，友好与合作才是主流。

自古以来，在主要历史时期内，黄海两岸人民来去自由，包容相处、融为一体，结下深厚友谊。特别在战乱和灾难时期，中国大批难民迁徙朝鲜，总得到他们的包容和善待。有史可查，到东汉时期，住在朝鲜半岛的中国人口已成规模。据《后汉书·郡国志》载："乐浪郡，十八城，户六万一千四百九十二，口二十五万七千五十。"[①] 这 25 万人虽然不能肯定全是中国人，但中国人占大多数。他们中间大部分已定居不动，自然也加入朝鲜民族中。

1913 年，朝鲜平壤大同江对岸的土城，在地下发现了秦朝的"半两"、汉朝的"五铢"及王莽时期的"大泉五十""小泉直一"等古钱，又找到"乐浪礼官""大晋元康"的瓦当以及乐浪太守和乐浪郡各县令长的封泥。说明了汉晋乐浪郡城的故址所在，证明了从汉代至晋代彼此间经济上的联系。

亲望亲好，邻望邻好。山东半岛最东端的威海（包括文登、荣成、乳山）与韩国隔海相望，自然是中韩两地人民交

① 《后汉书·郡国志》，中华书局 2000 年版，第 2408～2409 页。

流的重要门户。黄海，是两岸人民最重要的赖以生存的资源。自古两岸人民就在这片海上捕捞谋生，在这片海上互通有无，在这片海上互助救难，在这片海上互学相长。只要黄海不竭，两岸人民就会薪火相传、交往不断。在威海，至今流传着两岸百姓共享“一条船上的鱼、一挂网里的虾”的说法。由此证明，两岸关系历久弥新。据史书记载，《管子》一书提到的“朝鲜之文皮”，是有着美丽斑纹的虎皮和豹皮。中国最古的辞典《尔雅·释地·九府》也记载说“东北之美者，有斥山之文皮焉”。这里所说的“斥山”，即今天的赤山，在威海荣成的石岛湾。赤山是一个很小的山，在海边上，不出虎豹，之所以特别出名，缘于它是一个海口。赤山港和朝鲜一水之隔，到 9 世纪还是北部中国通朝鲜、日本的重要口岸。可见在春秋战国时代，朝鲜和齐国有着密切的海上交通及贸易往来。

威海与韩国文化同源，从大石遗迹到箕氏朝鲜，由三韩时代至李氏朝鲜，文化血脉相互渗透，形成两岸人民割舍不断的血肉联系。公元 7 世纪末，新罗统一，从新罗政府颁布的一切典制可以看出，其统治集团已深受中国文化感染。到 7 世纪中叶，新罗国国内男女就普遍推行中国冠服，从此半岛上的服装和中国没有区别。一直到宋朝，王氏高丽派遣的使节来到中国的首都，在殿门等候入朝时，宋朝担任接待引见的官吏，竟看不出他们是高丽使者。衣冠服饰在朝鲜半岛行用了 300 余年，两国人在外表上已完全相同了。同时，道教佛教在朝鲜半岛影响最深、历时最久。唐朝交通空前发达，与新罗佛教文化交流特别显著，成为朝鲜半岛与唐朝文化交流主流之一。当时，在唐代中国境内有很多新罗人来中国居住，甚至到中国来做官。到了高丽时代，又有许多中国人到高丽去做官，对此《高丽史》有很多记载。其中，最突出的是到高丽组织抗倭的一名官员叫罗世，“辛禑”（年号）（1363～1389 年）初年，在幸安山一战，他率众击溃来犯倭寇 1000 多人；在江华岛一战，他率众歼灭倭船 50 多只，为此被高丽王特封为“海道元帅”。进入现代，尽管半岛南北都出现过“去中国化”现象，但是，文化同源的历史和影响是抹不掉的。

二　共同抵御日本侵略

“唇齿相依，唇亡齿寒”是中韩关系的生动写照。中国大陆与朝鲜半岛作为命运共同体，在历史上双方一旦谁受到外域的攻击，另一方肯定会出手相助，因此两岸形成了兄弟一般的关系。这种记载不绝于史，信手可拈。据朝鲜史书记载，从 3 世纪初年起，常有日本海盗侵略新罗，5 世纪后最为频繁。在新罗、百济之间，有一个小国名叫任那（“三韩”中的弁韩），受日本控制，成了日本在半岛的侵略根据地。6 世纪中叶后，新罗兼并了任那，但百济与日本依然过从甚密，很有在半岛重建根据地的可能。为了彻底根除外患，633 年 8 月，唐朝出兵与新罗联军，同倭国、百济联军在白江口（今韩国锦江入海口）进行决战，彻底击败了日本，自此新罗解除了日本的军事威胁。明代万历二十年（1592 年）夏，日本好战头子丰臣秀吉（1537～1598年）对朝鲜发动侵略战争，意在吞并朝鲜、征服中国，曾狂言：征服中国好比卷起草席，挟在腋下。当然更不把朝鲜放在眼里。侵略者凭着筹备多时的锐利武器和兵众向汉城（今韩国首尔）一路杀来……战局一天天逼紧，汉城、开城、平壤三大都城相继失陷。此刻宁夏一带的哱拜（1526～1592年，明朝宁夏驻军首领）叛乱，牵制许多军队。此时，支援友国作战如救火。明神宗一道命令：命辽东游击史儒（史儒，生平不详，在明朝万历年间赴朝抗倭，首战因地形不熟、寡不敌众殉国）防守义州，速出兵3000人渡江作战。因其轻敌冒进、兵数太少，首战失败。朝廷非但不气馁，反而更加振作，再派精锐部队赴朝作战。当年腊月，援朝作战部队集结山海关，即日誓师入朝。中朝联军浴血奋战，历时5年，收复了平壤、开城、汉城三大都城，结束了抗日援朝战争第一次战役。

万历二十五年（1597年）二次再战。中朝联军于稷山对日军连战连捷，日军惨败溃走，战争胜利已成定局。次年，三路陆军进兵日军。这时丰臣秀吉已死，顽固好战的继任首领并不服气，还扬言要打到辽东去。最终，战事结束于獐岛（位于今中国丹东市北井子西南部）附近的海战。日军大崩溃，参战的500只船舶仅逃回去50只，最终结束了朝鲜半岛长达数年之久的抗日战争。中国为此役增赋募兵，支出一大笔军费，损折一大批人马。然而，胜利后一面安慰朝鲜，一面撤兵归国，毫无利益诉求。这种血肉相连、不可分离的情怀，奠定了中朝人民长久友好的根基。

中日甲午战争后，日本占领朝鲜半岛，大韩民国临时政府于1919年在上海成立，被称为“韩国民族独立运动的圣殿”。在上海，大韩民国正式废除君主制，成立民国；选举出了大韩民国历史上第一任总统、第一任总理以及第一任所有部长级长官；先后召开了大韩民国历史上第一次政府代表会议，成立了大韩民国历史上第一个议会，通过了大韩民国历史上第一部宪法。这是一条中韩友好世代传承之根，经过精心呵护，风雨之后必将根深叶茂、果实累累。中韩建交以来所有韩国总统必莅临上海朝圣。

甲午之败，半岛沦丧，激励中国人民、朝鲜人民奋起救亡图存。积极开展斗争，争取民族独立与解放，成为中朝两国人民的共识和选择。1926年，朝鲜共产党在中国东北设立了东北总局。1931年9月18日，日本帝国主义强占中国东北。中国人民与朝鲜人民团结在一起，打击共同的敌人。抗日战争中，朝鲜人民在华东、华中、华北等地区，与中国人民并肩作战，包括流亡中国的大韩民国临时政府所领导的抗日武装在内，结成广泛的中朝联合抗日战线。以金日成为代表的朝鲜共产党主要在中国东北一带，向苏联靠拢；以李承晚为首的大韩民国临时政府设在上海、重庆，与中华民国政府靠近。正是这种不同政治力量和地域的南北之分，为日后半岛上的南北对峙形成了某种暗合与铺垫。

近现代以来，导致半岛南北对立、中韩关系紧张以致呈现敌对趋势，一个重要原因是域外势力插足。地冻三尺非一日之寒。朝鲜半岛南北分歧由来已久，矛盾根深蒂固，引发中韩关系由不稳定到日益对立。韩国名称起源朝鲜历史上的“三韩”，后演变为朝鲜、朝鲜族之别名。1910 年“大韩帝国”灭亡后至二战后朝、韩分治形成前，“朝鲜”与“韩国”的两种称谓多混用。《日韩合并条约》签订后，日本占领朝鲜半岛 30 多年。1945 年日本战败，朝鲜被盟军解放，根据雅尔塔会议议定，朝鲜半岛由中国、美国、英国、苏联四国盟军共同占领。由于国共内战，蒋介石无力出兵管辖朝鲜中国占领区，英国也因国内战后经济恢复，没去朝鲜，朝鲜则由美国和苏联两国占领。按《波茨坦公告》规定，苏军进入半岛北部，美军登陆进入半岛南部。美、苏以北纬 38 度线划分半岛南、北分界，南部在美国支持下成立大韩民国，北部在苏联支持下成立朝鲜民主主义人民共和国。南、北建政后，双方都声称自己才是朝鲜半岛上唯一合法政权，都试图以武力来“统一”对方。1950 年 6 月，朝鲜战争爆发，美国纠集所谓联合国军入侵朝鲜，严重威胁到新生的中华人民共和国的安全，中国遂组成抗美援朝志愿军赴朝参战。由此，中韩长期处在相互隔绝状态，“鸡犬之声相闻，老死不相往来”，即使在国际多边场合碰面，也是一副相互视而不见的姿态。

三　重启中韩交流的门户

朝鲜半岛历来风云变幻、动荡不安，中韩坚守睦邻友好至关重要，守之则安、弃之则乱。朝鲜战争结束后 30 年弹指一挥间，经过时间发酵，半岛关系北热南冷表面依然，内部坚冰却已悄然开始融化。中共十一届三中全会后，为消除对立、扩大开放，中共中央成立了对韩工作领导小组，并下设工作机构。这一动作立即引起黄海东岸的回应。1988 年3 月，韩国新当选总统卢泰愚派韩晟昊、吕其本、张锡九等三人绕道香港秘密访问山东，为改善中韩关系投石问路。此举很快得到太平洋对岸的响应。三个月后，一个名叫毕鉴国的在美国定居的威海籍华人，由美国飞威海转道中国香港到韩国，秘密探索如何打开中韩民间往来的大门，恢复威海与韩国中断了近半个世纪的海上通航。从此他多次往返三地，跑了无数腿、磨了很多嘴，为威海与韩国东源水产株式会社牵线，并多次参与双方合作经营“金桥”轮的前期谈判。威海市在山东省大力支持下，耗神费时数年之久，1990 年 9 月 16 日终于开通了这条航线。从此，结束了中韩近半个世纪不接触、无往来的历史，加快催生了中韩两国正式建交。

1992 年 8 月 24 日，中韩正式建立大使级外交关系，结束了长期互不承认和相互隔绝的历史，开启了经贸和文化合作的新时代。

2004 年 11 月，时任国家主席胡锦涛与韩国总统卢武铉在智利参加的亚太经合组织（APEC）峰会上，共同宣布了启动中韩自贸区民间可行性研究。两年后，中韩双方宣布启动了政府主导的中韩自贸区官产学联合研究。2012 年 5 月至 2014 年 9 月，双方进行了 14 轮谈判，并最终签署了中韩自贸协定。

因为地缘优势，威海在开通“金桥”轮并以地方城市代表身份参加中韩自贸区谈判以来，目睹和见证了近30年来中韩两国间友好合作的过程，在付出巨大努力的同时收到丰厚回报。威海由此成为韩国元素最凸显的城市、“韩流”涌动最大的城市、韩国人入境签证人数最多的城市、涉韩经济总量增长速度最快的城市、韩国人居住数占总人口比例最高的城市、中韩自贸区先行先试唯一城市、中韩商品通关集散最便捷的城市、中韩陆海联运通道全国首个试点城市。2015年，全市对韩国贸易额52.3亿美元，占全市进出口总额30.15%。中韩合作前景广阔、潜力巨大，是未来两国人民的福祉和希望所在。

展望未来，尽管两国关系发展可能还会遇到这样那样的问题，朝鲜半岛南北和解难以一帆风顺，但随着两国经济交往的日益加深，中韩友好有了更坚实的基础。由此，中韩关系必定会发展得更好，威海作为中韩交流的门户，将会有更大的作为。

目　录

1　寻找金家庄 / 1

2　自古大陆与半岛 / 35

3　斥山，1984 / 68

4　“金桥”轮通航 / 112

5　走进丽水门 / 153

6　黄海情深 / 182

7　山大韩国学院 / 206

8　定居威海的韩国人 / 228

9　仁川亚运会圣火 / 269

10　《中韩自贸协定》下的威海与仁川 / 299

后记：“窄水”为邻和为贵 / 319

1　寻找金家庄

清光绪年间（1875～1908 年），石岛渔场已成为黄海重要渔场。每临渔汛时节，由于地缘和人缘的双重关系，山东半岛和朝鲜半岛沿海的渔人都会来这儿捕鱼。来到秋汛，只要进了阴历九月天，海上就会连续多日风和日丽、水波不起。此时，广袤无际的石岛渔场渔船穿梭往来，两岸渔人朝夕相安共处。

晨晓，鸡鸣三遍，夜空星光闪烁。荣成城厢沙沟村李家父子头顶着繁星披挂上船，撑起风帆操舵出海。船出了月湖口进入荣成湾，避过成山角，便向对岸仁川方向直抵而去。与此同时，对岸大青群岛附近一家金氏父子，踏着稀薄星光，撑帆绕过明岛暗礁进了黄海，向西面的成山方向疾驰而来。

两岸渔人千家万户，敢闯黑水洋的决非等闲之辈。多年来此撒网捕鱼的金老爹和李老汉，各领着年龄相仿的儿子虽时常打过照面或相互示好，却因语言障碍从无正面交流。天长日久，相互好奇，细心观察。彼此由暗下戒备、敬而远之，到互相看重、默契相处。慢慢地，两家都熟知对方船路、网地和进退操守，并取长补短改进生产技术，渐渐形成了共享资源、规避风险等互利互惠的不成文规则。

海上作业暗藏杀机。虽年复一年小心提防，但令人担心的事情还是发生了。平静多年的黑水洋突然翻脸，一场海难彻底改变了金家和李家的命运。

海难这天事先一点迹象和预兆都没有。

太阳西斜。一天下来鱼虾满仓。两岸渔人正要撤离时，海面上突然一阵风起。远见东岸半岛乌云密布，电闪雷鸣，一股杀气由东面向黑水洋压过来！险象环生，灾从天降。刹那间，大海开始倾斜。灾难临头，坚毅、敏感的两位异国老汉几乎同时以手打喇叭罩，声嘶力竭地向对方嘶喊："海难来啦！多多保重！"飓风袭来，呼啸中夹杂着金老爹那微弱古怪的尖叫声。李老汉这边虽然听不明白，却能从中感受到一种悲痛和留恋——保重！明年再来……

瞬间，一阵狂风恶浪淹没了一切……次日，浪欲静而涌不止，海面被一轮红日映得血一样红。残船，破网，桅杆……漂浮物向西岸漂去……几天后，海鸥在海面上盯着漂浮物追逐鸣叫，一声声凄惨悲凉的尖叫声在海面久久回荡……

一百多年过去了，当我着手酝酿并进入写作思考时，在荣成成山一带流传很久的金家庄的故事令我震撼。于是我打破常规，停止翻书上网等习惯动作，而是单刀直入，直奔这个故事主人翁的后人而去。我拨通了传说当年在海上遭难、漂流过来的金家传人金树召的电话……

一大早，通向成山的海滨大道上，一辆乳白色吉普车向前疾驰。我眼盯前方，握紧方向盘，不停地问车上的老金：找金家庄遗址怎么走？“这事隔了几代人，很多东西谁也说不清。”就在这一刻，老金的一句话让我意识到搞这次调查的神秘和难度。尽管车跑得很快，我的心却是纠结的。突然间，我像触了电一样，在金树召的身上，感到了一种异样的气息。

车在黑松林里不停地向前奔跑，这里越发让我感到神秘起来。

早年这里就曾有“九庄十八疃”被风沙埋没的传说。成山自古是一方风水宝地。北海岸海域开阔、水质优良，地域平坦、土质肥沃。千百年来，生活在这里的人们辛勤耕耘，用双手建起美丽的家园。自上古到近代，这里传下了许多政治的、经济的和文化、军事、宗教等历史记载和传说。

史载，上古唐尧时代，尧帝就派星象官羲仲到这一带考察东方日出规律，创造出流芳千古的“羲仲宾日”传说。春秋时代，莱子国在成山西侧的埠柳建起一座不夜城，秦代在成山海岬建日主祠，西汉在此设立不夜县，以致秦皇汉武纷至沓来。三国时，魏将田豫杀东吴特使周贺于此。唐代，名将苏定方奉朝廷之命渡海攻百济以助新罗，就是从成山渡海的。元代之后，日本海盗大肆掠夺中国东部沿海，这里因富裕和海路畅通成为海盗打劫的重点，为此明朝于 1398 年在此设立成山卫防御倭寇。由此，它与威海卫、靖海卫三角列阵，互为犄角。明代一般都是数县设一卫，而在文登县（大约相当于今天威海市的行政区划范围）一县连设三卫。这在当时是极为罕见的，足见这里是海防的重中之重。到清代，经历了几百年的卫所制度在巩固政权和防卫海疆方面已失去了意义。雍正十三年先后裁撤了成山、威海和靖海三卫，同时又划出文登东境分置荣成县，县城就设在成山卫。而威海、靖海两卫之地又归并于文登县。新生的荣成县即因历史上的荣成山而得名……

成山，这片古老的土地，无论自然禀赋还是人文资源，在几千年中华文明史中都闪烁着耀眼光辉。曾经，这块半岛上的人与大自然是何等的和谐淳朴——成山卫一墙高踞，北望白浪汪洋一片，城外一片绿野莽莽，农夫行走于田原阡陌，渔翁犁海撒网暮归，炊烟袅袅晨鸡啼鸣……不知从何时起，这里竟一年四季海风肆虐，风沙漫天，城北一带由绿变黄，荒漠化一年比一年严重。风沙吞噬了青山绿水，掩没了良田村庄，断绝了农家的生存出路。年复一年，人们开始绝望，悄无声息地搬走了。剩下断垣残壁，很快就被风沙掩没了。多年后，人们谈沙色变。这里曾被风沙掩没了“九庄十八疃”的故事开始流传，其中就有一个村落叫作金家庄。

或许这只是一个传说。为了验证真伪，我查遍历代地方史志不见其说。金家庄你在哪里？车在茫茫黑松林里穿行，七弯八转，大家的心都悬在半空……

我焦虑的眼光，通过反射镜不停地向金大哥扫去。忽然，他好像在镜里发现了我的这种情绪，“嗖”地把自己半仰的身体坐得笔直起来，同时对昨天电话里对我的冷淡流露出一种男子汉不易表现的歉意。

“都说这片林子地下埋了个金家庄，庄里人是我祖上当年由海对岸遇难时漂过来的，但到底多少人，何时来的，何时建村，在哪儿建的，何时又搬走的，只是个传闻，谁也说不清。我爹在世时，听他说过也是模模糊糊。今天，车老在林子里转也不是个办法，还是先回村里（指成山五村）。姓金的有十户八户，先向老年人打听一下再说。”

金家四代传人金树召中学时代照片

今天他虽然依旧不积极，却比昨天好多了。然而，此情此景与许久的传说反差太大，令我对眼前这大片的林子产生疑惑。当年沙患那么严重的成山北海岸，怎么后来就突然冒出了这样一片绿洲？

车上同行的朋友王福明是成山人，热心本土文史研究，对家乡情况熟，是他为我解开了眼前的困惑。荣成地濒黄海，海岸线长达500公里，漫长的海岸荒沙连绵，古时沿海居民深受其害，尤以成山卫一带最为严重。据地方志记载，自清乾隆初到清宣统时，成山卫所领粮田，被流沙覆盖的几近40%。打清末到中华人民共和国成立，植树固沙保护粮田和百姓生存，成为历代地方官员的当务之急。特别是中华人民共和国成立后到1970年代，奋战20年，全县营造绵延200公里长的黑松防护林，彻底治服了为害已久的沿海流沙，才有了这一望无际的黑松林，今天的北海岸成为一道亮丽风景线。

一百多年斗沙患的历史，可歌可泣。

“九庄十八疃”的悲剧，是向旧中国的控诉。

车出黑松林跑进了一个小村冯家庄，街上有为防日晒包头巾的女人在摘花生。一番打听之后，我们走进一户老者的小院。太阳高照，满院秋色，老太太院里忙碌，老头儿炕上休息。听明了来意，瘦削却精神的老人一个骨碌爬起来，睁开惺忪睡眼盯着我们。“大爷多大年纪?”“八十九啦!” “真结实!”双方大声问、大声回，眼盯眼，直视对话。

老人叫李维玺，一小儿就生在这里，准能知道些事儿，大家充满信心，包括金大哥也直勾勾地盯着老人一动不动。“听说过这附近老辈有个金家庄吗?”“不知道!”“村里的人听说过没有?”“不知道!”一听就是老实巴交的农民。

“快走吧！打听不到啥。”老金转过头就到外屋和老太太拉呱去了。他急着走，不想为这事耽误时间。直性子、急脾气、不掩饰，是金树召的特点。我的韩国朋友里不少是这种性格。可能我过于敏感，特别注意对他的秉性作观察。

“大爷这里过去风沙大吗?”“大呀！我家房门都叫风沙堵死了，早晨起来爬窗出去!”老人指一指炕上的窗户。我和王福明还想抠点有价值的东西，但再问老人就摇头了。老金催着走，大家走出小院和老人辞行。一出门，街上走过一个名叫李维功的老者，王福明凑近和他搭腔：“大叔，听说过这里曾被风沙掩埋了‘九庄十八疃’吗?”“没听说过!”

大家扫兴而去。王福明不甘心，又拨通了一个电话。他见大家又要上车，兴奋地高喊：“李尚成知道金家庄在哪里!”猛地大家停住了脚步，急忙凑过去。老金刚准备上车，嘴里正不停地嘟囔：“老王太黏糊了!”但听到王福明的喊话，也立马停下了，赶快凑了上去。

“在哪里?”几双眼睛急切切地盯着。“在沙沟西面有一个大泥堆，下面埋的就是金家庄!”急忙赶来的李尚成一言既出，众人愕然。“怎么找?”快说！老金一急，涨得满脸通红。“前面就是沙沟村，村中有个沙沟桥，顺桥往西走，不远就到了。”这时，老金一挥手：“走！快走!”就第一个爬上了车，瞅了王福明一眼，脸上露出不曾有的愧色。

沙沟离冯家庄很近，转眼间车就进了沙沟村。

顾名思义，村人自明代永乐年间起，就住在大沙沟的一旁，村庄由此得名。村里很静，有人在忙秋。老金跳下车，向村人打听大泥堆在哪里？村人往西一指：“往西大约200米一片黑松林的地方就是。”一出村，车穿田间路来到我们的目的地。

这片树林特别茂盛，树高而密，里面凸起的地方看不出有大土堆，只是比一侧的开阔洼地明显突了起来。细观察这片隆起的地方不是沙质土，而在沟帮的泥土中露出坚硬的酥石。由此推测，当年这里是一处小山包，这在白沙苍茫的环境里是难得的。可见，当年金家在择吉地而居时的良苦用心。

这对感情丰富的金树召而言简直是不可思议的。只见他走到了林子的深处，“扑通”一声跪下了！接着，向梦寐以求的金家庄遗址连磕三个响头。我和王福明都处在亢奋之中，为金家的传人而感动。这一刻，周遭的空气凝固了，很静很静，静得出奇……

或许，这是对早年来自海对岸金家人的缅怀。

成山卫，1949 年。

金秋时节，古老卫城焕发青春。老城内外红旗招展，人山人海，锣鼓喧天庆祝新中国的成立。城东南马山港泻湖北岸月湖嘴。几幢破旧海草房脊连脊，静静呆立于南小海的岸边儿，夜晚的黑暗和白天的孤独，与近在咫尺的县城热闹形成鲜明对照。

位于城中心的县政府，虽然早在四年前日本投降时就被人民政府所代替，但真正到了中华人民共和国成立这一天，人民政权的各级工作人员，好像才真正有了靠山和尊严。国家就是靠山，就是尊严；只有有了国家，才意味着“民族独立，人民解放”，才谈得上人民当家作主。为此，胶东人民选择跟定共产党，从天福山举义到创建红色胶东，前仆后继、赴汤蹈火奋战几十年。真到了成功这一天，人们对这片土地的感情和对中华人民共和国的渴望，就会在一夜之间爆发出来。憧憬、自信、坚定、奋斗等等，多种精神因素一旦融合，必将表现出一种摧枯拉朽的社会能量。它像一股巨大的政治飓风，一扫古老卫城的陈腐与积弊，很快便涌动起一股有别于以往任何时代的清新风尚。

刹间，这座老城进出的人流频率急剧攀升、居高不下。人们开始穿红戴绿，张灯结彩，打扫卫生，操练游行，排练演出，张贴标语……社团、工厂、学校、商店，军人、市民、工人、农民、学生，吉普车、大卡车、骡马车、人推车，集市、庙会、戏班子、街头杂耍……各色按部就班、各行其道。这见所未见的新气象，随着人流南来北往，顺着城乡大路小道，迅速传向四面八方，刺激着城乡老百姓的精气神发生了变化。此时，成山半岛的渔夫农民，城里的小商小贩和居民，千家万户尽处于兴奋之中。然而，唯有城南马山港月湖嘴的金家人却无动于衷，表现不出新国家成立时的喜悦与激动。

成山卫是明代防倭时留下的军事旧地，周围村庄的人多是那时迁来军户的后代，虽然村人南腔北调，变化无常，但大家总不会忘记自己的祖籍，沧海桑田世事巨变，老百姓总是口口相传，一代传一代。

马山港月湖嘴的金家，在这里已经住了几代，平素很少与外人接触。一家人白天出海打鱼，晚上关起门过日子，尽管靠勤劳吃苦和能耐在这里立住了脚，却很难与当地人融为一体。为此，街上爱搬弄口舌的人议论纷纷，特别对金家的来历盯住不放，传闻不断。

“金家是海对面逃难过来的……”“金家人和我们不一样……”其实，遗传基因的确不一样。人类基因这东西，不仅是指其族类与个体的生理特质，而更多的是指其文化特质。所谓文化，说白了就是人的活法。所以，生活习惯就是一种文化，不同民族、不同人群保持不同的生存方式，展现的就是彼此间的不同的文化。当地人的特点是喜欢聚堆，爱凑热闹。金家人不同，喜欢平静和独立，凡事不愿凑热闹、聚大堆。

据金树召 87 岁老母亲的记忆：她听上辈的老人说，金家是由海对岸漂来成山的。老祖叫金童，逃难来这里后，先在北海岸安了家，就是后来传说中的金家庄。有一年，北海发大水（海啸），海水上涨几里地，天又大雨不停，海水、雨水倒进把金家庄冲走了。金童命大，被洪水冲到了海南岸马山港月湖嘴的沙滩上。后来被二村的财主周本芹收留了，经过长时间考验后就把自己女儿许配与他……

周本芹既然收金童为婿，必在城里为他置办家业。令人难以置信，今天当我来到成山采访金树召时，他却带我来到了远离县城和人家的月湖嘴，眼前实物就是见证。断壁残垣，老屋依旧，临水而居，远离尘嚣。东连脊三间海草小屋，是金童养育三子一女的地方。到 1949 年 9 月中华人民共和国成立前夕，金家第四代传人金树召在这里出生。

百年之前，这里究竟发生了什么？金树召母亲孙凤芝老人的讲述，使金家庄和金童的故事更加扑朔迷离……

金树召在曾祖父金童当年月湖嘴祖居旧址寻根

光绪十七年（1891 年）。

阴历九月天，阳光和煦，海风轻拂。秋色中的成山北海岸，天高气爽却暗藏杀机，平静之中露出了凶险和灾难。一片茫无边际的黄色风沙带像潜伏在幼弱生灵面前凶残无比的蟒兽。它身披黄皮，身躯巨大，外依黄海之滨，内缠苍白无助的农田、原野和村庄，张开巨大血口，贪婪地吸吮连绵的荒野，吞噬遍地的生灵，把成片绿洲变成了黄色沙漠。

夕阳西下，残阳如血。金色沙海里由不同方向拖出几条长长的影子，顺着几行深深的脚印向同一个方位游动，慢慢地游上了大沙沟东侧的高坡地上。影子不动了，几个老者先后站在高高的沙丘上，双手打起眼罩向远方眺望；一旁被海沙裹起的土丘上几棵老槐树，在夕阳照射下羞愧地落下了早已枯黄的叶子。

沙沟村和冯家庄相距很近，都是明代中晚期来此定居的外乡人创建的。明、清两代，来这一带的移民很多，一家一户择地而居。过几天，不适应的搬走了，留下来的人家，为了相互交往方便，则相互为零星的住地取个名号，于是冠以某某说法的“村”“庄”“疃”等遍地开花。取名很随意，多以居住地形和本家姓氏来起。如沙沟村，明永乐年间建村，为躲避风沙为害，一家人住在一条大沟的旁边，为此取名叫“沙沟”。数百年来，沙沟人战天斗沙，不屈不挠，终于立足下来并代代传承。但因条件恶劣，村人只有百户上下。冯家庄，明崇祯年间冯氏人家在此定居，至今村规模也就 90 户上下。

如今，沿海地区村庄密集，人口众多，皆由当年一户一村、一户一庄、一户一疃的模式生存过来。事实证明，沿海人区别于草原人，虽条件恶劣，但很少游动和搬迁。查对史料发现，初建村以姓叫庄的太多，一姓得庄，一姓叫疃，随口就来，不用抠心挖胆去想半天。

一家一户，按姓定名，存之则名，离之则无。由此说来，当年风沙为害，掩没了这一带“九庄十八疃”的传说并不荒诞。其实，说穿了充其量不过几十户人家，因风沙为害环境恶劣，他们实在生存不下才搬走了。风沙无情，时光无痕，人一走，无情风沙和时光很快便消没了他们的痕迹。只因他们无影无踪，无人记载，时过境迁后谁也无法说得明白。

位于沙沟西侧的金家庄，不过是金童当年逃难到成山后的第一安身地。为示尊重也因方便，附近的人便以金家取名称其金家庄罢了。说到底，在风沙为患的年代，有几十户已传出了名号的人家由此搬走，这是很正常的事，今天没有必要为此而大惊小怪。

金童不是懦夫，而是一条很硬的汉子。面对沙患他不低头，和冯家庄、沙沟的父老一道寻求对策，顽强生存，是因他的特殊来历和坚韧性格，周围的人都知道金童这个人，由此也知道了金家庄。与之相对，今天传说中被风沙覆没的“九庄十八疃”，本意是对这里过去恶劣环境的一种概念性的渲染，传说中的庄与疃与现代意义的庄和疃，并不可以相提并论。

金家庄时代的北海岸，在经过无数个风沙漫卷、暗无天日的折磨之后，秋天终于到了，天高气爽、风和日丽，相距很近几个庄的人家可以扬眉吐气了。此时，老者相聚一起，爬上沙丘，登高望远，观天象，察沙蟒之患，论生存之道，是情理之中的事情。

多年形成习惯，爬上沙山远望两个方向：远眺北海，看得很远很远，寻找天边蛛丝马迹，察考风云来势之吉凶；

向西望去，观视野之内沙蟒之变，看沙化程度到底多重，这是他们最大的心事。

每每望后，令老者大失所望。沙蟒不随天愿和人意，无情吸吮天地精灵和生命，沙化面积一年比一年扩大，发展之快令人咂舌。

每当此时，老人们面海生悲，望天兴叹……大海苍天助纣为虐，可恶沙蟒借海天之淫威，大肆毁害自然生灵，肆虐粮田村落。其贪婪本性无限膨胀，殃及成山一带平民百姓，而且为害日甚一日。

多年来，成山人生存于海风呼啸、风沙弥漫、天昏地暗的日子里，与沙为伴成为人们生存的常态。连年的风暴沙灾，把无助的百姓逼上了绝路。粮田被掩，房屋被埋，罹难的民众对生存的家园丧失了信心……每每此时，沙山之上的几位老者，朝海而跪，向天而仰，老泪纵横，放声呼唤！

苍天啊，大清朝难道真的无望了吗！血肉之躯，风烛残年，大难来临之际，无奈的呼唤，如泣如诉。充满血丝的咽喉发出颤抖的嗓音，尖酸古怪、撕肝裂肺，穿破晴空直冲九天！它是对苍天的泣诉！也是对大海的控诉！天意应验了老人的话：大清朝走到了末路！

大厦在倒塌之前总会暴露出种种迹象。多年以来，民生社稷险象环生，灾难频仍，家园处环境恶化日甚。特别到了乾隆晚期和嘉庆、道光年间，太平光景越来越少，风沙、暴雨、大旱、蝗虫、地震等等，天灾接踵，民不聊生。

为验证此说，我查阅了《荣成市志》清代后期126年间的相关记载。白纸黑字，触目惊心。这期间，荣成县有记载的灾难竟达39次之多，平均每隔3年一次，几乎年尾接年头，连年遭灾！最终连人们最基本生存条件都遭到破坏，百姓叫苦不迭。

面对残破家园，临高处老者悲伤不已。这时，夕照正聚焦在金童那已被风沙深埋的孤零小房。突然门开了，金童走出来，向北海一阵眺望，拎起斜插在沙堆上的老橹，背起网兜急呼呼地向北海走去……

“哎……金童，天晚了你哪里去!”

“老伯，家里断顿了，到海里找食去!”

“早些回来，别让大家担心!”

……

好汉子经不住三顿饥。金童趁天色未晚便单船出海打野食。此时，一老者突然发现天象有隐患，猛地抡起臂膀向消失在视野中的金童喊叫：“小子，天象不济，注意快回来呀……”其实，天边出现隐情怎能躲过金童的眼睛？为了填肚子，他不得不在天变脸前出去碰碰运气。

“这孩子过来这么长时间，真是难为他了，只会出海打鱼摸虾，不善农事，长此下去也不是个法儿。”

“不要紧，这么好的青年，能吃苦耐劳心眼好，只要成家了，不愁过日子。”

“眼下怎么办？种点地都被沙埋了，光靠海上也不是个办法。赶快帮他找个媳妇，俩人搭伙也好有个帮衬。”

“好，明天我再找我的亲戚商量。姑娘有，就是这孩子自己不上心。今晚上我再找找他，不知他到底几时回来？”

几位老人就金童成家这话题，你一言我一语地拉着呱，话越说越长，都是为金童这个小青年发急。不觉天色将晚，老人们走下沙山各自回家。

夜里天骤然变脸，黑云压顶，刮起北风，海里发出一种瘆人的呼啸声……回到家里的几位老者很敏感，听出了一种不祥之兆，以为白天在沙山上触犯了海神，纷纷跑出家门朝着北海磕头烧香……

沙沟的老伯离金童家很近，见其窗户没有亮，嘴里不住地念叨：金童是个好人，出海现在未归，请海神保佑他平安归来……

当夜，金童何时回来的谁也说不清。海里发出怪声，吓得成山人一宿睡不着觉。傍亮时，困了一夜的人开始迷糊，天也开始下雨了。雨，润物无声，打在沙上没有响，人不觉反而睡得香了。这时，海也平静了，人们睡得更踏实。

成山人不怕雨就怕风。几个老者心里窃喜：看来，昨日沙山祭拜奏效了，晚上各家又烧香磕头：老天爷要保佑我们了！谁知，雨下个不停，低洼沙地开始流河水。中午时分，雨更见大了，河水猛涨。人们开始心虚了，胆大的探出头看个究竟。

金童昨夜回来很晚。傍晚天气好，鱼虾也出来凑热闹，金童网鱼摸蟹忙乎到深夜。他成天在海上，各种难处都经过了，海里发出的怪声音对他是平常事儿，天象兆头不好他心里很清楚。为了生计，他顾不上那么多了！只想趁好天气捞一把，回家晾晒或腌起来，多余的到村里农户去换点粮食。如此这般，个月二十天就不愁没吃的了。

秋天对渔家来说是好季节。成山的秋季，鱼虾满仓是常事，只要他出几次海，对虾、海参、带鱼、鲅鱼、海蜇、海螺，各种小海产应有尽有，满船满仓。回家后，晒成干的，腌起来的，到城里或乡下卖鲜的，只要不懒，就不愁钱也不愁吃不愁穿。

在金童眼里，成山这地方就是个金窝子。不然，沙害如此凶险，这里人口和村庄怎能如此密集？虽然传说这里被风沙埋了“九庄十八疃”，准确说可能是搬走了九户十八家！除了沙患，成山这地儿没处找！何况，一个冬天对有吃有喝的人来说一转眼就熬到了春天。谷雨一到，百鱼上岸，鱼肥虾壮；岸上猪羊满圈，鸡鸭满院，绿菜满园，农人家有春粮，渔家有鱼不愁没粮。只要有了海，有了船，有了渔人，成山人辈辈世世、家家户户保准吃穿不愁。当然，懒人、熊人、不正经的人，吃不上饭的还是有的，但那毕竟是少数。所以，昨夜所出现的现象，金童并未十分上心。他能看好了这片家园，他不怀疑自己的生存能力和战胜灾难的定力。回来，他一头倒在炕上，天就是塌下来也不管。很快就鼾声大作，进入梦乡……

灾神正悄悄向他逼近。客观世界始终遵循辩证法，凡事都有两面性。事实证明，这次灾难的确给金童带来了毁灭性打击，然而，他却因祸得福。虽然他失去了金家庄，金家人也因此得到更大的发展机遇——当然，这是后话。

金童依然在酣睡中。道光《荣成县志》载：“九月十三日，大雨连绵，海水暴涨，县境北部受灾严重，冲毁粮田十分之七。”孰能猜想，志书只平淡一句话，不知有多少人遭受这场灭顶之灾，其中也包括金童。近午时，海正涨潮，大雨不停，沙地成河，水流不畅开始积水为患。又持续一个时辰灾情未缓反重，定力再好的农人及众老者也开始心慌意乱。突然，海里又发出类似昨天刺耳的呼啸，其程度更见凶险。完了……大难临头就在眼前。这是敏感农人及几位老者的第一反应。此时，金童依旧沉睡未醒。

人们开始慌神。有的跑到高处向北海眺望，有的开始翻箱倒柜，有的做好逃难准备……唯独金童仍在梦乡之中。昨晚出海后，沙山上的老者真诚关怀他，还为他祈祷过。今天灾难突然而至，敏感的人慌了神，迟钝者反应不过来，这时有谁能去照顾他！灾难突然来临，许多人反应不过来。危机在即，唯有马上离开，找安全地方躲起来。那时不同于今天——对付灾难，政府有应急预案，有现代通信和交通手段，一旦有了灾情，飞机出动，总理到现场，各级官员迅速行动：电话通知，电视转播，组织转移……面对大灾，谁也不知道金童还在沉睡不醒，谁也没法通知他，何况各家都是泥菩萨过河自身难保。与现在比，那时的社会救助能力几乎为零……种种迹象表明，金童难逃此劫，必死无疑。你还别说，真是奇了——他居然真就躲过了这一劫！

事隔100多年，当我专程访问金家第三代传人金玉琢遗属孙凤芝老人时，这位饱经沧桑的老人虽然年事已高，却头脑清晰，讲述自如。平静地述说，没有半点渲染之辞。传达的信息虽无细节描述，但主要事实可信度较高。作为孙媳，她没有见过金童，所知道的东西是丈夫和公婆传下的。虽然时过百年了，但来自金童身边亲人讲述的故事，不可能没有谱儿……

那天，正当金童大睡不醒时，北海里过去从未见到的事情发生了！一阵天昏地暗之后，海里突然发出了呼啸沉闷的怪声……刹那间，大海沸腾起来，伴随而来的是风雨大作，电闪雷鸣；与此同时，岸上的洪流水与沸腾的海浪相遇了，双方强大的撞击力，海岸上腾地冲起一道高达数丈的水瀑，与水瀑腾起的同时，一个闪电劈雷炸响了，只见飞起的水瀑在漆黑夜幕下显了真形。但见：黑蓝海水和黄色洪水空中飞溅，泾渭分明，一面呈黑色，一面呈黄色。

海一旦翻脸六亲不认，一改过去总是容纳雨水的海量。挡住雨水必须有颠覆它的能量，不能心慈手软。谁会想到这时海的能量如此大。只见海水像生了翅膀，疯狂，凶猛，邪恶，不顾一切腾空而起，以绝对压倒的气势呼啸地向岸上扑来……完了！这次金童真的完了！金家庄也完了！倾盆大雨虽然凶猛，在大发淫威的海浪面前简直是小菜一碟。海水向岸上猛扑之际，黄色的洪水顶不住了，回过头向岸上反扑过来……

这情景让人联想到国共决战时期……战场上遍地黄军装的蒋军兵败如山倒，一溃千里！

这种现象自然学称之为“海啸”。海啸一旦与暴雨相遇，岸上的东西真的倒霉了！何况金童还在睡觉！两水合一锐不可当。可以想象，离海很近的沙滩上，两间小草屋怎经得起雷霆万钧之力的冲击！一个回合上去便荡然无存了……只见门板、老橹、家什、杂物，伴随漂起三角状的草屋顶，顺着所向披靡的两水之势瞬间如灰飞烟灭……谁也不知道，睡梦中的金童是如何躲过这次灾难的。

上述情节是笔者构思的。老人讲得简单，只说大雨遇上了海啸，把金家庄给一锅淹了。几天之后大水退去，水一退人就上街了。这几天街上没有别的事，都在议论周围村庄和谁家的损失。都知道金家庄被水淹了，金童没有了。哪儿去了？大家心里都明白，不好说的太白。就是真没了，他孤身一人，这种时候又有谁能为他身后的事情去寻找！谁能想到，几天后街上又在传，说金童找到了，被大水冲到了马山港南小海的月湖嘴，在沙滩上躺了三天，是被船家发现的……

奇闻！简直不可思议。这没有办法，命运这东西就是谁也琢磨不透。有人九死一生，大灾大难躲得过，自古至今这种案例举不胜举。金童大概就属于此类。你想，金家庄位处县城东北，月湖嘴在县城东南，相距数里之遥。那么，是什么力量能把一个人冲出数里之远？而且，当地人说这里又没有向南流的大河。那就是说，瞬间，能把金童送到月湖岸边的就是海啸的力量。

“月湖”，是马山港老辈儿留下的叫法，实际是荣成湾里的泻湖，也有叫“南小海”的。它水域广大，水质肥沃，海产丰富。平日里，周围的渔家在此捕鱼捉蟹；要想出远海，船顺着南流口就走了。此真乃一天然良港和渔场。湖东岸是一片狭长沙滩，北连村庄，是进出南小海的埠区。在这里出眼的地方，成山卫村财主周本芹开办了个船厂，专为周围渔民造新船、修旧船。谁料想，这场无情水灾，把厂房和新旧船舶都冲得七零八落，不堪入目。

水落天晴，海滩恢复平静。岸边，一脸哭相的工厂管事陪同东家察看灾情。残船旧木，破破烂烂，漂在水里的，散落岸上的……好端端一个厂就这样毁了！秋汛来临，多少渔家急等着用船出海……汛期海里鱼虾很多，渔人就靠这季的收获来过冬。谁家只要有船出海，便会鱼虾满载而归，用不几趟就不愁过冬了。眼下这景象，虽然是老天爷砸了渔人的饭碗，作为船厂东家周本芹如坐针毡，急得团团转……天好了，不能出海的船家急得火上房，但是再急，也不好说三道四给老东家火上浇油。只好望洋兴叹，在海边上瞎溜达……

“哎！东家！快来呀，这里有一个人！”突然，不远处的沙丘一侧传来一阵喊叫。几个船家气喘吁吁地赶来，随后老东家也赶来了。只见一条汉子赤身露体，肢体弯曲着趴在沙滩上，一条裤衩也被撕破了。众人谁也看不清他的真面目。

“这是谁呀！怎么睡在这里?”一个船家——满脸络腮胡子、膀大腰圆，上去就想抱起这人。“别动！东家喊住他。先别急，大家也别走动，看看再说。”于是，东家和众人围着这汉子一动不动，仔细地察看了一阵儿。

“大家看！这滩上除了我等的脚印之外再没有任何痕迹!”这时，多双眼睛一阵扫视——的确，沙滩上没有任何痕迹。不见有人走来的脚印，不见有人翻动的痕迹。此时，人们突然警觉起来。大家屏气凝神，停止呼吸，隐隐地觉出了蹊跷。难道他是三天前被大水冲到了这里？有人嘟囔了这么一句。

“对！就是这样的。是大水在三天前把他送到了这里。这人命太大了！多亏这个小沙丘挡了一下，一旦被冲进了月湖那边就完了!”

“快把他翻过身来，看看有没有气了?”老东家几句话，把事情的来龙去脉推测得很清楚，船家们频频点头。这时，络腮胡汉子再次上前，轻轻帮他翻了个身。但见：一条男胴体骨骼健壮，四肢匀称，肌肉突起，黝黑的脸庞更显苍白，紧闭的嘴唇已呈紫黑色……

“好帅的男子!”东家自语道。接下来，他俯身轻轻摩擦汉子手掌心，拭其鼻子有无气息。围在周围的船家静观其变，等待奇迹出现……

“手动了一下!”——有人喊了一声。“腿抽了一下!”又有人喊了一声。

“还有气！快把他抬起来找郎中去！”

“快！人还活着！”

船家都是棒汉子。说时迟，那时快，几个渔人就地找了块船板子，找几件旧衣一铺，把昏迷中的汉子往上一放，七手八脚地抬着，护着，一溜烟向县城方向跑去……

人生命运暗藏玄机，福祸变化常常只在一瞬间。当年，金童在中国大陆与半岛之间的大海遭难，这是很少人能躲过去的灾难，然而他躲过了，并以人格魅力受到了成山人的厚爱。这次他又化险为夷，因祸得福。正是这次相遇，金童与当地名流结下不解之缘。作为外族人的金童，平素很少与当地人接触与交流，近乎把自己封闭起来。只身一人身处异乡，孤苦伶仃，没有亲情与爱情，好在成山人包容大方，对落难的外人也不歧视。尽管大家喜欢金童的善解人意、乐于助人，喜欢他超凡的海上技能和吃苦能干，但在现实生活中，他很难摆脱孤单寂寞的处境，创业很难遇到知遇之人。这次水患，使金童得到了以前很难得到的东西，他真的遇到了知遇之人。这个人就是周本芹。

周本芹作为成山卫村后起的财主，多年深受实业救国的思想影响，立足当地资源，在家乡月湖畔投资办船场。创业中他知人善任，打破传统作坊模式，在渔民中找懂海上生产和会管事的人来办厂，生意很好，深受成山一带渔业用户的欢迎。正当他扩大规模再图发展之时，一场无情大水毁坏了他的梦想。周本芹是一个有追求的人，一直梦想用他造的船到海对岸半岛去打鱼。其实这不是胡思乱想，因为它在历史上早已不是新鲜事。

成山半岛与对岸半岛相隔很近，古时跑船，顺风顺水朝发夕至，历史上两地渔人交往不断。海里捕鱼或行船，谁家有难，两岸船家必出手相助；为生存计，不少成山人到对岸打鱼，到对岸种菜，传播中国大陆技术。两岸交往海上结缘，互通有无，你来我往，古往今来屡见不鲜。

民间往来发展生产，相互接触提高两岸渔业水平。这种美好愿望和前景，周本芹心知肚明，因苦于无能人干此事，他心中隐隐作痛，不知从何处下手。

一场水难冲走了他的梦想，船厂被毁他陷入痛苦，更折磨他的是无情水灾耽搁了他向海对岸谋求发展的计划。正当找不到方向之时，一场大水给他送来一个人，这人就是那个在他地盘上躺了三天三夜的金童。当第一时间发现金童时，人命关天危在旦夕，他出于一种人道救援和行善之举，没有把救人和个人图谋联系在一起。他为金童找郎中看病并负担费用，也没有任何商业企图。然而，缘分是没有利益驱动的，大爱不受出身和贫富的制约。是缘，让两位隔岸的异姓人相投；是爱，让素昧平生的异族人结为一家亲。当这位朝鲜汉子又一次由水里逃生、恢复起他那强健之躯的时候，沙沟人也找到了他，邀他回去再建金家庄，倔强的他激动不已，当场谢过沙沟人的厚意，悄么声地来到挡住他流进大海的沙丘前，誓言在此建起新家园，义无反顾地投身月湖船厂的恢复和重建之中……

金秋十月，天高气爽，人干起活来格外给力。金童熟通海里作业船上要领，深谙造船修船的技能。他不善言表却处事有道，无声无息却超凡脱俗，每有举措必出乎人们的意料。在东家眼里金童是一不可多得的渔家奇才、难于寻觅的良家男子。在工友眼里金童虽不会言语却是个有真本事在身的人，别人干不了的事找他保准没问题，交付他的事儿一百个放心。然而，在东家女儿眼里，金童是一个可以托付终身的男人，一个能给女人安全的男人，一个能放下女人去干事却让女人放不下他的男人。木讷，少语，孤僻，倔强，嗜酒，金童是个有个性的人；儿女情长，男欢女爱，婆婆妈妈，抠抠搜搜，啰哩啰嗦，这不是他为人的风格；阳刚，威猛，执着，吃苦，发奋，善良，助人，他身上有优点多多……

面对这样一个男人，东家女儿相中金童为婿是最佳选择。经过一段时间的相互了解，这桩亲事就定了下来。然而，在选择居住在哪里时，金童的倔气上来了！财主的女儿不愁房子住，人家从小生长在城里，作为陪嫁有现成的房子。金童坚持到他落难生还的月湖嘴去建房安家，说什么也不到城里住。

嫁鸡随鸡，嫁狗随狗。受中国传统伦理影响，财主女儿只能跟男人到荒无人烟的月湖嘴落地生根。在这三间小屋，她们养育了三子一女。长子金立成，次子金立升，三子金立太，女儿幼年早逝。随着三个儿子成人和安家，金童在三间老屋的右山墙接了三间给老大，左山墙接三间给老二，老三成家住老祖居。在这草创时期留下的狭窄空间里，金家前两代在此完成了他们的传承使命。

第三代就不那么简单和清晰了。按时间推测，第二代大约处在清末至民国初期，第三代在1920年代以后。记录显示：金立成长子金玉璞1923年生，二子金玉琢1925年生……

民间谱书表明，大凡一个家族中总有那么一支具有很旺的生命力，成为家族的旺族。金立成一家就属这样的一支。长子成家后住老祖居上房头，这是当地民间传统老规矩。金立成在这三间小屋养育了四个孩子——两子两女。两个儿子天资聪颖也很勤奋，只是向往不同。长子金玉璞，喜欢读书，追求识文断字，成人后经人介绍去了东北一家出版社谋职；退休后定居哈尔滨，无子嗣，1994年病逝，享年71岁。次子金玉琢，聪明好动，自幼喜欢抓鱼摸虾，出了一辈子海，下了一辈子田，生育六子一女，2000年病故，时年76岁。长女金玉娥自幼夭折。小女金玉凤退休后家居荣成崖头。

金玉琢在金家的链条上是个重要人物，他的一家人丁兴旺，成为金家重要的一支。七个孩子六子一女，他们又衍生出第五代，本身就是一个大家族。长子金树平，现年67岁，家居成山五村，三个子女，孙子辈有三人；次子金树召，即本章节主人翁，现年65岁，一个女儿及一个外孙，退休后家居荣成市区；三子金树堂，63岁，家居五村并多年在村委任职，两个子女，孙子辈有二人；四子金树章，61 岁，家居五村，瓦匠，两个女儿，一个外孙；五子金树强，五村渔民，59 岁，两个女儿一个外孙；六子金树春，军人，42 岁，三个子女，团职干部退休，家居荣成市区；女儿金树华，退休后家居石岛，一子一孙。

1925 年的大年初一，举国万家团聚之际，金玉琢出生在月湖嘴海草房最西头的三间草屋。周围一圈白沙滩，中间包着椭圆形的泻湖，形似月儿得名月湖。湖上游有周边河水流进，下游出海口通向荣成湾。湖里活水流动产生氧气，湖底有机物沉淀水质肥腴，鱼虾蟹儿长得快、长得肥。金童当年只是义气所为，建房于月湖之畔，哪曾想到这湖里这么多宝物，真乃子孙万代取之不尽用之不竭的百宝囊。

金玉琢秉性极像他爷爷金童。自幼嗜水如命，嗜海物如命，嗜酒如命。从小出了门就上船，成天不离水；一身好水性，打儿时起就成天捉鱼摸虾；饿了，生吃鱼虾；大了，离酒不行，一喝一瓶。打小就说一口流利朝鲜语。成人后力大无比，吃苦能干，在乡邻中属佼佼者。金玉琢是不善读书的料，在城厢小学时他与李耀文（开国少将，后又升任上将海军政委）一起就读，四年级辍学了，14 岁出海打鱼。几十年过去，金玉琢成为远近闻名的海上高手。

1953 年抗美援朝战争结束。这场战争，改变了两岸许多人的命运。朝鲜半岛南北政治风向标大逆转。南部李承晚政权亲美反华，台湾蒋介石借机推波助澜叫嚣反攻大陆。中华人民共和国的安全受到威胁，国内军民奋起保家卫国。刹那间，声讨蒋介石、李承晚滔天罪行的口号不绝于耳，浪潮迭起，一浪高过一浪，冲击着中华大地上一切污泥浊水，震撼着黄海东岸与台海东岸的反华势力。胶东半岛历来是军事战略要地。成山军民早已严阵以待，时刻准备消灭一切敢于来犯之敌。

成山军民团结紧紧的，试看李承晚和蒋介石能怎的！

这时，中华人民共和国成长起来的生产能手金玉琢，组织上正培养他干渔业合作社队长。共和国成立之初，新中国新社会新风尚，能受到组织的培养，就是国家信任你，那了不得，一人受宠全家光荣，走到哪里人们看你的眼神都不一样。新社会人们追求什么？那时国家很穷，物质匮乏，管得很死，只能平均分配，有本事的人只能多劳不能多得，谁多拿了上百双眼睛都盯着你。于是，谁对新社会贡献大，全社会的人都会尊重他。谁一旦得到这种尊重，谁就感到无上光荣，回到家里老婆孩子也会高看一眼。

金玉琢当时就属这种情况，他也十分看重这个东西。这一点倒不像他爷爷金童那么木讷，坚持个人风格不管别人怎么看怎么说，自己躲在月湖嘴上过日子。金玉琢心里清楚，新中国不同于过去的任何时代。爷爷那个时候，中国大陆和朝鲜半岛之间没有根本冲突，两岸隔海不隔人，民族之间不分你我，相互没有防备之心。如今不同了，两岸由于政治信念不同导致军事对抗。这时，民族间的民间关系非同小可！凭其敏锐，他已觉察到，眼下，街上人看金家的眼神不对了……

他的这种感觉很准。很快，村里有些事不告诉金玉琢了，有的活动也不通知他参加了……的确，孙子所处的时代与爷爷那时大相径庭，思维和行为都没有什么可比性。面对时代和现实，金玉琢保持定力和个人风格，坚持四不变：干活认真程度不变；饿了生吃鱼虾不变；每天喝酒不变；天一黑关门睡大觉不变。别人不能干的事他能干；别人出海打不着鱼虾他能打着；别人闲的时候他不闲着。中午人家歇晌，他到南小海撒网钓鱼捞海参，每每大获丰收；近海没鱼了别人不出海，他驾起风船绕过成山头到柳夼和仙人桥一带捕沙钻，回回满仓。他不仅是海上活超人，田里活也很精，秋天抢种扶犁，再远的地头子也种得笔直笔直……

中华人民共和国成立初期的对敌斗争形势非常紧张，可海上和田里的活总得有人干，该干的事不能停。金玉琢不会说大道理，只低头干活不愿抬头问事儿，把该干的事干好，少说话早回家。慢慢地，社会看金家人习惯了，金家看别人也习惯了。

在风里来雨里去的日子里，金玉琢年年月月天天行船撒网捞海参。风暴和灾难躲过了，日子终于一年一年过来了……

1959 年，城厢小学。

10 年前，即 1949 年阴历九月秋阳高照的那天，辰时，月湖嘴海草房上屋头出生的那个孩子，已经出落成一个美少年。浓眉黑眼、英俊潇洒，气质与他人不同。他就是金玉琢的次子金树召，上溯至金童已是金家第四代了。此时，金玉琢已是五个儿子的父亲。30多岁就生了五个儿子，七八口子挤在三间小房。“三年自然灾害”闹粮荒，家里吃了上顿没下顿。没粮了，一群孩子就跳进月湖里摸鱼捉蟹，最难时，是这湖水养育了金家儿女。面对月湖，金玉琢再次叩谢了爷爷的恩德。几年后家里又添新丁，面对六儿一女，金玉琢再苦再累，心里却很安慰。孩子个个都勤快吃苦，没有一个是孬种。

金树召排行老二，承上启下，深知父母的艰辛。妹妹没出生时，家里一群小子撒起野全跑了，母亲伺候一大家子，许多事没有个帮手。每到这时，只有金树召时常出现母亲身边，久之，母亲待他如同闺女。事实正是这样，母亲多么需有个女儿来帮一把。这些深层底细被金树召捕捉到了。其实，并非心粗与细，而是对母亲的体贴与孝敬。他处事单纯不善计较，心地善良顾及老人。虽走出月湖嘴，依旧不忘对老母亲的牵挂。父亲走了十几年，他依旧随时出现在老母亲面前。退休后，主动与弟兄轮换回家伺候老人，由崖头到成山几十里路，骑摩托回家一住一个礼拜。采访金树召，就是在他回家伺候老人时，我驾车由威海跑到成山五村他母亲家听故事……

金树召读小学时，正赶上“三年自然灾害”，国家有难，百姓贫困，海对岸反动派又蠢蠢欲动。气氛紧张波及学校，给金树召幼小的心灵投上浓重的阴影。

“爹，学校搞调查，填写成分和民族，咱家怎么填?”金树召小心翼翼地问金玉琢。

“嗯……”

这个敏感话题多年一直困扰着金玉琢。后来虽然比朝战刚结束时轻松了，但他始终在内心深处为民族和成分问题而忧虑和警觉，特别是生了一窝儿子，出身和民族将决定他们的终生！男人内心深处的痛苦不易察觉，却无时不折磨着这样一条刚强汉子。这时，当儿子突如其来地问他最忌讳的敏感话题时，定力再强的他，也如突然遭受雷击一般而不知所措！所以，在儿子面前说不出个所以然来。

爹今天怎么了？这不像我眼中那个刚强果断的老子！心地善良的金树召在尴尬的父亲面前更尴尬，眼滴溜溜地看着爹，等待他的说法……

“成分填贫农!”爹没好气地告诉儿子。

其实成分问题土改时也有争议。有人说他家老辈是财主的女婿，定成分应考虑这一层。经调查和研究，最终把家贫如洗的金家定为贫农。但是，为老辈人的事，金家后人至今心有余悸。“民族怎么填?”儿子战战战兢兢地又问。

“填汉族!”老子还是没好气地说。

其实他这是无名火，是压在最心底的一种恐惧。谁不恐惧，一旦把南朝鲜人与海外间谍联系起来，那金家多少子孙都成了敌特分子！从此，一家人就与村里“地富反坏右”和“牛鬼蛇神”一样被管制，而且祖祖辈辈难得翻身。

“填汉族？怎么同学都说咱家是鲜族人?”

“别听他们瞎说！叫你填汉族你填就是了，别瞎问！”

当时孩子不解。心里嘀咕：“家里人都会说外国话，爹这不是说谎话吗！”其实，有谁去管这件事儿？当时填了汉族也就是汉族，金家几代人几十年都这样填，现在都成了汉族人。只不过老百姓心里清楚，金家哪是汉族！

当明了真相之后，金树召幼小心灵深处也回避这件事，生怕别人提及。谁知，村里有位60多岁的老人李树君，家里几代在对岸半岛南部定居。几年前，他只身回来后总被别人躲着，显得很孤独。秋天，金树召在地里捡地瓜，李姓老人在清水沟修地堰。两人一碰面，老人见无外人就神秘地对孩子说：你家老辈也是海对岸的，与我们家离得不远。你家人爱赶海，我们家种菜，我到过你们家……金树召开始听不懂，当他明白了就害怕，一转身就跑了……

从此，他总是躲着那个古怪老人。其实，这是由海对岸回来的老人闷得慌，只想和孩子说说话而已。采访中，金树召不经意间向我讲了这个故事。当时，我兴奋不已！这是寻找金家人的重要线索。谁知，当我反复追问老人下落和他亲人的情况时，老金却说不知道。由此可见，当年人们是何等恐惧海对岸和那边过来的人！

然而世事难料。谁能想到中国与韩国建交后两岸又恢复了民间往来，谁家有韩国人过来定居，竟然成了韩侨。这正应验了一句老话：天下大事，合久必分，分久必合。

特别是随着中韩两国交往的发展，国家对韩侨有许多优惠政策和特殊待遇。于是，金家人心又活了，渴望成为海外韩侨的身份。调查时有这样一条信息对金家人有深刻影响：金童二支有个女儿早年投身革命，组织调查时她填写了朝鲜族，时至今日保留下来，如今国家统计韩侨她册上有名。采访时我能感觉出金家人对韩侨身份的渴望，包括我已多次接触的金树召。

今天金家人心情很复杂：当年汉族身份为她们遮挡过风雨，今天韩侨身份对进行中韩交往更为方便和实惠。现在，金家的新生代中，有好几个人往返于韩国和中国大陆之间做生意。

金家三代传人金玉琢和孙女金磊、金鑫

由于年久失传等诸多原因，本章对金家源头一些问题很难说明白。如金童当年是何时何地以何种方式来到成山的？传说中的金家庄也留下一些后人不可解开的疑惑：如据金童二支传人76岁的金立文老人讲述，中华人民共和国成立时他十二三岁，每年到沙沟东南的金家茔上坟，茔里有十几座坟，茔地中间有颗红顶松一人抱不过来；再如，据金树召回忆，金童有一个妹妹在荣成瓦夼村，小时过年他跟父亲去看过他的这位姑太。

这些疑团令人费解。

仅金家茔和金童有个妹妹这两种说法，足以说明金家庄不单是金童一个人，那么，剩下的那些人哪儿去了？目前，金家有十几户人家，想解开这个疑问却苦于找不出答案。

2 自古大陆与半岛

北京大学。

一向宁静肃穆的校园骤然热闹起来。几天来，学校停课上街举行大规模游行示威，声讨美帝国主义，声援中国人民志愿军，动员民众以革命和生产的实际行动保家卫国。“北大”一动非同小可。全国的学生都闻风而动，工人农民紧随其后，影响越来越大，引起了国际社会的高度关注。

张政烺 1936 年
北京大学历史系毕业照

此时，校园里有个人却在从事一项特殊行动，它比上街游行示威更具战略意义和文化价值。这个人，就是著名历史学家和文字学家张政烺教授。

张政烺，字苑峰，祖籍山东荣成县崖头村。民国时期，他在中国古代史、古文字学、古文献学乃至中国通俗小说等多领域就有突出贡献。中华人民共和国的成立，为他的人生目标注入了新的活力。时年39岁的张政烺，当中华民族再次面临重要抉择时，他在做什么？

张政烺办公室。一圈老式木椅和藤椅围坐着的5个人，皆在历史系任教，也是国内史学圈知名人士。张正烺坐在自己办公桌前，其他人依次是：秦汉史专家、历史系教授余逊，考古学家、中国佛教考古开创者宿白，明清史专家和第二代清史学家商鸿逵，北大文科研究所教授金毓黻，著名历史学家杨翼骧。6人中张政烺虽然年轻但资历和专业功底都很深。他不仅学识渊博、学风严谨，而且虚怀若谷，光明磊落，正气凛然，肯于助人，提携后学，无门户之见、亲疏之别。在校园和社会上极有亲和力，受到大家尊重。因而，一些重要学术活动，系里往往委托他出面牵头。

"受系里委托，今天请诸位商定历史系集体赶写小册子的技术问题。出这个册子的目的，是从史学和文化层面向全国和世界人民说明抗美援朝是必要的，人家有难我们不能不帮。实际是讲两岸'唇齿相依、唇亡齿寒'的历史联系。"浓重的荣成腔，一字一板，不紧不慢，精准讲述，没有废话，这是张政烺说话的特点。

为配合当时形势，出版社催得很紧，要求一个周送达书稿。张政烺接着上面的话茬，提出了写作思路：中朝关系可追溯至上古"大石"时期，由史前到现代5000年，大体可分6部分，正好6人每人一部分。他负责史前到秦这一部分，剩下的由其他5位分头承担。完了6部分一摞即可，没有人再去统编和修改了。

这样做不是推辞也不是不负责任，而是尊重和大气，谁熟悉哪一块谁去写。这时，有人转头见屋角那里有块黑板，就请张先生把这6部分写在黑板上，以便讨论和分工。

张政烺的板书清楚好看，在历史系人所共知。他把黑板搬了过来，拿支粉笔麻利地写了起来。可能心急写快了有误，找不到板擦，他就用自己呢子外套的袖子擦黑板。这是他讲课时常有的动作，往往因此引发一阵哄笑……

1951年10月初，北京开明书店出版了《五千年来的中朝友好关系》一书，印1.2万册，由中国图书发行公司向全国发行。

每个地方总有那么几个人博古通今、精通史学，张起明在威海和荣成就属于这种类型的人。当我电话请教中韩关系史、山东威海与韩国关系史时，他虽年逾八旬却耳聪目明、反应很快，脱口告诉我，抗美援朝时，荣成人张政烺同北大几位教授合写了一本书，叫《五千年来的中朝友好关系》……我急切地问哪儿有这本书？他说他有，几天后我就收到了书。

受古老华夏文明影响，在漫漫的历史长河中，虽然黄海两岸分分合合、打打闹闹，时而亲密时而疏离，但就像一个共辱共荣的大家庭，友好共存是大趋势、是主流。这本书，讲的正是5000年来两岸之间友好的过程。

时隔60多年，书已斑驳发黄，书皮也酥了，掉齿掉角。书虽陈旧，却无半点污染和涂抹。张起明一生从事考古，曾于青州博物馆工作，退休前任荣成市文物馆馆长，一生嗜书惜书如命，23年前其族叔张洪泉送他后悉心珍藏至今。这其中有多重感情交织，也包括了他同张政烺多年的交往。

一代大师张政烺以及和他一起写作的人已离开了人间，抗美援朝胜利也已半个多世纪，然而，半岛和东海局势变化的种种迹象，丝毫逃不过张起明那敏锐的观察和思考。他时常陷入这种思索与思念之中，当我对半岛和东海局势表示担忧时，他平和地说“没有事儿，一切会好的”。这是文化和力量的自信，平常心的善良和无惧，一种处事的包容和从容。

事实正是这样。黄海两岸友好源远流长，有深厚的地缘情结。朝鲜半岛与中国辽东半岛、山东半岛原本属同一大陆板块，第三纪中晚期因地壳变动形成三大半岛。于是，朝鲜半岛与辽东半岛山水相依，与山东半岛隔海相望，环抱连接成一个大海湾。古往今来，西岸大陆的黄河水终年流淌不停，注入这片海，最终把海水变黄了，这海就叫了“黄海”。黄河是中华民族的母亲河，由此，这片海就有了“中华最古的海”之称。在这个区域内航程很短，海岸曲折、港湾众多，不受北极冰山和赤道下飓风侵袭，自然海况和环境平和，极适应古代原始船只和原始航海术，两岸之间你来我往平安顺畅。

三大半岛中，威海与朝鲜半岛直线距离最近。地处山东半岛最东端，三面濒临黄海与对岸咫尺之隔，荣成成山与仁川相距仅有90多海里。“远亲不如近邻。”黄海两岸人相亲近是一种客观自然规律。据史载，这种交往可以溯源至商周时期箕子朝鲜的记载，成为两岸广泛流传的美丽佳话。

商纣王时代（前1075～1046年）

朝歌，今河南淇县，商朝末代行都。不见以往歌舞升平的淫奢之风，取而代之的是“牧野之役”的战场厮杀。牧野，今河南省淇县南部、卫河以北，新乡市一带，当年周武王联军与商朝军队在此决战。

商纣时代，帝辛用心发展农桑，实力逐步强大之后开始扩大疆域。先征西北的黎，后平东方的夷，胜利后便昏了头。骄横淫奢，穷兵黩武，加剧了社会和阶级矛盾，最后兵败自焚，商朝灭亡。故《左传》称：“纣克东夷而陨其身。”

牧野之晨细雨绵绵。周武王姬发亲率战车300乘，精锐武士3000，步兵数万人，悄然抵达孟津，与作战勇猛的庸、卢、彭等部族会合，“牧誓”之后亲率4.5万联军直逼商军。据“夏商周断代工程”考证，这天为公元前1046年1月26日。

面对武王用兵，商军倾巢出动。首战，周军仅有吕尚率数百精兵挑战，其锐便重挫并震慑了商军，使其阵脚大乱。接着武王压阵跟进冲杀，商军全无斗志、纷纷倒戈。少数禁卫军已无力挽回颓势，帝辛见大势已去，返回朝歌登上鹿台，“蒙衣其珠玉，自燔于火而死”。次日，武王在众将帅簇拥下入主朝歌。有史书载：牧野之战周武王大获全胜，是中国历史以少胜多、以弱胜强的著名战例。国破山河碎，遭殃的是大批前朝贤良和黎民百姓。前朝遗民不甘心做亡国奴，又不肯与新朝代对抗结怨，只有出走他乡另谋发展，引发了我国上古时代人口向海外移民的大迁徙。其中箕子便是一个突出代表。

箕子，名胥余，商纣王叔父。官至太师，封于箕，即今山西太谷一带。殷商末年，箕子与微子、比干齐名，并称“殷末三仁”。纣王当政之初箕子辅佐，时见纣王进餐必用象牙筷子，常叹其奢侈之极。纣王由奢到暴，挥霍无度，整天酗酒淫乐不理政事。箕子忧心如焚，出于公心对他苦心劝阻。纣王对此很反感，竟然把他囚禁起来，贬为奴隶。见成汤所创六百年江山将断送纣王手中，箕子心痛如绞、割发装癫，每日只管弹唱“箕子操”，以发泄心中悲愤。周武王灭了纣王，箕子逃往箕山隐居。

箕子像

武王求贤若渴亲访箕子，请教治国道理，请其出山治国，箕子不从。箕子看透天下大势：商纣之前包括夏代，势力范围始终没有突破中原地区，周边被少数民族部落控制和包围。中原人以正统自居，把四周部落蔑称为“东夷”“西戎”“南蛮”“北狄”。华夏文明之道在于“变”与“和”。纣王初期遵循其道，重视农桑，在生产力发展、国力强盛后拓土开疆，国土达到今山东西部和安徽、江苏北部，商纣王由此走向了腐败。一向被中原人视为“戎狄”的部落成为新的政治力量，周武王联合他们，抓住机会，牧野一战一举灭了殷商。悲哉，叹也，六百载之殷商。面对天道，箕子审时度势、再三考量，最终选择出走东北方向，漂洋过海到了朝鲜半岛……

史学家多说商代系出东夷，有起于东北，和高句丽、百济、新罗同为一种“卵生”的传说。这种传说在古代分布极广，东起朝鲜，环绕着渤海沿岸往南直到淮水流域，凡属东夷区都曾有过。山东社科院离休研究员李永先的《箕子莱夷人考析》一文，被收入北京大学韩国学研究中心所编《韩国学论文集》第 11 辑（北京大学出版社 2003 年版）。该文指出：箕子是在商王朝中央任职的莱夷人，商王朝的诸侯国莱国，是莱夷人建立的国家，在商代甲骨文和商、周青铜器铭文中有所记载。如此说，商代灭亡后，箕子和遗民 5000 人退到朝鲜，正如金亡后女真人退保混同江、元亡后蒙古人退保漠北一样，绝不是一件偶然的事情。

这批朝歌殷人创立了“箕氏朝鲜”，对此中朝两国文献都有记载。《尚书·大传》：武王胜殷……释箕子之囚，箕子不忍周之释，走之朝鲜。武王闻之，因以朝鲜封之。

周武王很乖觉，当他知道箕子远避东方时，既不可能用武力使朝鲜屈服，又不好再说三道四，只好顺水送人情，承认这一既成事实，“封箕子于朝鲜而不臣”了。两年后，箕子回国朝见周朝天子。途经殷商都城遗址，只见原来雄壮的宫室已残破不堪，有的地方种了庄稼，他很伤心，欲哭不能。于是，亡国之痛涌上心头，只好以诗当哭，作了《麦秀歌》以表心迹：“麦秀渐渐兮禾黍油油，彼狡童兮不与我好兮……”“狡童”是指商纣王，意为那时你不听我劝，如今落得这般田地。朝歌殷民听见，皆动容流涕。

商代在黄河平原停留了五六百年，因为交通上的方便，文化发展得很快。箕子退至朝鲜，就把商文化带到了当地。因为两地社会发展的阶段相差不远，商文化正是朝鲜人民所要摸索着创造的东西，因此它就与朝鲜人民的智慧和技术相结合了。

箕子治理朝鲜，有所谓“设禁八条”，而最重要的则是教民“田蚕织作”。朝鲜当时土地平均分配的做法，即仿效商代的田制，因为是箕子传来的，便叫作“箕田”。这在朝鲜大概曾普遍施行过，后来由于生产力的发展都破坏了，只有在箕子建都的平壤，还保存一部分，被看作古迹。朝鲜古代学者韩百谦曾著有《箕田考》一书，记载着“箕田”残存的形迹：

> 箕田在平壤城南，含毬门和正阳门之间，保存得最好，阡陌皆存，区划最为分明，其制皆为田字形，每田有四区，每区皆七十亩；大路之内横计之有四田

> 八区，竖计之亦有四田八区，八八六十四，井井方方的。区与区之间留出一亩宽的路，田与田之间留出三亩宽的路，以十六田、六十四区划为一甸，其三旁又有九亩宽的路，从城门直到大同江边。土地的尖斜欹侧不能划成方块处，或一二田，或二三区，随地势而为之，叫做余田，也都是每区七十亩。[①]

据朝鲜历史记载，箕子在朝鲜治理不到三年，当地民风大变，夜不闭户，没有盗贼，妇人守贞不淫，男婚女嫁不重聘礼，民众节俭和睦，社会和谐安定。箕子是朝鲜人民永远不能忘记的历史人物。《高丽史》记载，肃宗七年（1102年）十月礼部上奏请求，为箕子造坟茔、立祠以祭，纪念他开创教化礼仪的功德。于是，当年在平壤牡丹峰建箕子陵，1122年重修，墓前有丁字阁和重修记迹碑。清与日本在此曾有激战，墓上留有弹痕。

殷商文化影响朝鲜半岛3000多年，传承至今。朝鲜人喜穿白衣，源自“殷人其服尚白”；韩国国旗图案，源自《易经》的哲学思想。箕子创立了朝鲜最早的8个姓氏，即景、秦、康、南宫、鲁、韩、鲜于、齐。之后，历代移民把更多姓氏带入朝鲜。有韩国资料显示，韩国258个姓氏，有136个来自中国，华裔占韩国总人口的半数，其中箕子

① 转引自朱亚非等：《山东对外交往史》，山东人民出版社2011年版，第6页。

王朝移民后代又占华裔人口一半。现在，韩国的韩氏、奇氏等许多姓氏把箕子奉为始祖，近 20 年来陆续有韩国人到朝歌寻根。

箕氏王朝共历 41 代君王，公元前 193 年箕準被卫满政变推翻，箕子王朝灭亡。

春秋战国时代（前 770～221 年）

胶东半岛尖上有个赤山口，即今威海荣成石岛港。赤山只是一个很小的山，在海边上，过去仅是个渔码头。西周初太公吕尚因佐武王伐纣灭商有功，封地齐国建都于营丘（今山东省淄博市临淄区）。齐国近海大兴渔盐，靠山发展桑织，同时与“箕氏朝鲜”大力发展海上交易，此时的赤山码头成为北方最大通商口岸。

每临秋季，赤山码头热闹非凡。海里商船渔船穿梭不停，岸上渔人、商人熙熙攘攘，码头集市大街两侧挤满了货摊和人群，各种货物分门别类停放有序。由于具有得天独厚的优势，渔货市场和文皮市场非常繁荣。

鱼货分别为鱼虾蟹鱿蜇及贝类。鱼有鲅鱼、刀鱼、黄花鱼、偏口、黄姑、黑鱼、牙片、白鲞、鲳鱼、鲫鱼、鲈鱼、大头鱼等，虾有大虾、爬虾、鹰爪虾，蟹有飞蟹、石蟹、牛屎蟹，鱿有屾管蛸、乌鱼蛋、乌鱼花，蜇有沙蜇、面蜇、海蜇头，贝有螺、蛤、蛏、蚬子……

文皮在市场上也很抢手。文皮者，斑纹美丽的虎豹皮也。虎为百兽之王，皮首上的双目露出威猛兽王之气，斑斓花纹和亮丽皮毛令多少商贾大亨流连忘返。齐国为“五霸”之首，多少商家取道东莱来到这里，斥（赤）山文皮成了各诸侯国的抢手货。

赤山是个小山不出虎豹，出名则缘于赤山和朝鲜一水之隔，是中国最早的进出口口岸，到9世纪还是北部中国通往朝鲜、日本的重要海口。对此，日本高僧圆仁在《入唐求法巡礼行记》里已有专门记述。中国古代典籍《管子》和《尔雅》也都有记载。可见在春秋战国时代，朝鲜和齐国有着顺畅的海上交通及密切的商业往来。

齐国的强盛引发各诸侯国的追逐。战国以后，燕国与朝鲜有着更为繁盛的商业往来，路线主要在陆地。此时中国铁器普遍应用，促成了大分工，工商业很发达。燕国人口增加得很快，军队庞大了，和东胡、鲜卑等族常生摩擦和斗争，便向东开辟了许多土地，遂与朝鲜接界，为两地经商和交流提供了更为便捷的条件。

霸业之争，秦国咄咄逼人。秦始皇创立了统一的大帝国，对外扩张，对内强制推行封建制。秦人不甘心被奴役的，一部分便浮海逃到了朝鲜南部。此地属于马韩，他们特地将东部沿海一带划出一块地方，来安置这批海外流民。患难中的秦人难民得到朝鲜人民热心帮助，从此在这里生活下去，就叫做“辰韩”，有人也把辰韩叫做“秦韩”。

春夏之交天气炎热。渤海北岸当年燕人通商的陆路上，大批逃难的燕赵（今河北）人艰难地向东走去。与之相对，黄海边上的威海湾和荣成湾，齐地（今山东半岛东半部）

逃难的人都聚在这里渡海到朝鲜。不久，秦帝国面临崩溃，很多人为了逃避赋役的剥削和战争威胁，又成群结队移住朝鲜。燕人卫满和千余流亡者避居朝鲜境内，伺机袭取了朝鲜，朝鲜王箕准逃亡。从此，组成卫满政权成为方数千里的国家。

汉武帝时代，山东、河北人继续逃往朝鲜，卫满孙子右渠做朝鲜统治者，大量收容他们。新老中国移民和本地土著人住在一起，和平生活着。卫氏朝鲜区域东方是濊貊[①]族20多万人，属卫氏政权范围；南方是辰韩，西南是弁韩和马韩。汉武帝以卫氏政权遮断半岛各部族与汉政府联系为由，派兵入朝推翻卫氏政权，在卫氏统治区域的北部设乐浪郡，南部设真番郡，濊貊区设临屯郡，沃沮区设玄菟（wèn）郡，以强化与汉联系。在这些区域设立复杂行政机构，只是迎合了专制皇帝开疆辟土的心理需要，除国家财赋被大量浪费外并没有什么实际效用。汉昭帝时代，财政上实行紧缩，取消真番、临屯两郡，将那片区域移属乐浪，并将玄菟郡向内迁徙。此后不过30年，即前57～前18年，高句丽、新罗、百济三国先后建立。

公元30年，东汉时代朝廷撤销在朝鲜半岛东部沃沮、濊貊区域所建立的县治，由此，新罗、百济由南而北，高句丽由北而南，逐渐发展壮大起来。乐浪郡是汉武帝在今

① 濊貊（huì mò），我国古代东北地区少数民族名。濊族在夏商时本居于青州，属东夷地一支，周灭商时，濊大部分迁徙辽东与貊族融合。

韩（朝）半岛设置的汉四郡之一，管辖朝鲜半岛北部，对周边诸部落有很大影响力。因其离大陆中原地区很远，成为汉地战乱时期人民避难的世外桃源。王莽政权的崩溃、黄巾起义的失败以及曹魏统治阶级内部剧烈斗争时期，“中国大乱，汉人避乱来高句丽者甚多”。流亡的人成群结队，呈集团式流入。陆路由辽东移往乐浪，海路由山东半岛避居朝鲜半岛。《后汉书·郡国志》载，140 年，乐浪郡 18 城，共 61492 户、257050 人，其中大多数是迁移过去的中国人。

中国人大量迁移，自然把汉、晋文化传播到了朝鲜半岛。日本人20 世纪初三次在平壤乐浪郡旧址附近发掘古坟，得了很多汉代遗物。这些遗物最多是漆器，有盘、盂、椀、壶、匕、勺、枕、案、奁[①]、箧[②]等日常用具，大都黑地朱花或朱地黑花，并有其他彩色点缀。有些上面带“元始”“永平”等年号；有些附着地名，如“蜀郡西工”“广汉工官”；有的镂刻“素工”“髹工”“上工”“清工”“雕工”“画工”诸名；还有的竹胎漆箧上绘有汉代盛行的民间故事图像，如孝子故事、神仙龙虎等，这些都是 1 世纪手工业经过精细分工制成的。

墓内还发现大量织工很精的绫绢残片和菱纹之罗。当时，这种制衣服材料只有齐国生产。乐浪与赤山海路甚近，

① 奁，lián，泛指精巧小匣子。

② 箧，qiè，小箱子。

自然就把这种材料运了过去。铜器有镜、刀、剑、镞、弩，但不多。铁兵器有刀、剑、矛、戟，种类数量均多，说明半岛已经通行铁兵器了。庆尚北道永川郡出土不少铜镜，这种精美铜器应是从内地运来的。长眠这里的主人大多是汉朝地方官吏、属员和他们的家眷。陪伴他们的这些精美工艺品，足以展现中华民族的创造精神和优秀文化成果。

唐显庆五年（660年）

春天。艳阳高照，海浪围住岸上岩石猛烈撞击，这片海岬却始终骄傲地扬起那高昂的头，结果，千百年走过来，这里就叫了成山头。

一代名将苏定方站在成山头上。眺海远望，他在思索如何率水军从这里渡海攻百济以助新罗。2月10日，唐高宗巡幸太原时向他下达了军令。3月10日，他被任命为神丘道行军大总管，率左骁卫将军刘伯英等水陆大军10万人征讨百济国。4月初，苏定方就率部由青州抵达成山沿岸。一时间，十里海岸战旗猎猎、千船张帆，水陆大军海里岸上昼夜操练，刀光剑影、杀气冲天，尽显唐军之威。万事俱备，只欠西风。只待苏定方一声令下，10万水陆大军顺风顺水，不消一日便可直抵百济。百济恃仗高句丽支持，多次侵犯新罗。面临被高句丽和百济兼并的危险，新罗王金春秋上表唐高宗求救……

公元前1世纪中叶，高句丽、百济、新罗三国并起，徐徐发展。4世纪末，朝鲜半岛形成三国鼎立局势。高句丽控制半岛中部以北，岛南部与东部是新罗地盘，西部为百济所据。三国中高句丽发展最早。它经常对汉魏保持朝贡关系，也曾同汉魏边郡发生冲突，4世纪末日益发展，把领土扩展到辽东、乐浪两郡。百济的外交政策，也和高句丽一样，一面通使北朝，一面与南方王朝信使往来不绝，同时，不断扩大地盘，把领土扩充到带方郡。新罗是半岛东南部辰韩部落之一，与中国通使起步较晚，自梁朝起往来甚密。长期以来，三国之间错综复杂，争斗不休、尔虞我诈，彼此之间今为友、明为敌。特别是4世纪以后，这种争斗愈演愈烈。为扩大地盘、与高句丽争雄，新罗与百济结盟占领了汉江上游地区后，翻过脸又去攻占百济汉江下游地区，并乘势沿东海岸北上，将势力伸延到今咸镜南道利原地区。新罗的扩张招致高句丽和百济的不断进攻，处境危急的新罗就吁请唐朝出兵干预。

长期以来，中国政权与半岛三国保持着藩属关系，以朝贡册封方式联结双方使节往来。除中国北方政权对于高句丽偶尔因军事或政治矛盾施以短期的压力外，中国于各国内政向来不干涉，只是以朝贡方式交换礼品。

据日本人考古发现，三国故都附近出土大量六朝时期文物。高句丽古坟内有单色或彩色壁画，绘有日、月、星辰、苍龙、玄武和天人等图像，其已超过汉人技巧，富于六朝艺术风格。百济故都，即今忠清南道公州，及扶余城附近有很多古墓，那里出土的金冠上的装饰品都是镂空花纹，具有典型六朝的风格。百济境内很多寺院和宝塔遗址发现的瓦当，其花纹及制造法，和南京出土的南朝古瓦如出一范。由此足见，唐朝对半岛三国起初都持友善态度，但随着半岛内部局势的逐步恶化，也出现了新的走向。新罗一味扩大地盘，不择手段出尔反尔，招致百济和高句丽联手攻击，甚至要同日本联手吃掉它。新罗这回真的招来了灭顶之灾……面对灭亡，谁是救世主？唯西岸渐入盛世的大唐帝国！为了生存，新罗王甘愿称臣再次向大唐求救。唐高宗审时度势出面讲和，但人家不给面子，一怒之下便“该出手时就出手”。运筹帷幄，挂帅者唯大将军苏定方是也！

苏定方（592～667年），冀州武邑（今河北武邑县）人，唐朝杰出军事家。此番征东，胜券在握。成山头上，苏定方一声令下，千帆竞发、百舸争流，10万唐军横渡黄海，直抵熊津江口，即今朝鲜半岛南部锦江口。百济军沿江屯兵据守，苏定方两岸出奇兵。西面大兵压境，唐水军千帆所至覆盖了海面；东面抄后路，先行登陆大军从背后杀来……百济军大败，死了几千人，余众奔逃溃散，唐军大部队乘潮而上。战船首尾相连驶入江中，飞桨击水、擂鼓呐喊；苏定方率步兵、骑兵夹江并进，直逼百济都城。

百济平定后，唐朝“以其地置熊津、马韩、东明、金连、德安五都督府，并置带方州”。五都督府下辖的37州、250县纳入唐朝版图。左骁卫郎将刘仁愿受命率领万名唐军，并联合新罗王子金仁泰所率的7000新罗军，共同守卫百济府城。

公元663年8月27日，百济军与日本联军同唐军在白江口，即韩国锦江入海口发生一场水战。日军4.2万人，战船1000余艘；唐军1.3万人，战船170艘。双方展开激战，打了两天。唐军虽战船数量少，但唐将刘仁轨指挥船队灵活地变换阵形，分左、右两队，将日军围住；倭舰相互碰撞无法回旋，士兵大乱。最终，日军战船全被焚毁，数万日军被杀或溺死。此战，是一次以少胜多的经典水战，奠定了此后千余年间东北亚地区的政治、经济与文化格局。

白江口一战把日本打老实了。一直数百年间他们不断派使臣向唐朝拜师学艺，逐渐效仿形成其一整套政治、经济、文化制度。此时的日本，几乎是唐朝的一个翻版。直到1592年丰臣秀吉侵略朝鲜前，近千年里日本未敢再向中国叫板。

唐与新罗联手灭了百济之后，连续8年攻打高句丽，高句丽最终灭亡。之后，唐分其境为9都督府、42州、100县，在平壤设安东都护府以统之，右威卫大将军薛仁贵为检校安东都护，领兵2万镇守其地，试图控制朝鲜半岛。对此，新罗坚决反对，引发了唐朝新罗战争。新罗举倾国之力却无法让唐军退兵，新罗王见武力不成，主动请罪求和。此时唐战略重心已转移至西线，吐蕃成为主要对手。面对新罗谢罪求和，唐朝自然乐于接受，重新接纳新罗为大唐藩属国。自此，唐朝与新罗以大同江为界划分势力范围。唐朝巩固了大同江以北特别是辽东地区的统治；新罗实现对朝鲜半岛大同江以南地区的统治，进入统一新罗时代。

参照唐朝政治制度，新罗建立起自己的行政系统和组织。它大力吸收中国文化，使用汉字并创造了用汉字标音的“吏读文”；新设立国学，教授《论语》《礼记》等书；大量派遣包括僧侣在内的留唐学生，其中学有所成者不少。幼年入华的新罗僧人慧超、多年在唐朝求学为官的东国儒宗崔致远是突出代表，他们的作品《往五天竺传》《桂苑笔耕》等在中国流传久远。

由兴到衰是王朝更替规律。新罗后期，王族之间为争夺王位引发民变和兵变，朝鲜半岛形成后三国分立局面。918 年高丽王朝创立，朝鲜半岛为高丽王朝所统一。然而，不论朝代如何更替，唐朝与新罗两国人民友好历史是永久的文化遗产，两国历代不乏研究和传承这段历史的人。

1984 年春天，荣成县文物馆，简朴的办公室里张起明正伏案忙碌着。他一面不停地翻阅《管子》《尔雅》等古籍，一面用放大镜研究馆里收藏的唐代瓦片……此时，我国正处改革开放初期。正值中年的张起明，由鲁中的青州博物馆调回到开放最前沿的荣成老家，从事文博工作。他刚接手工作，就接上级外事部门通知：近期日本和韩国外宾要来荣成考察，说历史上有个新罗人叫张保皋，在唐穆宗年间来赤山浦建了一座叫“赤山法华院”的庙，要求文物部门做好相关资料准备。带着一份责任和压力，张起明匆忙上阵。他大量查阅古籍，深入民间调查，实地寻找蛛丝马迹。很快，搞清了当时的历史背景和佛教东传的来龙去脉，发现了这一时期大量民间传说，其中有当地民女与新罗僧人的爱情故事……

一个中国村姑怎么能爱上外国和尚？简直不可思议！多年考古形成严肃严谨思考方式的张起明，怎么也不相信这是真的。他跑到济南，在图书馆里埋头查阅《宋高僧传》，终于在第四卷《唐新罗国义湘传》里找到了这个动人故事：

> 释义湘。俗姓朴。鸡林府人也。生且英奇。长而出离……以总章二年附商船达登州岸。分卫到一信士家。见湘容色挺拔流连门下既久。有少女丽服靓妆。名曰善妙。巧媚诲之。湘之心石不可转也。女调不见答。顿发道心。于前矢大愿言。生生世世归命和尚……

故事大意：唐初，义湘从赤山浦入唐，借宿赤山一信士家。信士女儿善妙见义湘容姿挺拔，心生爱慕，几番真情示意，义湘一心向佛，不为俗情所动。于是，善妙资助义湘到终南山，拜在智俨法师座下学《华严经》。义湘在外求法十多年，善妙始终不婚嫁。义湘学成后回赤山浦乘船回国，善妙追来，船已起航，刚烈的善妙毅然跳海，化作神龙护送大师回国……今天，在韩国庆尚北道荣川郡、安东郡等地，留下了“浮石寺”“凤停寺”“善妙阁”“善妙庵”等纪念义湘为痴情姑娘善妙超度的建筑，为世人敬仰。韩国人亲切称善妙为“善妙娘子”，无数善男信女把她视为爱情的守护神。义湘则被誉为“海东华严始祖”。

故事搞清了，张起明并没有由此刹车，他领着一个叫滑玉庭的年轻人去深入挖掘，费尽心血搞创作，写了一本书名《禅情》的小说。此举，表明刚开放时的荣成开始重视历史文化的挖掘，也引发了中韩两国学界的关注。一篇千八百字枯燥的僧人传，在张起明手里变成了一部通俗易读的大众文学读物。一个一直搞文物考古并无文学创作经验的人，为弘扬历史文化而去搞创作，精神实在可嘉。这个故事，生动地再现了唐朝与新罗两国人民之间的友好，这种友谊，也渗透到了两国人民的日常生活之中。

文登，是胶东半岛黄海边最古老的县。唐代，文登县归登州府所辖。齐国时，因把大量产于朝鲜半岛的虎豹皮运到赤山海口向内地贩卖，“斥山之文皮”市场在齐人中很有名气。到唐朝进入开元盛世后，赤山码头就如同当代的深圳特区，属大唐开放的最前沿。因之，直管赤山码头的文登县衙就不一般了，许多新罗人慕名而来，到县衙谋取差使以求功名。

有史料记载，文登县衙众多衙役中有个新罗人叫金清，职位是押衙，负责军务和治安。因信仰佛教和职责使然，多与南北方的居士联系结交。他结交的居士里有不少高官，相互走得很近，关系甚密。唐朝后期朝政腐败，官员盛行做生意，金清也做生意赚了钱。有了钱他要在中国行善举，出钱重建县境西部昆嵛山中的无染寺，并动员圈内的居士参与。金清人缘好，又是外国人，一呼百应。当时的实情，有留传在世的《无染院碑记》为证：

> ……鸡林金清押衙，家别扶桑，身来青社，货游鄞水，心向金田，舍青凫择郢匠之工，凿白石竖竺乾之塔……光华四年岁次辛酉三月癸未朔十八日庚子辰时　书记孔诠镌
>
> 两浙镇海镇东两军节度使检校太师兼中书令彭城郡王钱镠；
>
> 牟平县令、将士郎、前守郓州庐县令刘部；
>
> 文登县令、前陇州防御判官、将士郎、试太子检书夏侯；
>
> 押司、官□录事张从；
>
> 先师和尚常益；
>
> 当院法主和尚巨弘，院主道明

为便于理解，将生词予以注释：鸡林，古新罗国国都；金清，人名；押衙，唐官称；扶桑，朝鲜半岛；身来青社，这里的“青社”指文登；货游鄞水，指做生意来往浙江沿海的明州一带；钱镠（liú），唐末五代吴越王，辖两浙13州。

碑记前文提到叫宋璋的当地人，说他“舍地十顷”，很可能是倡议或响应建寺的主谋人，但新罗人金清参与后，金清则成了实际的主策划人。吴越王钱镠成为第一大施主，应该主要是金清起的作用。吴越王辖地都是富庶之地，可

谓“地方千里，带甲十万，铸山煮海，象犀珠玉之富，甲于天下”。当时，因江淮不通，两浙的吴越王钱镠为发展海运贸易，在山东沿海等地设立“与民贸易”机构。这样一来，胶东人和新罗人发起的无染寺建设计划，就得到吴越王及其藩属和胶东地方官的一致响应。

五代宋辽金元时代（907～1368 年）

这是中国历史转型发展的重要时期，也是朝鲜半岛风云变幻的特别年代。不管朝代如何变化，中国与朝鲜半岛人民始终保持唇齿相依的生存依赖关系。一方有难，另一方总以庇护包容的姿态处事。几百年里中国大陆动荡起伏，凡到朝鲜半岛避难的大陆民众都能受到善待。同样，半岛高丽时代和李氏朝鲜，借鉴了中国不同年代的优秀文化成果，经吸收改进之后又返回中国，刺激了大陆经济文化的提升。

“五代十国”时期虽动乱不已，但中、韩（朝）与邻为善和平相处的总体格局没有改变。五代，是指 907 年唐朝灭亡后，中原地区依次更替的 5 个政权，即后梁、后唐、后晋、后汉与后周。公元 960 年，赵匡胤“陈桥兵变，黄袍加身”，篡后周建立北宋，五代结束。十国，是指在唐末、五代及宋初，中原地区周边存在过许多割据政权，其中有前蜀、后蜀、吴、南唐、吴越、闽、楚、南汉、南平（荆南）、北汉等，被统称为十国。北宋建立后，先后统一了尚存的荆南、武平、后蜀、南汉、南唐、吴越、北汉等政权，基本实现了全国的统一。

到了宋辽金元时代，友善共处的总态势没有改变，这是为两地史学界所公认的。五代，后唐、后晋、后汉、后周时直到宋代，两国统治者间的贸易是两国使臣的重大任务之一，甚为密切。高丽使臣带来一批“贡品”，中国统治者一定也要准备“特赐”给他们带回。中国使者带给高丽统治者一批礼物，高丽统治者当然也要回敬。这样，就完成了他们之间的交易。两国统治层的“礼尚往来”，无形中促进了彼此间的文化交流。宋朝主要的商港，北方主要是登州，赤山浦就属登州府文登县管辖的重要对外通商口岸。

王氏高丽与中国的文化交流更显密切，甚至有的地方原封不动地搬了过去，包括经济、政治、军事、礼乐、宗教、文学、理学、美术、工艺、书法、绘画、印刷、瓷器、织染、建筑、雕塑、医术、地理、风水、游戏、茶业、楹联、服饰等。反过来，中国文化受王氏高丽影响的，有绘画、织物、瓷器、铜器、铁器、金银器、漆器、纸墨、制扇、农业、医术、书籍、风俗、食物、服饰等。史载，当时双方交往的主要代表性人物计有下列 4 位：

在中国做官的高丽人康戬（jiǎn）。少时，随父亲在防御契丹的军队中生活。成人后，适逢高丽派进士到宋朝考宾贡，就随着入宋队伍进了“国学”。太宗太平兴国五年中进士，历任湘县令、太常博士、广南西路转运副使等，最终升任京西转运使加工部郎赐金紫，卒于宋。一生敢直言，清白能干，多建树，深受百姓拥戴。

到中国求法的高丽僧人义天。高丽统治者王徽四子，1085年4月乘福州商船到登州。其间访汴京、游江南、赴杭州，拜高僧50多位。跟净源读《华严》，随从谏学天台宗，从慧琳学唯识宗，从元照学律宗。聚集章疏3000多卷。回国后授《华严》，创立天台，复兴高丽佛教。1090年编成《新编诸宗教藏总录》，计4700多卷，收书1000部。全书镂木刊刻后，印本赠送宋和辽。这部《续藏》比后来范成和尚在山西赵城发现的《金藏》还重要。1101年卒，肃宗王颙（yóng）赠其大觉国师称号。

出使高丽的中国使臣徐兢（1091～1153年）。北宋和州历阳[①]人，1123年随使臣去高丽，其才华令“朝野轰动”。重臣争相交接，大家朝夕陪伴。这段不平凡的经历，促其归国后写成《宣和奉使高丽图经》40卷，书中300多篇美文皆附精细绘图，堪称一部12世纪初插图本高丽百科全书，历史价值不比后来的《高丽史》小。可惜书中图画全部佚失。

到高丽做官的中国人罗世。元朝人，流亡高丽从军，骁勇有谋、累功升大将军。辛禑[②]初年，他率高丽军民于幸安山击溃倭寇1000多人。接着，江华岛遭倭寇焚掠，罗世上书请战，率兵马一举歼倭船50只，按功“封延安君为海道元帅”。此后，凡信州、延安、龙冈等地入侵倭寇，都被

① 历阳，今安徽和县。

② 辛禑，禑，音 xú，高丽辛禑国王年号。

罗世大军荡平。倭寇不服，再集500条战船从镇浦口登陆。罗世用火炮焚毁倭舰，断其退路、迫其投降。此战是高丽防倭史上最大的一次胜仗。罗世班师百官陈贺，王者赏赐，辛禑大设杂戏欢迎他凯旋。

明代，朱元璋先于朝鲜李成桂25年起事成功。李成桂深知作为新兴力量的明朝，对他建国必定有很大帮助，于是一切向明朝学习，一切让路于两国关系；朱元璋视朝鲜为友邦，在政治和经济上与其走得很近。两国往来极繁，边境交易络绎不绝。就连中国的一些禁运货物，也特许朝鲜使者携带。有邻国人说，这是他国不敢希望、不能相比的。

军事合作。当时中国北部社会情况复杂多变，朝鲜往往出面帮助解决，并供给所需物品。对辽、沈一带流民，都负责送回中国内地。倭寇是中朝最大外患，每每西犯首害朝鲜，为此，两国通力合作。朝鲜擒了倭子，送中国一并处置。中国火器好，就送朝鲜火药火炮；朝鲜制造弓箭需大量牛角等，明朝特许来中国采购；朝鲜所造战船精巧，亦允许中国派人赴朝考察。万历年间，日本对朝发动侵略战争，中朝两国联合抵抗，中国向朝传授火器技术、设立都监、仿制鸟铳（枪）、训练炮手。

文化交流。朝鲜国王行礼所用冕服九章、圭玉佩玉、霞帔金坠等，都是中国的；一般文士所戴儒巾、所穿蓝衫，都与中国相同；大典用乐器也和中国一样；朝鲜许多庙社所用编钟编磬、瑟笙琴箫等也是明朝送的。有时乐器陈旧了，中国代为修理，他们的乐官常到北京学习进修。婚丧礼俗依照中国习俗而行，如：婚娶通媒、纳采，不娶同姓，父母故去3年守丧等。

朝鲜文具中国人最爱。因极精致，朱元璋把朝鲜玳瑁笔当作极贵重物品赐给文臣。黄毛笔、白棉纸、折扇等皆为中国人喜爱物件。《朝鲜纪事》载：诗人倪谦到了京城，朝鲜名士争相邀他赴宴，要他作诗。一天，他同朋友游汉江楼被人包围索诗，谦很快作诗三首，众人围拢过来聚首争观，咋舌赞美。此后，天顺时张宁、弘治时董越、嘉靖时唐皋、隆庆时许国、万历时黄洪宪等，到了朝鲜都有同样活动。朝鲜把他们的诗编刻成书，起名《皇华集》。

朝鲜文士中文写诗有不少名家。如郑梦周、权近、申叔舟、徐敬德、柳根、许葑、许筠及其妹许景樊等，颇负盛名，作品深受中国文人欢迎和钦佩。

清代，中朝国界自明到清四五百年一向没有问题。“鸭绿江自长白山东南流出，西南出于凤凰城与朝鲜义州间流入黄海。鸭绿江之西北系中国地方，江之东南系朝鲜地方，中朝之界即由鸭绿江中心分之。土门江（图们江）自长白山东边流出，东南入于海，江之西南系朝鲜地方，其东北系中国地方，亦以江心为界。”① 这是清圣祖玄烨于康熙五

① 张政烺、金毓黻主编：《五千年来的中朝友好关系》，开明书店1951年版，第109页。

十年（1711 年）对臣下说的一段话。康熙帝作为清朝定都北京后的第二位皇帝，这番话流露出他对邻邦朝鲜的一番情怀、理解与宽容。

其实，国界毗连处，边民接触和走动由来已久。他们互相往来，或垦土种地或交易货物或采集人参或猎取飞禽走兽。位处鸭绿、图们两江中间的长白山，国界不甚分明，又是著名人参产地，清政府明令不准两国边民私人采集。然而，不挖参就断了生路的边民无法顾及政府禁令，依然采挖不止。

鸭绿江西北岸“东边”一带，朝鲜人很早就过来盖房种地。守边官吏无法限制，只好表面装不知。为根本解决这个问题，光绪元年(1875 年)后，清政府在此设立诸多县治，如安东、宽甸、通化等县，这样就解决了这部分朝鲜人入籍生存问题。

图们江北岸很早就有朝鲜人过江来垦种土地。最初只是临时的，冬天回到对岸，走前把农具、种子及住的窝棚交付邻近中国朋友代管，以待明年春天回来。同治九年(1870 年)，朝鲜北境闹大荒，难民成群结队扶老携幼渡过图们江，向珲春等地流亡求食，北岸中国人善良地留其居住耕地度日。

反之，定居后的朝鲜农民也给予中国农民很多帮助。过去，北方人只会种旱稻不懂水田。朝鲜农民租赁土地引水灌溉，栽种水稻，使产量比旱田多七八倍，引起中国农民兴趣，于是，他们把许多旱田变成水田。如今东北大米已成为名品。

中朝边境贸易挺火。一是鸭绿江东南岸中江市场，凤凰城等地方官员包括商人来交易，每年两次：春季2月，秋季8月。二是图们江东岸会宁市场，宁古塔人每年来交易一次。三是图们江南岸庆源市场，珲春一带库尔喀人每年来此交易两次，每次20天。这在明朝之前政府是不允许的。康乾盛世，事出有因。

自古至今，中朝两国唇齿相依、患难与共，是由地缘和共有的精神文化所决定。地缘，相距很近；精神文化，一个家园的共同爱好和追求。远近不是唯一，关键是精神追求趋同。朝鲜半岛与华夏大陆相连，文明相近；日本素以孤岛而居，相比大陆，就像漂泊在大洋中的一叶孤舟，自觉自卑，就千方百计想把别人的掠为己有。16世纪中叶到20世纪中叶不过400多年，日本多次发动大规模侵略战争，首害朝鲜、再图中国。丰臣秀吉统一日本后，不可一世，把贪婪目光转向朝鲜半岛和中国大陆，悍然出兵入侵朝鲜，史称“万历朝鲜战争”。面对危机，明朝果断出兵，把攻占平壤数十万日军打到南部沿海。后经数年反复拉锯战最终战胜日军，丰臣秀吉死于战争末期。中朝在战火中结下了纯真的友谊。

中日甲午战争由朝鲜问题引起。鸦片战争失败后，中国沦为半殖民地半封建国家并祸及朝鲜。列强瓜分中国，日本咄咄逼人，借朝鲜“东学党之乱”公然出兵挑起甲午战争。战端一开，虽朝鲜傀儡政权中间作梗、晚清政府昏庸无能，但民间交往血浓于水。平壤百姓冒死为血战玄武门的左宝贵部救护伤员、送吃送喝，续写了危难时两国人民团结互助的战斗友谊。

由此引申，我们把“万历朝鲜战争”和“中日甲午战争”作比较，不妨得出这样的结论：第一，明朝能够领导中国人民和朝鲜军民并肩作战，发挥极大战斗力而取胜；反之，晚清政府不仅做不到，反而去镇压朝鲜“东学党”，因而战争必败无疑。第二，明朝政府不顾一切出兵援救朝鲜；反之，晚清政府畏首畏尾不敢大胆援朝。结果中国战败后，日本侵略者跨过朝鲜半岛进而侵占我国东北，全面入侵中国。血之教训，发人深省！

1905 年 11 月，日本强迫朝鲜订立了保护条约，从此朝鲜失去主权，沦为日本的保护国。随后，1910 年 8 月 22 日，日本竟强迫朝鲜签订了《日韩合并条约》。

朝鲜之亡国，是为日本蓄谋已久。甲午战争 1895 年 2 月结束，8 月日本人就动手了。先从闵妃开刀，“闵妃之难”震惊朝野。借日俄战争俄国战败之机，日本顺势又把朝鲜变成它的保护国。两年后，再废黜国王李熙，立太子李坧作傀儡。三年后又把李坧废掉并软禁起来。

纯宗李坧命运悲惨。出生后就卷入政治漩涡，母后闵妃和父皇高宗先后为日本人所害，做了 3 年傀儡皇帝，最终难逃亡国命运。李成桂传下的 500 年基业在他手中毁于一旦。他一直被韩（朝）同情，父亲死时激起了“三一运动”，纯宗之死引发了声势浩大的“六・十万岁运动”。为此，著名作家朱自清写了《朝鲜的夜哭》一诗，以悼这位命运多舛的亡国之君。

威海卫，1910 年。

东山女王饭店。当时中国沿海最豪华的饭店，1902 年上海理查饭店投资兴建于英租界东码头黄金海岸。近几天，来饭店避难的韩国人突然增多。熙攘客流中，有位气宇轩昂、形迹诡秘的韩国汉子，与租界头号英商邓肯·克拉克一起，急匆匆地找到饭店经营人 M. 韦农。见面开门见山，谈起收购女王饭店的事儿……

上海理查饭店创始人是英国商人阿斯脱豪夫·理查。1846 年投资兴建，几经改扩建，到 19 世纪后期成为远东最豪华饭店之一。英国爱丁堡公爵、美国第 18 任总统格兰特、哲学家罗素、大科学家爱因斯坦、喜剧大师卓别林等曾经下榻过。他们抓住英国欲放弃威海卫军港而开发自由贸易港的机遇，第一时间跑来威海卫，一次购买东山 35 亩海岸地，兴建了一座现代化饭店。接着，追加 25 万英镑搞二期工程，使饭店达到国际一流水平，并取名“女王饭店”向世界各地推销，商贾名流自然少不了威海卫名商邓肯·克拉克。

邓肯是职业操行高尚的商人。出身平民，自幼吃苦勤劳、善良助人。成年后，胸怀梦想来东方上海谋职，九死一生辗转芝罘（烟台）海关谋求一职。履职期间因参与英商船海难救助有功，被英王授予“维多利亚勋章”。1898 年英租威海卫，他辞职下海携妻子女儿闯“特区”来威海卫。首先到刘公岛做军供生意，挣来他的第一桶金。接着，发挥太太会经营旅馆的优势，投资收购北洋海军遗留地产——已被处决多年济远舰管带方伯谦一宗私人房产，将其扩建为岛上第一家私人旅馆——康来饭店。此后迁至岛外东码头办洋行，生意越做越大，盛极一时，跻身威海卫名商之列，成为女王饭店经营人 M. 韦农座上宾。后来，多次跑进刘公岛康来饭店找邓肯合伙的韩国汉子叫闵裕殖，是朝鲜明成皇后闵妃的近亲后代，身为军人挂衔将军，人称闵将军。

日本人吞并韩国并软禁国王李坧，朝鲜民众无不为之愤慨，纷纷谋良策解救可怜的纯宗国王。闵裕殖是朝鲜王室培养起来有正义和廉耻感的将军，何况闵妃在世时对其恩遇有加。作为近戚和军人，如何搭救国王，他思谋良久，最终不得不把目光转向西海岸的威海卫。

这里是英租界，把国王转过来就平安无事了。只身独闯，闵将军来威海卫一番考察，发现了女王饭店，决定把它买下来。一人势单力薄，最好找人合伙干，经人介绍后就屡屡跑刘公岛康来饭店。邓肯·克拉克本来就烦日本人，听了国王遭遇后，果断答应了对方的诉求。而这时的 M. 韦农，正为上海总店让他转让女王饭店而纠结。1906 年，上海市政规划要拆除理查饭店一部分，这样倒不如全拆重建，因投资巨大，不得不把威海卫女王饭店转让出去。凑巧，这时邓肯与闵将军就找上门了……

闵将军与邓肯合作经营过的国王饭店

女王饭店易帜改名国王饭店。一切准备就绪，只待国王光临。邓肯与闵将军从上海租来快船，由威海卫直抵朝鲜解救国王，等靠近了才发现国王已被转移。早有防范的日本人立即派杀手尾追过来。命在旦夕、情形危急！多亏海上突然起大雾，遮挡了目标，才有幸甩掉杀手返回威海卫。

悲哉！哀哉！李成桂创下李氏朝鲜走过了几百年，第27代王李坧当了3年傀儡被软禁了16年。国破家亡，酷刑的摧残和折磨，使他神志崩溃、病入膏肓。1926年4月25拂晓，朝鲜末代国王死于昌德宫大造殿，享年53岁。

带着无限惆怅，纯宗走了。他不可能想到，在他离开人世后的头一年，朝鲜劳动党诞生了！这标志着朝鲜民族解放的伟大事业正式拉开了帷幕……

当年赴汤蹈火解救国王失败的闵将军回到了威海卫。心灰意冷之后，他把国王饭店股权转给了邓肯先生，然后，自己买了一幢豪华别墅藏匿起来。从此闵将军在人们的视野中消失了。然而，十几年之后，人们从《黄海潮报》一则关于维修青年会会所的新闻中发现：该会所为光绪年间朝鲜外戚闵裕殖所购之府邸，位于威海卫商埠大同路五号。“闵皇亲”去世后，该建筑售予本埠英商邓肯商行，青年会开幕后租为会所，旋经王正廷部长及埠内外热心公益诸人士捐资购买，永为会所。由于年久失修，门窗多有损坏，董事部拨巨款进行了维修：面积广大，花木争荣，宫室辉煌，气象雄伟，东揽海市之胜，西收峰壑之妙，点缀天成，恍若仙境……

可惜，该建筑于1938年日军登陆次日被烧毁。据英国领事馆报告记载，青年会会所当天被洗劫一空，晚上被大火焚毁。

3　斥山，1984

斥山与石岛皆是千年历史重镇。始于春秋海运通商，繁荣于唐代的中、朝、日佛事交流，衰退转型于金元明时的军事设防，再崛起于清代康乾盛世。几千年来，这里所发生的重大事件、环境人文变化，中外史书多有刊载。

1984年新春时节，我因公务第一次走进历史重镇石岛。午后，时任县政府办公室副主任张吉成陪同前往。过了王连乡，车进斥山镇，前面不远就是石岛镇。

进石岛先过石岛湾。一条大坝高悬海上，长约千米，大有一坝横亘、海上天堑变通途之势，车行其上令人心颤。过去进石岛，沿海边土路先过车脚河。大坝南通石岛街，北连斥山镇。坝下中段修了桥涵，上游河水由此入海，潮涨潮落进退自如。一座似桥非桥、似坝非坝的庞然大物，跃然海面，煞是壮观。

从车上望去，石岛山脉由远而近清晰可见。胶东的山多是土山，山坡平缓、草木茂密；石岛的山却岩石裸露、千姿百态。尤其是到了山顶，石头更加暴露、形状各异。突的，群山中一峰突兀，呈锥体造型耸立山巅，奇石嶙峋，如石笋绽裂。车进山退，渐行渐远，山麓愈显苍茫，峰峦由南向北蜿蜒而去。主人说，这山就是斥山，现在通称“赤山”。[1]

举目西望，一条山涧由车脚河弯曲而下，把涧水两岸的小村各分一边：岸南的叫南车脚河村，岸北的挂在半山坡上，因位处上游西面就叫了西车脚河村。遥望山景，俯瞰大海。我至今方才知晓：如无眼前的山海造势成涧、涧水成河汇入东海，则将没有后来“赤山浦”的繁荣和故事……

赤山浦源头——南车脚河村（1988年代日本媒体刊发）

① “斥山”与“赤山”同指一处。光绪年间的《文登县志》在“斥山”条中曾直接注明：“斥山亦作赤山。”

也许当时没人知道：因为这里是中国大陆东端之末梢，韩国近在咫尺，史前此处就留下了两岸人民交往的足迹。今天想来，是 30 多年前的石岛之行，为今天写作中韩关系历史文化这本书埋下了伏笔。

如今才知道，站在历史文化角度看，当年修这条大坝代价昂贵。它因改变了古“赤山浦”的自然生态，而为沉淀千年的中韩历史文化的探索发现设置了障碍。当时就有日本历史学者拿着古人千年前描写“赤山浦”的文字，来石岛考察唐代中、韩、日的佛教文化遗存，只因生态地形的改变而受阻，因而，他们多次上书此地原来的主管上级烟台市政府。为这事，当时的董传周市长作了批示转给荣成县县长张执政，要求县政府采取措施来保护。

时至今日，大规模城市化浪潮谁也无力抵挡，当年的大坝和海湾变成了漂亮城区。古时的“赤山浦”发展至今——石岛镇已变成省级旅游开发区，斥山镇和王连乡也变成了街道办事处。

是急速变化的时代，把沉重的历史甩到了身后……

时光定格于唐代赤山浦。

赤山浦北面是成山头。唐高宗显庆五年（660 年），应新罗请求，高宗派大将苏定方率 10 万大军由成山渡海助新罗，打败百济和高句丽，帮助新罗统一了朝鲜半岛。自此，两国关系更加亲密友好。政治和军事的互信与合作，必然带来经济和文化的繁荣。于是，中国大陆距朝鲜半岛最近的赤山浦，如同后来与香港一街之隔的深圳沙头角一样，成为开放之初最热闹繁荣的地方。

《五千年来的中朝友好关系》一书，第二章是著名历史学家、北京大学余逊教授撰写的，主要讲述汉唐时代中朝友好关系。其中有一段写到新罗人在赤山村的情形：

> 新罗人来到中国后，长期居留的很多。九世纪中，日本来华求法的圆仁和尚，曾旅行中国各地。据其旅行记载，他所到过的地方，如扬州的江都，楚州的山阳（今淮安），泗州的涟水，密州的诸城，登州的牟平、文登等，都有新罗人留居。他们住的街巷叫新罗坊，安寓他们的旅店叫新罗馆。各地设有“勾当新罗所”，有专任翻译的通事。文登赤山村有新罗人张保皋所创建的法华院佛寺。有新罗常住僧三十余人，用新罗仪式、新罗话诵经礼忏。正月十四、十五两日的盛大讲经法会，新罗的道俗男女老少参加的有二百多人。

唐贞元六年（790年）是庚午年。

山川资俊杰，时势造英雄。新罗全罗道莞岛有个叫张佐里的渔村，一天，村里归化新罗的中国渔夫张百翼家里突然传出一阵男婴的啼哭声，这孩子就是后来的张保皋。他出身贫贱，家世低微，自幼无名，纯属海岛野小子，韩国史书中称之为“弓巴”，入唐后才有了名。“弓巴”自幼与凡人不同，善水性，舞枪弄棍，肌肉发达、臂力过人。

韩国有书记载着这样一个传说："莞岛过去有个人英勇无比，射箭60里远，弦断见血。至今岛上石硼还有箭矢的痕迹，因此这岛又称作'射岘'。这人就是张保皋。"据说岛上还有个与之类似的人叫郑年，武艺高强，水性无双。张保皋与郑年自小就是好朋友，两人不愧为一代豪杰，是时代、环境和天性造就了他们日后的大业。

进入9世纪之后，新罗朝政松弛，徭役和赋税加重，致使盗贼蜂起、民众起义不断。特别是宁德王时代（809～826年），社会秩序更趋恶化。据韩国《三国史记》载：宁德王六年，西部地区连降暴雨，洪水成灾，于是许多人为了避难，纷纷渡海逃难到中国。就是在这种历史背景下，17岁的张保皋与郑年横渡黄海，于唐宪宗元和二年（807年）到达对岸文登县赤山浦寻祖归宗。

史载，中韩两国人民在历史上各有三次相互大迁移。

中国大陆居民，向朝鲜半岛第一次大迁移始于殷末周初。不愿归服周王朝的殷遗民迁居朝鲜半岛，并以箕子为首建立了箕子国；第二次是秦汉战乱之际，大批中国人避居朝鲜半岛，他们以燕人卫满为首，在那里驱逐了箕氏朝鲜王箕准，建立了卫氏政权；第三次是蒙元时期，大批汉人为逃避元朝的统治而逃到朝鲜半岛。

朝鲜半岛向中国大陆的三次大迁移：第一次在唐代，半岛三国纷争时期，日本出兵援百济打新罗，阻止新罗统一，迫使部分难民西渡迁来大唐谋生；第二次是明代，日本丰臣秀吉侵略朝鲜，半岛居民大量向中国迁移；第三次是日本帝国主义占领朝鲜半岛时期，朝鲜人大批逃往中国大陆，并在上海建立了大韩民国流亡政府。

张保皋出生地莞岛与对岸赤山浦直线航程很近。他的父亲张百翼是典型的渔人，无论他们是在什么时候、通过什么方式来到中国的，都很正常。或者，新罗晚期朝政混乱，莞岛一带老百姓的生活状况恶化，胸怀大志的张保皋渡海入唐、来赤山寻根追求功名，也很正常。

关于张保皋的出身，有资料显示他的祖籍在江浙一带。又据韩国中央大学校长金成勋等编著的《张保皋》一书描述：张保皋的祖父是今荣成市人和镇古楼村人。一时间，在中韩传得很逼真。这种现象，在中国大陆与朝鲜半岛数千年人口迁徙史中是很普遍的。但是，通过姓氏用联想和推测办法来研究历史人物，这种做法是不被史学界所认可的。

综合国内外文史记载可见，张保皋其人绝非一个海岛草莽，而是有远大志向和不凡身手的军事人才和商业巨匠。他由莞岛横贯黄海来到赤山浦，寻祖归宗不是目的，入唐求功名、求发展才是目的，于是才与好友郑年选择了从军建功这条路。参加谁的军队也是经过慎重选择的，如果就近在赤山浦入伍，则入了由古高丽归化入唐的李正已家族控制的淄青军，这支军队的兵源主要是涌入中国的古高丽人、百济人和新罗人，这些人来中国后几乎都投靠了李家，把他作为保护伞。李家军长期与武宁军有矛盾，不断发生冲突。所以，张、李两位有志少年不惜舍近求远，做出了回避李家军、加入武宁军的抉择。他俩出赤山浦，沿海岸南下，入淮水，经涟水，过楚州，通邗沟①，到扬州，正值武宁军参与平定李琦叛乱之时，他们直接就投入了战斗。扬州紧挨长江边，沿江水战自然少不了，这正合张保皋、郑年之意。一战下来，因水性好、胆大艺高而崭露头角。武宁军得胜后，他们就随队班师徐州。

徐州是山东与江淮衔接的重要枢纽，自古是兵家必争之地。据此，北控幽燕，南扼江淮，东接大海，西通中原。这样一个军事重地，朝廷派忠臣李洧长期镇守。李手下有一员大将叫王智兴，从徐州一个衙卒做起，先后有镇守滕、丰、沛、狄四个重地的经历，官升至御史，为徐州军都押衙，做武宁军大将近 40 年。张保皋与郑年就在他的麾下南征北战十几年……良将遇明主，很快受到器重。史书记载：二新罗小将“善于战斗，骑马挥枪，其本国与徐州无有能敌者”。他们在多年军旅生涯中，越战越勇、屡建战功。

然而，好景不长，兄弟便天各一方。张保皋和郑年本是并肩战斗的兄弟和战友，郑年水性强于张保皋，在北方旱地打仗施展不开他的武艺，评定战功中显不出来，就产生离开武宁军到南方水乡地带从军的念头，目的是一展水功，与张保皋试比高低。于是，在转移沂州途经沭阳时，郑年离开了武宁军投奔了楚州军，后来流落到了涟水。

① 邗沟，邗，音 hán。邗沟指淮扬运河。

跟随王智兴征战十几年，张保皋学到了一身领兵打仗的本事，并因平定叛乱有功被升为军中“小将”，由此与王智兴之间的感情越来越深。谁料，一道圣旨，王智兴升任徐泗观察使，由武宁军长官转为徐州和泗水地区军政长官。对此突变，军人出身的张保皋深感不适，于是，在对今后人生一番谋划之后，他毅然退役回到了赤山浦。

时光不再，物是人非。十几年过去，情况发生了巨大变化。这时，在中国和新罗两国的交往中，赤山浦已不再是终极口岸，而更多的是承担着中转口岸作用。很多新罗人借道这里，以最短时间、最近的航程、最低的风险和成本渡过了黄海，轻松到达繁荣昌盛的大唐或回到阔别已久的新罗。

新罗与大唐之间，分别有陆路和海路相通。陆路，只能走渤海湾北岸经辽西东去这条路，当时这里属高丽国势力范围，路太远太危险。海路之一，是由济州岛西南行，出黄海入东海进长江口一带，路远浪大很危险，只有日本人不得已才走这条路；海路之二，是横过黄海到赤山浦，既近又安全，新罗人大多愿走这条路。赤山浦今天的繁荣是自古形成的，到了唐代已经达到历史高峰。

石岛湾是赤山浦的现代名字。1980 年代全国搞文物普查，发现南车脚河村曾有两次出土齐国刀币的记录：第一次是 1920 年代，据目击者回忆出土刀币共有 6 抬筐；第二次是 1960 年代，仍在同一地点出土的刀币大多锈结成块，上面有朽烂绳索的痕迹。推测这些刀币是成捆入土的，铭文为“节墨之法货”（为春秋姜氏齐国所流通的货币）。于是人们就把这与春秋时“斥山之文皮”的历史记载联系起来。可以断言，早在春秋时，这里就是通向朝鲜半岛的重要口岸。到唐代，赤山浦开放和繁荣的盛况空前，赤山浦美名远扬，新罗人往返大唐时多经此地进出。

熙攘水国、人声鼎沸，新罗人无不以居留赤山浦为理想地。史料记载，当时在山东半岛形成了赤山浦、乳山浦、登州、崂山等十几个纯为新罗人居住的区域，赤山浦与它们有明显区别，起到中转、辐射和联系作用，实际成了新罗人进出大唐的中心枢纽。有资料显示，仅赤山浦一带，就有新罗村十几个。

赤山自古有“赤山神”之说，到了唐时新罗人自然崇尚起来。据说赤山神很灵验，有求必应，能消灾祛病保平安。时间长了，新罗人称其为“新罗神”“大明神”。神有无限凝聚力和向往力，这条海道自然成为新罗人聚财、图安的希望寄托之所在。

身经百战、聪明透顶的张保皋，很快悟出了赤山浦的奥妙所在。衣锦还乡后的路怎么走？他开始了新的寻觅。时朝出暮回，时数日不归，时邀众友饮茶吃酒论道，时卧榻之上诵读兵书和佛书。一人独行于晨曦与暮色，或穿行闹市，或出入馆驿。古今中外凡谋大事者，决断前大都有种种不凡之举。

这时朝野传来重要信息。长庆三年（823 年），张保皋跟随过的老将军王智兴以徐泗观察使身份，奏请于泗州建立戒坛，以期这里成为江淮佛教重镇。徐泗地区辖徐、泗、濠、宿4州16县，既是蚩尤曾逐鹿的战场，也是黄帝初都彭城所在地，素有“东南之户枢，中原之要会”之称，为历来兵家必争之地，一向为朝廷看重。为扩大影响，王智兴的奏折竟遭一些向来与佛无缘的地方大员之非议，引起朝野关注。于是，令张保皋动了在赤山浦建寺院的念头。

社会环境也很特殊。唐朝中叶后佛教势力日益膨胀，佛院经济无节制地发展。私度钱财归地方官吏和寺院所有，地方官和寺院无度发展僧尼，很多人为逃避赋役出家为僧，僧人越来越多。寺院土地不纳税赋、僧人靠农民供养成为重要社会问题。

正是在这一特定时期，长庆三年至会昌五年（845年）的二十几年里，张保皋在多种动机驱动下，利用特殊条件，在赤山浦干了一件中、日、韩三国千古流芳的大事——于赤山村西侧山谷建起一座佛寺，因推崇法华经而得名赤山法华院。该院办诵经仪式传授法华经，开办寺庙庄田，为平定海盗、禁绝贩卖奴婢而开展对外交往发展国际海洋贸易等等。寺院盛极一时，成为新罗在唐朝举行佛教仪式、办理经贸中转、交易、开展文化活动的场所。

史书记载，寺院中诵经的新罗和尚有名字的就有30人，还有尼姑2人，僧尼最多时达40人。众僧当院集合，长年讲经，冬诵法华经，夏讲八卷金光明经。讲经仪式皆依新罗风俗，念经梵音用新罗音乐。新罗勾当所[1]通事、押衙张泳等，专职负责协调联络。寺院内有食堂供斋饭，有寝室供寺僧歇宿，有客房供宾客住宿。日常讲究寺僧平等，各自所用物品由寺院统一供应，缺柴时不论老少都去担柴。八月十五过团圆节，大家吃薄饨饼，跳舞作乐，以示庆贺。每临讲经仪式这天，辰时几口大钟一齐鸣响不停，等众僧到齐了才停下。此时，讲师上堂坐在中间高座上，众僧齐诵讲师佛名，并配奏轻柔的新罗梵音，以壮其观。

寺庙的庄田每年可获稻米 500 石，约合 6 万斤。据《奏议》载，唐代上等田亩产粟 2 石，中等田亩产 1 石。按中等田产测算，赤山法华院庄田规模 500 亩。据考，这些土地分布在法华院西边一片山坡和山沟崖两旁，地界痕迹至今依稀可辨。沟南岸有几户人家，古传这里为“寺庄”，曾在这里尚遗有新罗人使用的石臼和石碾。1958 年发现一座古墓，底下有条丈余长的石条，四周石条砌成，顶盖为一弧形石硼，上有两道螺旋状石痕到顶，据传是唐代僧人墓。有传说这个庄田管家是新罗人王长文，曾请客居法华院的日本高僧圆仁到自家吃过斋。

法华院不仅讲经拜佛，张保皋将军外交、贸易等活动也在此进行。大唐官员、新罗和日本来宾、外交使者经常出入此地。有史书记载：“六月二十七日，张大使交关船二只到赤山浦。二十八日，大唐天子遣使慰问新罗新即位王，

① 当年唐政府专门设立的管理新罗侨民的基层机构。

青州兵马使吴子陈、崔副使、王判官等三十余人，来寺里相看。当夜，张宝高（保皋）遣唐卖物使崔兵马司来寺慰问。圆仁一行随遣唐使船来到赤山浦，新罗通事道玄登寺入来客房，商量留住之事。七月十六日，青州使四已先来寺院，运来供给日本朝贡使粮七十石米。日本朝贡使船九只泊于赤山浦。不久，遣唐卖物使崔兵马使船又从扬州来。”

据考，在寺院西南山越过碑石山岭，有一片比较平坦的开阔地，传说这里叫“武将地”，是当年张保皋用于军事训练的演武场。正是靠“武将地”训练出来的军队，禁绝了海盗掠卖新罗人为奴婢，保护了赤山法华院和赤山新罗村的安宁，才使造船业、海上贸易和运输红火起来。

唐太和二年（828 年），张保皋回国。赤山村民和法华院僧众，依依不舍地为他送了一程又一程，来到一个山岭。将军实在不忍心大家再送，便登上山岭向众人道别，从此这里就得名“留将岭”。将军翻过这岭走了，后面依然有人继续送他翻过一个山口，这山口就叫了“送将口”。

回国后张保皋受新罗王重用。公元 828 年，为了打击海贼掠卖人口，张保皋受命镇守西海岸。他奏请兴德王在全罗南道海上要冲莞岛设立清海镇，并经特准建立了万人规模的水军。同时，大唐赤山浦亦急需拉起一支由新罗人组成的海上武装，以形成清海镇、赤山浦两岸夹击之势。用人之际，兵源奇缺。于是唐军多年积聚并留下的高丽、百济籍溃散军人纷纷慕名而来，归属张保皋麾下。

重拳出击，两岸同心。打击海盗需有强大经济实力支撑，新罗王不可能拿出这么多钱。张保皋以海保海，大力发展造船、海运事业，发展国际贸易。在中日韩三国形成强大海运贸易网络，为繁荣经济、打击海盗起了巨大作用。贩卖新罗奴的船只在海上很快绝迹，张保皋功不可没、名垂青史。

建赤山法华院弘扬佛教，打击海盗保护沿海居民平安，发展海洋运输及贸易繁荣经济，是张保皋三项最为突出的历史功绩。对此，日本圆仁和尚在《入唐求法巡礼行记》书中作了详尽的记载。

公元839年2月21日。日本圆仁和尚渡海经扬州入唐，历尽艰难过乳山浦于6月7日到达赤山浦。至847年9月2日，由赤山浦渡海回国，在中国居留9年7个月，其间先后三次到赤山浦，共驻留赤山法华院和赤山寺庄2年9个月。圆仁每天坚持写日记，记录了赤山浦和赤山法华院及张保皋等大量信息。回国当年，圆仁带着深厚感情开始著述，翔实记述了圆仁入唐求法的行历和见闻。内容涉及唐文宗、武宗两朝（间及宣宗朝）的朝政史事、州府地理、水陆交通、丰灾气候、市贾物价、民情风俗、牍状书简、佛道争斗、寺院状况以及与日本、新罗的关系等，书名《入唐求法巡礼行记》。原书用汉文写成，自日本明治十六年(1883年)在京都东寺观智院发现它的最早抄本以来，即被尊为日本的国宝，世人将它与《大唐西域记》《马可波罗游记》并誉为“东方三大旅行记”。

在唐求法期间，圆仁经历了会昌年间灭佛的残酷年代。灭佛高潮时，他正在长安，经受了生与死的考验；返回途中，漂泊不定，险象环生；回到赤山浦时，法华院已被焚烧一空，只见狼藉一片。可以肯定，没有赤山法华院的留居，没有赤山村中国人和新罗人的帮助，圆仁不可能在唐居留这么久，也不可能去到长安。写书时，他一往情深地记述了赤山浦和赤山法华院两年九个月的日日夜夜。进入现代以来，日本佛学界和学术界，正是出于对圆仁法师的尊崇、对赤山法华院及当地居民感恩的情结，通过多种途径寻找被历史淹没了的赤山村和赤山法华院。

1923 年，日本友人大宫权平和松平穆堂在青岛街头公开立了一块石碑，上刻：慈觉大师山东遍路图碑。碑下方标有日本高僧圆仁在山东各地的往返路线，其中胶东半岛南端标有“石岛”，石岛北注有“赤山”。之后，又有牛场真武和盐人良道两位学者开始研究“赤山”的位置。他们依据《大清一统志》关于“斥山，荣成县南百二十里”的记载，认定赤山在山东省登州文登县东南百里，距荣成县南百二十里；金元以后称赤山镇、赤山寨；并引证《尔雅》有关“东北之美者，有斥山之文皮焉”的说法。后因中日战争和无外交等因素，日本学者一度中断研究，1960 年代日本元奈良教育大学又开始了这一课题研究。

1972 年中日建交后，有一日本人写信给文登县政府，询问赤山和赤山法华院的情况。清雍正十三年之前，荣成境都属文登县管辖，故日本人把信投到了文登。当时，文登县就把信转给了荣成县政府。荣成对哪里是赤山和赤山法华院弄不清，也就不了了之。

1980年，日本友人经过我国文化部许可，由山东省文化厅派员陪同，直接来石岛住下寻找法华院遗址。他们用日文版《入唐求法巡礼行记》对照查找，当地人看不懂，没人能配合。当时，烟台市和荣成县外事办也有人参加，因日方对考查方位周边环境表达不准，陪同人员询问当地人，他们根本不知道这件事。结果，只好根据书本分析判断，跑了几座山、几个岛，看了许多地点，怎么看都不像，最终失望而归。

1982年12月，北京大学宿白教授来山东讲学，中间提到圆仁曾在赤山浦和赤山法华院居留，希望历史研究学者予以重视。这件事，立即引起当时的益都县博物馆文物管理员张起明的关注。他籍贯是荣成，听说这件事后很着急，但苦于没有第一手史料，有劲也无法入手。因而，只好把它埋于心底，待机而动。

机会终于来了。

1984年春。对于荣成人而言，探索研究赤山浦和赤山法华院这一课题，从这一年起出现了重大转折。这年，张起明与山东大学考古研究所主任宋百川相遇了，一见面，他就坦率地提出这个问题，要求帮忙找《入唐求法巡礼行记》这本书。事后不久，张起明调回了荣成县文物馆。

次年，盛夏八月，大雨连绵。宋百川主任突然专程来到石岛，要求现场查看赤山法华院遗址。结果，石岛的向导把他领到了天门山马王庙遗址，他看了看，感觉不对，落空而回。临走前，他把张起明要的书托人转给了他。这本书第一次进入荣成地界。因是借书，张起明用了几天工夫通读之后，又摘录了与赤山有关内容后寄回奉还。

到了1986年，荣成县志办公室的吴德永，托人从北京图书馆复印了一本台湾版的《入唐求法巡礼行记》。兴奋之余，吴德永把这本书摘要载于《烟台史志》。县委宣传部编印《富饶美丽的荣成》一书时，他又撰文介绍了赤山法华院。

吴德永和张起明的出场，说明荣成人真的开始寻找赤山法华院的遗址。然而，事不遂人愿，他俩因多事缠身，由于没人催这件事儿，查寻自然也就停了下来。荣成尽管有所行动，但与国外学术界的迫切要求仍有很大差距。这种状况引起了国家主管机关的关注，便有了行政手段的介入。

1987年春夏之交。胶东半岛洋溢着改革开放新气象。文登宾馆一派忙碌，全省旅游专题会议在此召开。会议重点研究接待日本“山东半岛历史纪行团”，要求抓紧考察荣成赤山法华院遗址。强调：开放是党和政府的中心任务；这次访问，形式是学术问题，实质还是政治问题。开放这么长时间，人家来过多次总是空手而回，影响山东的形象。这次省里下决心盯住不放，有关县市回去要向党委、政府报告，必须当作一项政治任务完成。

省里态度坚决，强调：日方坚持要来，荣成无论如何要想方设法找到遗址，进展情况定期向省里报告。

荣成人一向不服输。当时正值改革开放关键时刻，引进外资开始破题，县委县政府雄心勃勃，岂能让这点事影响大局！于是，县委主要领导发话了——这事就交给新任外事旅游办公室主任周炳胜。一番辗转，周炳胜打发人赶快去把原来的老主任请过来。于是，这场戏的主角出场了……

田正祥（中）在工作现场

老主任田正祥，长期在党政要害部门任职。做过报社编辑，又长期在县委办公室任职，做过秘书，当过副主任，主管行政工作。这个位子在县里很出眼，分管主要领导的事，除文字工作外其他大事小事都管。田正祥干得得心应手。改革开放后，荣成的接待任务很重，上至国家领导人，下到兄弟县市要员，每到夏天旅游旺季真是累死人。对外开放后，县里成立外事旅游办公室，把外事和对内接待统盘管起来。谁去干这件事？田正祥是最佳人选，于是就出任了第一任外事旅游办公室主任。经历和事业，把他磨砺得精明强干、办事利索，工作干得有声有色，全县外事旅游工作上了新台阶。然而，年龄不饶人，1990 年他退下来了，接他位子的是周炳胜。

干了一辈子工作的田正祥是个闲不住的人，一有事干就精神起来了。何况这事关乎荣成县开放大局，虽然没有底，硬着头皮也得把任务接下来。

借机读原始史料，是田正祥的第一招。一本《入唐求法巡礼行记》，他先通读一遍，然后死啃重点章节，逐句琢磨，逐字推敲。第二招，凭其半生对石岛一带熟悉程度，对疑似村镇或山川海景逐一排队，选准重点部位，对照史书原句模拟，把古书里涉及的岛、海、山画出草图，以寻求突破口。正所谓古人“按图索骥”，田正祥“画图找庙”；敢于跳出来逆向思考，大胆把千年史书中个别字句或名称拿出来与现实一一比照。第三招，走出去，到猜测中最可能的地点去考察。

时间流逝，离日本友人来访仅有月余，田正祥如临大战，心里七上八下。然而“功夫不负有心人”“功到自然成”这两句老话在田正祥身上应验了。

1987年6月15日，事情出现重大转机，这一天，是田正祥人生里有重要意义的一天。一大早，他在找援兵求专家无望的窘态下，披挂上阵，领着原来手下的几个兵——张建国、毕监环、赵卫东等，坐着专门为他干这件事配备的吉普车，出了石岛宾馆，直奔他猜测多日、反复圈选的西车脚河村而去。

一条车脚河蜿蜒而下，源出石岛湾西面的一片山。这山，就是日本学界近百年苦苦寻觅的赤山。赤山是一座小山，海拔不过400米，这么小的山不可能终年有水。车脚河四季水流，源自这里山脉广斥，而不在于其峰有多高。志书记载，赤山山脉东西长15公里，南北宽13公里，跨现今的人和、斥山、石岛3个镇，位于最北端的峰是古老赤山的标志。

一峰独秀不成涧，峰峦百转溪水涓涓。山涧四季流淌的河水，滋养着隆起于海基线三四百米的团块状山地，涵养水土，催生草木。水再往下流，出了涧就与海接吻了，此地就叫了“浦”。浦，即水边或河流入海的地区。一千多年前这里就叫“赤山浦”，石岛是很晚的名字。

赤山浦属海滨地区，包括赤山山脉，可谓地域宽广。“赤山浦”含义有三：海，河，山，缺一不可。其中，河与海为关键要素，没有河与海的对接，“浦”就不存在了。

春秋时代，齐国和古朝鲜商人海运把“文皮”运过山东半岛选择登陆地方，目光就瞄准了赤山海口这地方。于是，大量船家商家云集于此。久而久之，车水马龙，就多了一种产业叫车脚夫。每临夏秋之交，海里商船渔船往返穿梭，岸上车脚夫挥汗抬箱扛包……到了晌午和傍晚，成群苦力光着膀子挽起裤脚，跳进河里洗脚，抹汗，嬉戏，久之，赤山浦赤脚河出现了。然而，地方搞史学专业的对此提出异议，指出：赤脚河本意是指赤山脚下的溪水。其实，对此我们不必深究，民间演义亦属一种文化现象。

赤脚河千古流淌，两岸烟火日渐旺盛。《荣成市志》载：清康熙年间，毕、王、苏、杨、连诸姓徙至赤脚河两岸建村，名“赤脚河”。后演音为车脚河。1946 年分为 3 村，按方位称南车脚河、西车脚河、北车脚河。志书显示，到 1990 年 3 村共 1539 户，南车脚河 894 户，高于另两个村总和。其实，唐代这里就有了村庄。圆仁《入唐求法巡礼行记》载：赤山纯岩石，“高秀处”即文登县清宁乡赤山村。山里有寺，名“赤山法华院”。“高秀处”就是法华院东面的赤山村，就是今天的西车脚河村，住了很多新罗人和当地人，官方设立“勾当新罗所”专司管理和服务。唐末武宗会昌灭佛后，寺院拆除，僧人逃散，村人骤减。到金元时随着行政中心的北移，赤山村消亡了，与位处赤山北面的赤山村镇兴起相对，原赤山村只留下了南赤山村的传说。清康乾时代，伴随经济发展，商家大规模开发建设石岛港，行政中心南移，人口再次向赤脚河下游集聚，于是形成延至今天的 3 个赤脚河村。

山路弯弯，吉普车颠簸着向挂在半坡的西车脚河村爬行。田正祥正襟危坐、眼盯前方，仿佛一场大战就在眼前，进村直奔3位老者来了。刘崇学、张立明、王殿光，时年都过了八旬。刚提及此事，他们便不假思索，异口同声说村西有个老庙叫红门寺，是风水宝地，有许多故事流传至今。耳闻不如眼见。田正祥等人当即随同3位老人去看庙址。

西车脚河村依山面南，傍东坡而建以临东海。村后的山就是赤山主峰，峰下是著名的红门石，对它的描述前文已经写道：

> 群山中一峰突兀呈圆锥体造型，显示山姿秀美。山巅奇石嶙峋如石笋绽裂，山腰苍松密布，山麓愈显苍茫。

重述这几句话是为强调红门石，以示其重要。前面多次写到赤山异峰奇石和美妙传说，美石似人似物皆处红门石和对面峰巅之上。

赤山山脉位处胶东地盾[①]胶北隆起的东端，岩浆活动规模大又强烈，岩浆岩很发育。赤山红门石及周峰岩石特征尤为突出，岩浆喷发瞬间，突腾而起，造型千奇百怪，传说无所不有。其实，这些传说和故事，皆出自位于红门石山之南的红门寺。

---

① 指大陆地壳上相对稳定的区域。

为探究红门寺踪迹，田正祥等人出村西去，沿着只能跑拖拉机的山路步行。一阵喘息，众人来到红门石峰前一片开阔地带。夏季来临，红门石脚下生机盎然，苍松翠绿掩不住千年世态炎凉。半种半荒、果树粮草间杂的谷地，一排黑瓦农舍默然静立。奇了，来到这里田正祥竟然不出声息，独自赏视良久，好像走进久违的故地——“南北有岩岑，南西北连峰作壁，坤隅斜下耳，水通庭院，东方望海远开。”此时，他陷入了深深的回忆不能自拔，目光滞怠、口若诵经，给人以神秘感……其实，他是在追记千年前日本高僧圆仁在此描写的一段话。为这几句话，近百年来多少海外学人苦苦追寻，近几年来，荣成几个搞专业和管专业的人因此事而不得安宁。田正祥接了这任务后几乎到了昼不安、夜难眠的程度。今天，突然闯进了梦想中的地方，刹那间，因过于感慨面致神态失常是在所难免的。然而，一阵恍惚过去，他依然不信疑团会解得这么快！

这时，视野里农舍的门突然打开，一壮年男子走了出来。这人叫王昭钧，这户人家在这儿住了几辈子了。一位老者指着刚出门的王昭钧说：走，过去看看。一直不言语的田正祥一下子缓过了神，不顾一切，大步流星地朝农舍走去。

王昭钧出了门，拿起家什摆弄起门前的菜园儿。“崇学叔，这么多稀客山里来，准是有大事吧？”山中有人独居，村人泛称“山里”。虽相距并不遥远，平日很少有人上来，于是，有人进山就是稀客。独居山里的人很敏感，只要有人进山，视野之内第一时间就发现了，何况今天忽然来这么多人，又有3位老人带路，准是有来头的。王昭钧心犯嘀咕：莫不是为屋下老庙而来？

民国初年之春。西车脚河村西，红门石山脚下一片河谷空旷幽静。鸟语花香，水流潺潺，河床乱石瓦砾成堆，旧时墙基被穿流而过的溪流洗刷一新。水流其上，经西车脚河村过南车脚河村向东，入了一个形似“油篓”、人称“北油篓”的海湾。其时，有老汉领了妻儿老小逆流而上，由“北油篓”来到了河流中游一处旧墙基地的河床上不走了。老汉是王昭钧的爷爷，经人指点来这儿择风水地安居。转眼，时光走进1944年，王昭钧长大成人、娶亲成家，准备要盖新房子。

外面的世界乱纷纷，山里静得如世外桃源。依旧是春天，依旧鸟语花香，水流潺潺。在乱石瓦砾的河床上，爷爷找来看风水的给孙子选宅基地。明知这里是寺庙宅基，他们却看中了，最终把新房盖在了庙地之上。

大家被这个故事震撼了。“能住庙前不住庙后，宁住庙左不住庙中。你家怎么能住庙中呢！”田正祥紧紧盯着眼前的王昭钧追问不停。王昭钧说，庙拆除时间太久无关紧要，这里有地气，当然要把房子盖在地气的中心。听风水先生讲，一般人选宅基会选高一点的地方，但低处藏风聚气，当年庙址定在这里就是这个道理。这份宅基日后必人丁兴旺与财福两盛。王昭钧的讲述令在场的人十分震撼。

“人气旺是真的，昭钧有6子2女，实属旺族之门，财气眼下不好定论，或许时辰未到。”3位带路的老人中不知谁在人群里插了一句。其实，论财气也不坏，这房的确为主人聚了一笔财富，一年后重建赤山法华院，国家给了他一笔可观的补偿款。

“南北有岩岑，南西北连峰作壁，坤隅斜下耳，水通庭院，东方望海远开。”一千多年前，圆仁就是在这里，以红门寺为圆心，对四围环境作细致记录，在《入唐求法寻礼行记》书中写了上面这段话。

“快把书拿来，选一个点，一句一句对照，大家集体来确定。”此时，田正祥是一位战斗员，更是一位指挥员，他深沉地向周围端量一阵儿，敏捷地登向后面不远处的梨树园，指挥工作人员打开书本来比照。“南北有岩岑”：南，是指南山，山顶有巨石形如碑，当地人叫“碑石”；北，就是红门石山，裸露岩崖如石笋，称为赤山。王昭钧的房子就在南北两峰之麓最低处，位于红门石正下方。“南西北连峰作壁”：大家向西看，虽山显得远了，但它南连碑石，北连红门石，三面连通一气就形成了壁嶂。“坤隅斜下耳”：坤，古时指西南向，隅是边儿，看去比南北两峰低下去了，当地人称其为西风口。“水通庭院”：当年修建红门寺时，主人把“坤隅”方向下来的水让它从寺院流过，这种设计在今天也属大手笔。“东方望海远开”：当年圆仁法师身居寺院时常向东远望，只见：南西北三面环山而抱，唯东敞开一豁面临大海，远远望去触目及天。此时，他客居中国的心情，有身居山谷山涧幽深沉静的闭塞之感，又受东望大海辽阔开放的撞击，当他见到镆铘岛横卧海湾前方，难免滋生怀乡之情。

当初，圆仁法师写作《入唐求法巡礼行记》时，观察赤山法华院和周边景色就在这个点上。

承担着一种责任和压力，怀揣一种寄托和追求。一旦希望和现实相逢了，考察组一行好像黑暗中见到了光明，兴奋不已，异口同声地作出首肯。这一初肯，它向中、日、韩三国学界宣告：近百年来三国学人寻觅的千年之谜即将揭晓，赤山法华院准确遗址在中国山东荣成赤山山脉主峰红门石下发现了！此时，田正祥低头看表：1987 年 6 月 15 日上午 10 时。

至此，这一事关国际学术定论的重大事件有了说法。近半个多世纪来，日本学界始终关注的问题终于有了说法，他们重要学术团队马上要来荣成考察访问。过去大家从来没接触过外国人，外事无小事。

中共荣成县委常委会在简易会议室举行。田正祥曾经参加过多次这样的会议，参与一些重要事情的论证和预案策划。今天，他以主管人员身份，向决策者们作了一次令人振奋的讲述和汇报。会议室里很静，大家屏住呼吸，思绪紧随老主任的讲述。这种会议气息可遇不可求，言之凿凿的分析论证，使大家深信不疑、很快达成共识。

荣成县域广阔、海洋资源得天独厚，经济发展势头初露锋芒。改革开放向哪里迈步？当代荣成人正为此苦思冥想。正当大家想开放、干开放的时候，荣成地域突然冒出个千年之前就已开放的先例。外国人盯住荣成不放，荣成人却迟迟未能搞清楚这件事！会议达成的共识，使大家心里憋足一股气：人人都摩拳擦掌，暗自决心把这件事干漂亮，以此打开改革开放的突破口！

这时有一个人物再次出场，他就是文物馆长张起明。考古专业对张起明来说属自学成才。在青岛读初中、高中，受其同乡老师影响酷爱历史和考古。下乡到益都国营林场后，十几年业余研究宋代杨安儿和明代唐赛儿等农民起义在当地的历史踪迹，因为有成果，被调至益都博物馆任文物管理员，发现汉代大型立雕石人，引起业界轰动。1984年调回荣成县文物馆，正赶上县里遇到破解赤山法华院遗址的难题。这之前，荣成人没有谁见过圆仁《入唐求法巡礼行记》这本书，是张起明第一次把它借到荣成，虽然在县里只存留了十几天，对推进这件事却是一次重大突破。为日后吴德永找回原书、田正祥首先发现遗址起了重要作用。

相对田正祥、张起明而言，吴德永因岗位及个人素养，是这次行动不可或缺的角色。他1949年前参军，“文革”初转业到县文化馆，离休前任荣成市史志办副主任。作为地方早期文化名人，他的长篇小说《海的女儿》和长篇报告文学《壮丽的青春——记党的好女儿沈秀芹》等作品，在社会上影响很大。后期主要从事文学、史志、民俗等地方文化的策划与开发，其博学多才、勤勉严谨的精神，在当地有广泛影响。他继张起明第一次借到圆仁书之后，第一次从北京搞到属于县里拥有的第一本海外千年前写赤山浦的书。

无论张起明还是吴德永，都有身不由己的时候。田正祥不得不披挂上阵，使他有机会使自己的能量得到最佳发挥。但他的视野有限，当遗址初步发现之后，千余年前的事不经专业考古机构鉴定，县里和国家有关方面不会对外发布。这时，张起明又赶上全国二次文物普查。事业对张起明而言就是生命，虽然脱不开身，却也会千方百计去兼而顾之。

现场采集的唐代莲花瓣瓦当

日本考察团莅临在即。人家不光要听要看表象的东西，更重要的是看地下和地面散存的遗物。田正祥不愧为有心人，他马不停蹄地继续深入百姓中间去查寻，终于在西车脚河村村民王泽民手中找到了当年散落的瓦片。这片瓦青呈灰色，长33.5厘米，大头宽26厘米，厚2.5厘米，重3.25公斤，正面光滑，背面有大“布纹”。

“1958年春天，我和队里几个社员在红门寺遗址北面高处农田挖育地瓜苗的池子，发现了许多这种瓦，一片一片整齐地埋着，估计是当初建庙剩的。我拿了几片，想回家砌鸡窝用它当盖儿，现在只剩这一片了。”这是王泽民送瓦片给田正祥时说的一番话。

田正祥是一位官员，长期从事行政事务工作，不懂考古和文物。他拿到古瓦很兴奋，掂量再三也看不明白，于是，就想起了张起明。此时，张起明突然“失踪”了，急得田正祥坐卧不安。当得知他因类风湿病住了院，就急三火四坐上吉普车连夜由石岛赶到县城中医院。

病床上的张起明本来就心急火燎，正为不能亲自上阵而懊恼。当田正祥拿着一片老瓦风尘仆仆来到病房时，张起明那颗经过沧桑磨砺的心腾地悬到了半空。老主任年逾六旬，为解家乡千年之谜，发扬拼命三郎精神，第一个发现了古寺遗址，第一次找到散落的遗物。张起明性情刚毅而惆怅，感情丰富而含蓄，此时，他对老主任的忘我精神、为调查的重大突破，感慨、兴奋，多种情感纠缠一起。然而，当古瓦到手后，神情忽地严肃了。朝思暮想，梦寐以求。他的手开始颤抖，翻来覆去不肯轻易下结论。其实，当他接过瓦片那一刻就有了答案：这片板瓦制造比较粗糙，坯土里夹含的沙粒很大，略有变形，年代很久但没有瓦当（即筒瓦之头部，常有纹饰或文字）不好作恰当结论。最终，他对急切的老主任交了底。

“瓦当是什么样的?”看田正祥的架势好像马上就要回去找的样子。“应是一个莲花型的。”于是，田正祥就盯住这个“莲花型”不放了……

1987 年 7 月 20 日中午，日本考察团一行 17 人如期抵达石岛。此时，石岛还未对外开放，是经由济南军区司令部特许的。千年小镇，一次接待如此阵容的外国人，自唐代至今尚属首次。于是，石岛人震惊了！同时忙坏了一批人。在庞大的接待队伍中，田正祥、吴德永、张起明三位至关重要，决定这次互动的成败。

双方学术阵容强大。日方，团长为奈良女子大学副教授千田稔；主要成员有京都大学教授牧田谛亮、《朝日新闻》编委高桥徹，其他成员几乎都是搞历史研究的，主要为赤山法华院遗址而来的。中方，主要陪同人员有：山东省旅游公司日本部副经理孙建华，烟台市国旅支社副经理张在谦，荣成县外办主任周炳盛。聘请吴德永为历史顾问，田正祥为导游，张起明因病住在医院里幕后协助。

张起明在家接受采访

其实，这台戏主要是吴德永和田正祥唱戏，两人一前一后，田正祥在前，吴德永在后。这两人都有高深专业功力和负责态度，是经党组织长期培养考验出来的干部。田正祥长期在县委办公室分管行政接待工作，负责组织过无数重大接待任务，给许多领导人和重要团队当过向导和解说。这次说是导游，实际是与来访学者对话，凭专业素质和应对能力，非他莫属。吴德永从军从政多年，素养很高，有深厚文学和史学功底，对当地方志、人文、地理、地名、民俗、风情等研究深透，堪称荣成活字典。许多地方史学问题众说纷纭，在很难达成一致情况下，经他研究并系统分析，大家就容易接受。这次中日学术交流，他作为历史顾问，在幕后对一些重要说法统一调子，这是荣成人很高明的一手。

两天里，中日学者意见完全达成一致：对“赤山浦”和“赤山法华院”两处遗址初步肯定。但是，也不是一帆风顺的。对于日方提出的一些质疑，田正祥凭其“三寸不烂之舌”令对方心悦诚服。岂知，在田正祥熟通当地社情、民情、传统典故和文学常识的背后，有一个“摇羽毛扇”的人始终同他保持联系，这个人就是吴德永。其实，后面还有个人就是在医院里的张起明。

考察团的访问成功，在日本史学界和天台宗佛学界引起轰动。《朝日新闻》独占鳌头，抢占先机，整版配图发表重要新闻和文章。《消息可喜可贺，振兴天台有望》《研究史上的重大进展》《昔日幻影重见天》等消息和新闻，连篇累牍地向世界各地披露荣成县破解历史之谜的真相。

赤山一寺连三国。

消息一经发布，日本列岛、朝鲜半岛，反响强烈。此时，日本和韩国，国内经济、文化、科技等产能过剩，面临对外输出的需要和压力。而此时的中国正值全面开放之际，急需引进技术和资金振兴国家经济。中、日、韩三国毗邻而居，位处先机，可谓天时地利皆占。在各自心照不宣地积极寻求机遇的时候，距韩国最近的山东荣成，突然冒出个千年前三国友好的宗教故事，这本身就是一个应运而生的神奇传说。

借题发挥把这事推向高潮的，是日本社会向中国进行市场渗透的目标。媒体、学界、佛教，三位一体，盯住不放，不搞出名堂不松手。为保留“赤山浦”原址，为建“赤山法华院址碑”，为重建“赤山法华院”，日方友好人士多次投书烟台市和威海市领导。除“赤山浦”原址因市政建设无法保留外，其余两项皆达到预期目的。站在历史角度评价，文化和友谊无国界，赤山佛教文化再现于三国面前，是文明进步的标志，意义深远。

韩国，因与中国无外交关系，行动迟了一步却后起勃发、急起直追。唐代，中国与新罗亲如手足，“赤山浦”与“鸡林”往来如踏平地，两岸交流不分彼此。隔岸观望，面对现实，韩国友人心急如焚。韩国民间和学界率先动手，广泛征集和调查张保皋人生历程和轨迹，先后发现了莞岛和济州岛的赤山院遗址。紧接着，成立了“张保皋大使法华院纪念事业会”，全面启动这一时期历史研究的学术活动。同时，转道日本，间接了解和掌握中国赤山法华院遗址发现情况。

一路飙升的张保皋热，背后折射出韩国人对中国改革开放所释放出的期许和希望。由于历史问题和社会形态的差异，此时的韩国社会对中国的心态很矛盾。一方面，未来中国是一个巨大潜在市场，急于通过一些文化活动促进双方的交流；另一方面，对未来发展与合作心存顾忌，以种种理由为双方交流设置障碍。表现在张保皋与赤山法华院历史文化研究上，公开提出违反历史事实、不着边际的说法，以至影响双方交流合作的步伐。虽然只是初期的现象，但反映了当时双方近百年来无接触甚至严重分歧这一历史现状，是一种放大了民族自尊心的表情。然而，这仅是一种表象，如浮云掠影稍纵即逝，很快便走出歧途、归入正道。

1988 年 7 月，韩国中央大学金成勋教授，来赤山法华院考察证实了“遗址”发现的科学性。此时正是荣成县重建赤山法华院之际，此举再度推动了韩国“张保皋热”的升温，不久，韩国在济州岛赤山院遗址也开工建“赤山院”。年底，光州《无登日报》连载“张保皋大使遗址地现场调查旅行记”，《全北日报》发表韩国考古学家金荣来关于张保皋与赤山法华院的文章。次年 3 月，日本高桥徹应邀赴韩参观莞岛“赤山院”遗址和济州岛兴建中的赤山院。4 月，“张保皋大使法华院纪念事业会”常任干事朴泰根、《韩国日报》朴贞洙部长一行来荣成赤山法华院遗址考察，与当地考古人员张起明探讨建筑和生活遗物时，对残存的两个朝鲜石臼表示出极高兴趣。

学术研究迅速转入现实的经济活动上来。韩国学者认为，张保皋为韩国古代民族英雄，是海上贸易王。那时韩国海上贸易曾一度独霸东北亚，也曾与阿拉伯地区有贸易往来。为了弘扬先人业绩，重振海运业，韩国海运产业研究院主持召开了“海运业最高经营者研讨会”，聘请金成勋教授作关于张保皋大使海洋经营的报告。会后，韩国船主协会会长李孟基提议，成立“张保皋大使海洋经营史后援会”，由韩国海运产业20多个单位筹资组建。同时，成立“张保皋大使海洋经营史研究会”，由韩国先史文化研究所所长孙宝基任会长，全面展开张保皋海洋贸易史研究开发。接着，连续两批派员赴荣成赤山考察，第一批回去后，第二批由会长带队考察遗址和法华院重建工程工地。

韩国考古专家对遗址不见遗物提出异议，张起明馆长拿出遗址出土的几件藏品与韩国朋友面对面交流。当他们见到遗址出土的大板瓦、小瓷碗和残筒瓦、残滴瓦时，眼前马上为之一亮；又见到张起明手里的莲花瓣瓦当时，客人无不为之振奋！“啊！确凿无疑，法华院找到了！”外国人大概就是这种风格，刚才见不到遗物还把头摇出了水，一旦见了实物马上就变了另一个人。

回国后，“研究会”大幅度报道了中国赤山法华院重建情况。

2015年春节来临，再过几天就过年了。年前采访赤山法华院，过年时就可关起门来写作。于是，我拨通了张起明老师的电话，他听说我要过去采访，当即就说他陪我去。虽说他年事已高，我不忍心劳驾他，但心底里还是希望他能陪我去。

当年，荣成县破解赤山浦和赤山法华院千年之谜，以及法华院重建工程，解决这个过程的全部史学技术问题，由田正祥、吴德永、张起明三人担当，这是一个缺一不可的小组合，可谓“荣成三杰”。如今，这里已建成了规模浩大的赤山文化大景区，它以唐代佛学文化和赤山文化为中心，囊括了张保皋海洋经营史文化、圆仁入唐求法文化和赤山明神文化。更可喜的是，围绕这一特定文化现象，近年荣成文化人推出了一批具有丰富内涵的历史文化研究和创作成果。

光阴荏苒，30年弹指之间。如今，当年开发研究活动已成为历史，田正祥、吴德永已故去多年，当年蜚声中、日、韩三国学界的“荣成三杰”，只有张起明老师正在安享晚年。他时常陷入一种幸福或苦涩的回忆之中，时常缅怀业已故去的朋友和兄弟。

今年节气早，春节前就立春。立春前后“冻死人”，是威海气候特点。清晨天晴，阳光普照，寒气逼人，通荣成市区汽车专用路上，乳白色“现代”吉普一路飞驰，我单驾独行直奔张起明老师所在的小区。当他身着御寒装，精神矍铄、步履稳健地走来时，我顿生崇敬之情，连忙扶他上车。在车上，我与他四目对峙片刻，那双闪烁出活力与智慧的目光，让我预感到这次采访定会有个令人满意的效果。我看出来了，他人在家里，心里还是装着外面的事儿。

车出市区进了新区，当年我第一次跑石岛也是这个方向，曾经的一切已经为城市化所取代。无暇欣赏美景，而与老人展开对话，讨论我所关心的事。这次来现场，目的是弄清赤山浦、车脚河和赤山地形，弄清地名关系，弄清赤山演变过程。我事先在电话里就反复讲明了，老人很明白，见了面就把他草绘的地形图和他的论文《赤山法华院考略》原稿，及田正祥《圆仁三赴赤山》的书等给了我。接过这些难得的第一手资料，我能掂出它对我这次创作的分量。

来到了赤山浦原址，当年的“北油篓”踪影全无，海上高悬的大坝变成宽大的城市大马路。溯源而上，通向赤山法华院的车脚河和河边的小路被高等级柏油路替代了；过去盘旋而上要走好长时间的山路，眨眼之间车开到了法华院景区山门的入口；穿过雄伟的牌坊，又跑老长时间才进了景区的大门。

未入其门，便入其境。一踏上车脚河入海口逆坡而上的这条古道，就能看到赤山景区的气势和风格。我最了解荣成人：大气势，大手笔，大视野——用这类形容词来形容他们干事的气魄一点不过分，形容雄伟壮观的赤山景区丝毫不夸张。

为了准确表述眼前的景区，可以用圆仁法师当年的视角，温故远望，把车脚河两岸山脉和山涧的区位范围搞明白。由西向东数十里，最西边的西风口，比南北两面的山低下去了，故“坤隅斜下耳”；南北两面都是山，“南北有岩岑”，南是碑石山，北为红门石山，与西风口相连，“南西北连峰作壁”；岩岑之间山谷开阔，车脚河自西穿谷东流，“水通庭院”，甚为壮观；寺院东面的西车脚河村在河北岸，圆仁在海上向西看“高秀处”，是“文登县清宁乡赤山村”；“东方望海远开”，车脚河沿南车脚河村北，在北油篓状的海湾入海了。大约十几平方公里的区域，就是今天赤山法华院景区的范围。

光阴穿越、时光流逝，沉睡了千年之久的车脚河两岸更显广袤沧桑。

突然，一阵清脆的鞭炮声响彻山谷，打破了久远的沉静，在山间久久回荡。

1988 年 11 月上旬，赤山法华院重建工程在当年红门寺原址破土开工，由此拉开了车脚河流域赤山景区全面大开发的帷幕。它对链接千年前中韩日三国佛教文化交流、促进改革开放、振兴东北亚地区经济和文化事业，具有重要现实意义和国际影响力。

此时，荣成刚刚撤县改市，对外开放也开始破题，这座新兴县级城市百业待举，焕发着勃勃生机。随着经济全球化趋势的来临，中国大陆未来市场潜力巨大，地缘优势决定中、韩、日有广阔合作空间。荣成人很聪明，对开放大势与周边城市摩拳擦掌的态势看得既深远又清楚，他们很明白一个道理：先人一步，就会处于领跑位置、就会占据主动、就仿佛进入了无竞争领域。眼下，荣成已占天时地利优势，在别人还没行动时，日、韩友人以赤山法华院历史文化为媒，就步步向荣成走近了。这是难得的机遇和突破口，只要抓住了，对外开放就可以迅速破题、全面开花。

百业待兴都要花钱。重建赤山法华院需巨额投资，而当时全市财政收入只有几千万元。面对机遇，荣成人决不犹豫，市政府组成专门班子，分工一名副市长靠上去抓重建工程。

形势逼人，形势不等人。这是当时中国沿海地区官方最流行的话。此时，这句话对荣成人的最大刺激，就是尽快把赤山法华院重新建起来。速度对开放能产生极大轰动效应，因而官方急，搞工程的急，搞学术的急，村里的老百姓也急，就连在红门寺原址居住了近百年的拆迁户也急。据负责说服搬迁的张起明回忆，人家王家很痛快，按规定期限躲迁走了，躲迁时政府补了他一笔钱。最渴望法华院重建起来的是西车脚河村，主动承担起修路任务，保证工程建设畅通无阻。负责学术支撑的田正祥、吴德永和张起明，最大心愿就是法华院尽快开光，以便了却多年来的心愿和奔波之苦。此时，田正祥和吴德永已完成了前期学术论证的使命，有劲也使不上了。田正祥很难摆脱破解赤山法华院千年之谜的情结，便悄然转入了与之相关的地方文化的收集与开发，进入了著书立说的层面。唯独张起明，不仅没有减少工作量，反而更重了，重建工程及开光前后学术问题全压在他一人肩上。

重建工程从设计到施工由山东曲阜古建公司承担。尽管曲阜有“三孔”古建的历史，但他们对赤山法华院唐代佛寺风格并不熟悉，是张起明心细，建议放慢进度，设计人员到国内著名唐代佛院考察，重新绘图，以达到重建寺院合乎唐代风格的技术要求。为再现千年前“水通庭院”的设计意境，张起明多次亲历现场，与工程技术人员和主管领导再三切磋，终于求得千年情景复原之愿境。

重建工程在韩、日两国佛学界引起强烈反响。他们纷至沓来，参观考察，合作开发，先后投资建成“赤山法华院址碑”和“张保皋纪念塔”。院址纪念碑由日本佛教界学者出资，荣成市政府就地选择一块巨大山石加工制作而成。正面阴刻“赤山法华院址”6个大字；背面雕平阴刻中、日两种文字，记述圆仁来赤山经过的碑文。1988年11月20日举行了纪念碑揭幕式，中日双方近百人参加这次活动。日本京都赤山禅院主持战睿觉照闻讯专程赶来与会，他深表歉意地说：“这本是我们应该做的，却被文人抢先了。”于是，揭幕式这天，他身披华丽袈裟，脚蹬木屐，带领徒弟二人，在纪念碑前慎思追远、感情充沛，进行了长时间的诵经，以表对圆仁大师的无限敬仰。

大殿基槽开挖与纪念碑揭幕几乎同时进行，基槽挖掘只早了几天，却为日本友人考察文化层提供了契机。此前，他们多次建议开展考古挖掘，并请求亲自前来参加，因与

《文物法》相悖被拒绝。负责此项技术的张起明几乎盯在工地上，敏锐地观察挖掘层的变化，终于发现了文化层和出土的石础和小瓷碗两件珍贵文物，参加揭幕式的中外来宾参观后为之一振，特别是日本来宾，未能进行考古挖掘的遗憾为之一扫，在现场对文化层和出土文物进行了多角度拍照，以作纪念。

“纪念张保皋大使碑记”，因碑文几经周折，在赤山法华院开光前夕落成。1990 年 4 月 27 日，韩国张保皋大使海洋经营史研究会会长孙宝基一行 22 人来到石岛，本打算当日举行“碑记”揭幕式，当闻知赤山法华院 5 月 1 日开光的消息后，停止了原定计划，等到开光那天他们又来了。上午，他们冒雨举行了纪念张保皋大使碑记揭幕式；下午 3 时，又参加了赤山法华院开光大典。

1990 年 5 月 1 日。石岛及荣成沿海风雨大作，浪高如山。这种天气，十几年来在荣成也是难得见到的。这时，一位有心人去翻阅圆仁《入唐求法巡礼行记》，结果发现：1151 年前的 6 月份，圆仁第一次来赤山浦时，居然也是这种天气！

下午 3 时许，赤山法华院开光大典，由山东省佛教协会会长明哲法师主持开光。此时，鞭炮响起，鼓乐齐鸣，梵音袅袅，雄伟壮阔的唐式法华院大殿在音乐和烟雾缭绕中重现于世。大殿飞檐正中位置，悬浮大幅匾额，阴刻着赵朴初先生苍劲有力的烫金题名——大雄宝殿。下面大门两边的烫金楹联格外醒目：晨钟暮鼓惊醒世间名利客；经声佛号度脱苦海梦中人。参加开光的来宾齐聚在寺院庭院之中：僧人，学者，华侨，地方领导，媒体记者；来宾国籍和地区，有韩国、日本、美国、澳大利亚、中国香港等，计有 100 多人。此间，细雨绵绵，闪光灯频频闪亮，车脚河“水通寺院”、潺潺流淌，俨然一幅大唐佛事盛况之图卷穿越、再现……

物是人非，旧事再现。春节在即，立春已过，天空晴朗却寒气逼人，景区里几乎不见游人。张起明老师陪我乘车进入景区来到法华院，过山门，进寺院，一条河“水通庭院”，是人们熟悉的车脚河。开光至今走过 25 个年头，大雄宝殿依然神采奕奕，不见暮色。此时，年逾八旬的张起明老师如数家珍，为我讲述当年重建和开光时的历历情景，一旁有僧人脸色白净、服饰洁净，穿行于寺院两厢，忙碌着他们的佛事。趁讲述间歇时，我急趋于大殿之内，虔诚地掏了香火钱，又跪拜连续磕头三遭，以表尊崇之意。

时间限制不敢拖沓，出大殿回头留恋之际，又见大雄宝殿后红门石下有雄伟大殿，问及，张起明老师说是后来增建了三佛宝殿。此殿高居陡壁，气势飞扬。来不及攀登一瞻而却步离去。出了山门南北瞭望，但见前有碑石山，后是红门石山，西风口遥望可及，东望远处有辽阔海面，镆铘岛横亘于海湾东北方。这片山谷极为辽阔，视野之内山光水色、景物时空令人耳目一新……自然、人文相得益彰，可谓大景观、大气势。再细看，山，峰，涧，壑，景，楼，阁，寺，亭，榭，雕，园，林，坪，泉，溪，路，迳，场等，自然舒畅，间架有骨，结构有序，自然的原生，人文的夸张，堪称北方历史文化与山水林海妙趣天成之一绝。

临近年关，时间匆匆，张起明老师突地感觉昏厥。我实在担心他的健康，就让他稍事休息，改由赤山集团公司工作人员陪同，考察了张保皋和圆仁纪念馆，后又看民俗馆。千年前红门寺、赤山村、新罗村用过的石碾、石磨等遗物，能把人还原于那个时代。走马观花看三馆，可谓馆藏丰厚、令人心动。

赤山明神雕像高居“碑石”之上北畔，面向东方，俯视大海，千百年来庇佑中韩日三国海上交流的平安，为此，深受三国佛教界、学术界和沿海人民的尊崇和爱戴。未及亲瞻，只有遥拜和祈祷，祈求神明保佑我们国家强盛、百姓富裕安康。

返回时在车上，张起明老师告诉我，赤山法华院景区能有今天，是荣成人大智慧的结晶。法华院开光后由政府管理和经营，法定代表人是外事侨务办公室。几年过去很难再图发展，政府背上了沉重包袱。于是开始探索新的管理机制。1999 年 1 月，荣成市政府决定把赤山法华院经营权转归石岛镇，此时石岛镇与石岛开发区合署办公，遂决定景区强化开发、摆脱困境、求得发展。实践证明，这一步走得正确，比原来的机制有更大活力和创造性。仅一年时间，就新增投资近千万元扩大规模并完善配套，在大雄宝殿基础上新建三佛宝殿，2000 年 5 月 22 日开光。

此举，大大拉动了景区的规模效益，使勇于进取的石岛镇政府和开发区管委看到了景区开发的希望和出路所在。于是，他们把开发视野扩大到赤山山脉全境，把省内专家请来，组成大景区论证规划专家组，很快形成了长期和系统的开发规划方案。突出了赤山法华院历史文化大景区开发这个重点，以此拉动区域经济和文化事业再上新台阶。有了蓝图谁去干？精明的荣成人没有盲目动作，而是又一次从机制上去寻求突破。

出路在于市场化。于是，一个充满生机活力的水产企业浮出水面，就是赤山集团公司。1987 年时，赤山渔业公司仅有 3 对小马力渔船和一个 200 吨冷藏厂，走到今天集团拥有荣成市最大的海上捕捞船队、25 个经济实体，已跻身中国行业经营规模最大的百家乡镇企业之列。

面对赤山景区大开发新机遇，赤山集团迎难而上：一年打基础，二年成产业，三年立支柱。不干则已，干就干一流的——这是荣成人的一贯风格。2002 年 3 月，签约接收赤山法华院景区；6 月，又签约接收石岛天后宫；8 月，接收天门潭公园。

如果说，当年“荣成三杰”为解赤山千年之谜，拼的是责任心和软实力；今天，赤山集团的介入就是“群虎下山”，为赤山法华院景区大开发，拼的是追求、梦想和硬实力。

赤山集团没有令人失望。2005 年 10 月，三年大开发宣告成功。三年，共投入人民币 3.2 亿元。赤山法华院景区山门广场左侧立一石碑，有铭文记载：

石岛赤山风景名胜区以古代赤山人文景观及唐代的“赤山法华院”为基础设计扩建。二十世纪八十年代，荣成市人民政府依据日本高僧圆仁所著《入唐求法巡礼行记》记载，考证原址并重建“赤山法华院”。公元二〇〇二年始，赤山集团有限公司顺应时代潮流，追溯历史渊源，大兴旅游伟业，造福当地百姓，奋斗三年，斥资三亿元人民币，邀请专家论证、设计，新建山门、极乐菩萨界、赤山禅院、法华塔、大明圣境、赤山明神塑像、张保皋传记馆、荣成民俗馆、民间艺术馆、仙居山庄十大景观，筑路五千米，修建人工湖五座……

有学人指出：生活中，人处在海洋或内陆是两种不同地理文化。如果在海洋里，会感觉亚欧大陆只不过是一个岛，可以向任意方向走，方向和目标是开拓性的。

荣成人世代以海为生，血液里流淌着征服的力量。任何艰难险阻，在他们面前都是小菜一碟；越是别人干不了的事情，荣成人就越能创造出令人震撼的传奇。

本章到此应收笔了，但总觉还欠缺点什么。赤山法华院大景区有今天，走进我记忆最深处的几个人里有田正祥。我俩属两代人，同在改革开放之初做过党委和政府的行政接待工作，虽素不相识，却有一种心灵的感应，总觉他身上有一种东西很珍贵。《圆仁三赴赤山》是他退休后心血的结晶，他曾为它的出版而荣幸过，这是他一生最为看重的东西。这本书是他的一位同事兼兄弟、后来成为省里的大领导为他操持出版的，因而他就更为看重它。

赤山法华院进入建设后，因年龄原因，就是再有劲也使不上了，田正祥就把这种情结用在了收集挖掘与之相关的地方文化上，收集了很多来自民间的东西，很有价值。正当他想使这本书进一步拓展、完善的时候，突然就撒手人寰了。事后，有人张罗要再版这本书，手稿在他夫人手里，夫人居然不同意再出了。什么缘故？令人费解。

原本，田正祥为发现赤山法华院遗址和技术论证，做了大量工作，他的成果和风格深得日、韩友人认可。具有“荣成三杰”之称的几位先期专业人员，对重建后赤山法华院的开光，可以用翘首以盼的心情来形容。谁知，到了这一天，凡是前期参与的人不分职位高低，都梳洗打扮一番，兴高采烈地参加开光仪式，居然唯独不见法华院遗址最先发现者田正祥的身影。因为他在这件事上有很高的名气，特别是日韩来宾在大会上多次褒扬田正祥先生，搞得中外媒体纷纷要求采访他。这些“无冕之王”很敏感、很好事，越是见不到田正祥越是嚷嚷着要采访田正祥，一直追问到领导那里。答复是：凡田正祥知道的东西，张起明都知道，找他就行了！

结果，找到张起明后，记者还是追着要找田正祥……

在众多中外媒体人眼里，田正祥才是今天这轰轰烈烈开光仪式的真正奠基人。

4　“金桥”轮通航

北京。

春意融融，古城萌动。十里长安大街人流如潮，春光里的人群，服饰鲜艳明亮、一片斑斓，一改过去单一的蓝灰调子。大街小巷、红墙内外，洋溢出一种悦人的活力。

1980 年代，深圳、珠海、厦门、汕头等特区先后成功设立，随后，扩大到 14 个沿海城市对外开放，使封闭的中国向世界敞开了国门。一股强劲的开放大潮自南向北，如春风化雨，滋润着中华大地，古都的容颜也为之焕然一新。

中南海作为祖国的心脏，表面平静，内里波澜起伏，承受比以往任何时候更加沉重的使命。根据对外开放和东北亚局势需要，中央政治局会议决定，成立中共中央对韩工作领导小组，政治局委员、国务院副总理田纪云任组长，下设对韩工作办公室，外经贸部副部长吕学俭任主任。

北京一动作，黄海两岸形成感应，迅速呈现互动之势。

汉城青瓦台总统府。1988 年 2 月 28 日，韩国总统大选后的第四天深夜。新当选的总统卢泰愚拨打了一个电话，顿时，韩国新东和汉医院院长韩晟昊家里一阵电话铃响。这位中韩建交前后的传奇人物，先后为韩国历史上 14 位总统和副总统担任过中医私人医生，与卢泰愚又是山东老乡。所以，卢泰愚有急事，深更半夜给他打电话也很正常。当韩晟昊拾起电话，未及开口，话筒里传出嗓音浑厚的熟悉声音……是新总统约他方便时来青瓦台总统府一叙。

1988 年 3 月 31 日。一大早，韩晟昊的车毫无阻拦地驶向青瓦台卢泰愚官邸。见了面，二人没有寒暄和客套就直奔主题。“你的中国亲戚朋友有没有做大官的?”卢泰愚上来就单刀直入。“没有。”韩晟昊也不转弯抹角，接着说：“我有 40 多年没回中国了。”这对山东人后裔越说越投机。

卢泰愚，1932 年 12 月 4 日，生于庆尚北道达城郡公山面新龙里一个农民家庭。1945 年在大邱工业中学就读。1950 年，他放弃行医理想，进入宪兵学校。1955 年毕业于陆军士官学校。1959 年赴美国留学。回国后，一直在军队任职，先后任空降兵特种部队旅长、步兵师师长、汉城警备司令官和保安司令官。1981 年上将军衔退役并步入政界，先后任安全和外交政务长官、体育部长官、内务部长官及汉城奥运会组委会委员长和大韩民国奥委会主席。1985 年当选为第十二届国会议员，后任民主正义党代表委员（即主席），1987 年 8 月 5 日起任该党总裁。同年 12 月至 1993 年 2 月任韩国第六任总统。1993 年卸任。1995 年，韩国检察机关公布，其任总统时曾以假名账号在银行存放秘密政治资金，成为韩国历史上第一位直接出庭受审的前总统。1997 年获刑 17 年，同年 12 月被特赦，次年获释。

谱书记载，卢氏源于姜姓，是姜太公的后裔。相传，神农圣祖姜氏，号炎帝。其十六世孙伯夷，因辅佐尧帝掌管四岳和大禹治水有功受封于吕，为吕侯，这是吕氏得姓之始，故姜太公吕尚为姜氏得姓之祖。太公第十一世孙高傒，因立齐桓公为君而立大功，获赏封食采于卢（今长清境内），以邑为姓氏，卢氏由此起源，傒公成为天下卢姓始祖。

史载，唐代卢氏有8任宰相。公元874年，黄巢、王仙芝起义，于公元880年攻克洛阳。潼关失守，京师大乱，到处一片白色恐怖。时任刺史大学士卢惠，携家眷和9子及7名大学士乘船东渡到了朝鲜。患难时期，卢惠与7位至交结金兰之盟，誓言：不能同姓但求同名。议定在各自名讳前加“禾”字旁，由此“卢惠”改“卢穗”。卢家9个儿子成为韩、朝卢氏9大支，繁衍至今，韩国卢氏家族已有40多代、30多万人。

卢泰愚自幼知晓家谱，这段特殊的宗族历史令他长期对中国怀有特殊情感。中韩建交之前，他曾不止一次到韩国西海岸，隔海眺望中国大陆，企盼着两国关系的改善。这是一种情结，一种打断了骨头连着筋的情结。

面对经济全球化的趋势，军人出身的卢泰愚对战略的东西很敏感。他以政治家的敏锐目光，看到一衣带水的中国正发生着一日千里的变化，看到中国在世界上日益重要的影响和地位。1988年初，总统大选一揭晓，他就果断决策：顺应时代发展，打破韩中长期隔绝的局面。5年内一定要和中国建交，先从山东打开窗口。为慎重考虑，先派可靠的人到中国去探路。于是，就有了前文所述召见韩国著名华人社会活动家韩晟昊一事。

十几年后，面对山东电视台的一次采访，镜头里的韩晟昊侃侃而谈：我佩服他（卢泰愚）在什么地方？他说，我们先抓一个山东，大门如果打不开，我们先开一个窗口，也能促进中韩邦交的快速成立。所以派他的二舅子金复东，退役中将，还有他表兄弟朴哲彦，是青瓦台的政务官，让他们俩和我，三个人来共同研究这项工作。

韩晟昊离开了总统府，马上通过韩国老华侨吕其本，联系了山东省政协委员、香港日东有限公司总裁张锡九，他向张锡九说明了卢泰愚的愿景。张锡九随即飞往山东，几天后，电话告诉韩晟昊：山东非常欢迎你，我们可以马上成行。

韩晟昊、吕其本、张锡九三人经香港悄悄抵达济南，时任山东省省长姜春云热情接待了他们。经过多次交谈，双方达成协议：先通过贸易，以山东为基础，进行经济交流，并议定韩国近期组成经贸团赴华考察。

1992 年 8 月。时任山东省副省长李春亭访问韩国，卢泰愚会见他时说：我的祖籍在山东，先祖是太公姜子牙……他期望李春亭帮他寻根问祖。回国后，李春亭立刻指示省史志办，查询卢氏在山东祖根的佐证材料。省史志办向全省发出通知，要求广泛深入地开展调查。长清县史志、文物部门一致认为：本县归德镇古卢城洼疑似卢氏发祥地。于是，组织专业人员分赴平安镇石马明庄、卢庄等卢姓村庄，走访调查卢氏源流状况；深入有关镇、村调查卢故城和卢国国君墓遗址的佐证材料。在大量查阅地方史志和古籍基础上，组织山东大学教授任相宏等专家学者实地考察论证，最后确认卢故城即是卢氏宗族的发祥地。

卢泰愚的最大心愿是与中国建交并访华。1992 年 9 月 27 日至 30 日，多年寻根之梦终于变成现实，他携夫人和女儿到达北京。日程很紧张，不可能去山东寻根。他表示：卸任后时间比较充裕，将再来中国。

这一天终于来到了。2000 年 6 月，卢泰愚来到北京。会见朋友，看看中国的发展，更重要的是去山东寻根，以实现多年夙愿。访问北京、重庆、桂林、西安之后，卢泰愚携夫人、女儿来到山东省长清卢庄村，这个卢氏先祖最初落户的地方。

6 月 18 日清晨。山东长清县平安店镇卢庄村热闹非凡，迎来了一位尊贵的客人，他就是韩国前总统卢泰愚。9 点多钟，由警车前导，车队缓缓来到卢庄村头。卢泰愚携夫人下车后，精神矍铄，在省、市、县领导陪同下向村里走来。少先队员跑向前向卢泰愚敬献鲜花，并致少先队队礼。卢泰愚笑容满面，向夹道欢迎的人群频频招手致意。在宗亲们欢呼簇拥下，卢泰愚步入会场，在主席台就座并发表了热情洋溢的讲话。之后，他走到宗亲当中，与大家畅叙亲情。见几位老者围上前来，他说：中韩虽然相隔万水千山，路途遥远，语言不通，但困难可以克服！今天，我们终于能走到一起来了！

到农户家里访问。村主任卢圣林家门口，主人指着墙上倒贴的福字向客人介绍：中国人过年，家家户户贴对子，把“福”字倒着贴，意思是福到家了，祈望新的一年家庭幸福。阁下是大贵人，贵人到福就到，您的到来一定会给我们带来大福气。卢泰愚听了哈哈大笑。进了堂屋，条几前，古老八仙桌两侧摆着椅子，按传统习惯请男宾坐右、夫人坐左。女主人斟茶，并按传统礼节向贵宾施礼。卢氏夫妇连声称谢。卢泰愚说：见到卢庄的族人非常高兴。长清是全世界卢氏的故乡，我们共同努力，为建设故乡发挥自己的作用。见主人家里井井有条、窗明几净，彩电、冰箱等一应俱全，卢泰愚感受到了宗亲们的美好生活。临别时，卢泰愚向村里宗亲每户赠送一个韩国三星牌电饭锅，村里族人则向客人回赠了专门请孔子第73代孙孔庆河题写的大幅“福”字。

随后，客人来到县城西南卢城洼。族人代表卢现起，在卢故城遗址碑前，详细介绍了卢故城的方位、规模和沉没原因。卢泰愚环视周围村庄，绕碑仔细读碑文，详细问了卢氏得姓的由来。卢国国君墓，因高侯死后葬于封地，俗称“卢王墓”。如今附近有个村庄叫坟台，就是因这墓得名的。每临清明或寒食节时，族人祭扫祖坟，揩拭墓碑，整修坟墓，添置新土；用鸡、鱼、肉上供祭奠，还有水果、茶、酒、点心等祭品；焚香化纸，上香三柱，行三叩首或五叩首。主人介绍后，卢泰愚说：在韩国祭祖要穿孝服。这次是非正式的，就行鞠躬礼吧，待以后修建起卢氏祠堂再行大祭。夫妇来墓碑前，虔诚恭敬地向鼻祖卢国国君墓碑深深三鞠躬。接着，参加了县里举行的世界卢氏源流研究会创立大会。在赴青岛途中又参拜过姜太公庙及衣冠冢。

卢泰愚政府是韩国有史以来第一次民主选举、和平交替的政府。尽管执政期间触犯法律遭到制裁，卢泰愚在扩大民主、赦免政治犯、处理光州冤案、清算全斗焕第五共和国弊案、发展国民经济等方面颇有建树。卢泰愚的第十三届总统任期开启了韩国的“第六共和国”时代。

回首往事，唤起人们沉重的记忆。对韩晟昊来说，回忆那段出使山东的历史，应该从一位已故去的老人说起，他是中华人民共和国成立后第一个踏上韩国土地的中国官员。这位前济南市委书记，那时以山东省商会负责人的身份，与韩国代表韩晟昊签订了包括海上通航在内的多项合作协议意向。他为两个近邻国家重归于好做出了努力，人们会永远记住他的名字——李瑜。

“‘老弟呀，咱们努力吧！山东再不开放，经济就搞不上了，对不住老百姓啊！无论如何我们要往国际上进军。’李瑜把着我的手很紧，我很感动。”韩晟昊深情地说。

近半个世纪的“冰冻”，1988 年夏天开始“融化”。如果说千年前，韩国的海上王张保皋，用那份跨海而来的友谊抒写了一篇不朽的序幕，那么，千年后两个“山东人”，用真情和心血为中韩两国的友好再续前缘。人们不应忘了他们。

山东威海，1987 年。

10 月 1 日。中华人民共和国建国的日子，威海人选择这一天，庆祝新组建的地级威海市成立。昆明路是老市区最宽阔的马路，东至东海湾、西至奈古山，人山人海、锣鼓喧天。人们从四面八方汇聚于威海剧院隆重集会，宣告新威海市的诞生。

土地与海洋作为区位角色，构成威海国土的强烈反差。土地上的威海，位处陆地最边缘，是一种地缘劣势；反之，海上的威海，离韩国、日本最近，一转身威海就变为开放最前沿，成为蓝色经济的深蓝区。在这里，蓝色是地域文化的底色，历史是海洋战略的传奇，历代先贤都是蓝色文化的原创人。

因先天条件决定，威海自古形成渔捕文化特质。作为母本文化，它与孪生的农耕文化、商旅文化、海防文化等，共生共存、引领导航，构成了当今海洋文化思潮。搏风斗浪、同舟共济、抵御风险，服从权威、服从船老大，表现出豪爽、大气、抱团、敢冒风险品质，形成了纪律意识、军人意识和军人风格。荣成之所以成为国内少有的将军县，是一种鲜明的地缘性使然，是人们普遍心态构成的地域文化使然。这种特有的天然性群体特征，是由自然禀赋所决定的。

以全国城市为坐标系评定，威海资源禀赋的最大优势是海。可以肯定，在全国有名的优势资源至少有：离韩、日最近的海滨城市之一；海岸线最长的城市之一，总长近千公里，约占山东省的1/3，占全国的1/18；位处胶东半岛最东端，岛屿多、污染少、空气好、海产品丰富；明代设置卫所最密集的地区之一；清代北洋海军大本营所在地；民国设立的国家特别行政区；等等。

不能不承认，面对如此优良的资源条件，如果行政体制出现障碍，就会严重制约本地区的发展。1987 年，经国务院批准，将原烟台地区最东边的威海、荣成、文登、乳山划出来，享受沿海开放城市的各项政策。这几个县市地处胶东半岛尖上，是对外开放最前沿，而且这个组合属强强联合，如果不干出点名堂不好交代。从各县市到新组建的地级市，第一届党委和政府雄心勃勃。

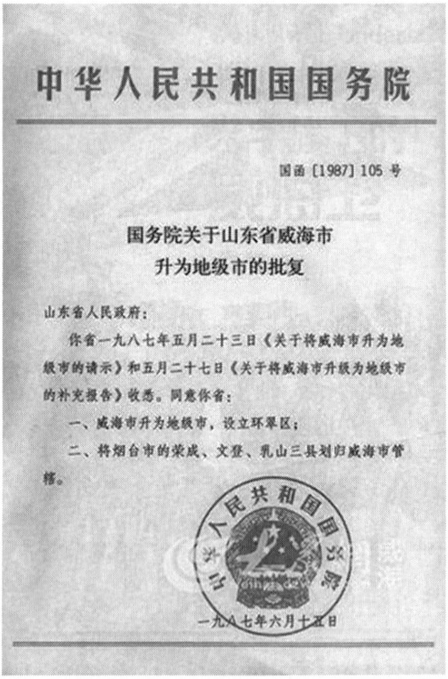
中华人民共和国国务院

国函［1987］105 号

国务院关于山东省威海市
升为地级市的批复

山东省人民政府：

你省一九八七年五月二十三日《关于将威海市升为地级市的请示》和五月二十七日《关于将威海市升级为地级市的补充报告》收悉。同意你省：

一、威海市升为地级市，设立环翠区；

二、将烟台市的荣成、文登、乳山三县划归威海市管辖。

一九八七年六月十五日

国务院批准威海市升为地级市批复原件

当时，沿海开放的形势发展很快。办特区、开放沿海城市，谁挤进第一轮开放之列，谁就抢占了先机。当时的威海，不要说与几个特区比，即使同青岛、烟台比，因原有体制所限制——人家是 14 个沿海开放市之一，而威海仅是烟台的一部分，只有老城区才享受开放城市的待遇，许多事情受到局限。

正是在这种情况下，威海分了出来。虽然比人家慢了一步，但憋在威海人心中的那股雄心壮志，却是一种潜在的后发优势。尽管当时困难很多，但从上到下很快达成共识：发展战略上主打开放牌！变劣势为优势、在海上大做文章。这是一个大胆创新的发展纲领。换言之，它就是现代版蓝色经济战略版本的雏形。

世事万物运行，分离只是表象，联合才是本质。威海区划的变动，表象只是行政区划关系的变动，而本质却是国家调整对立了几十年的中韩关系的一种感应和互动。

1987 年除夕夜。

年关在即，夜幕降临，作为乳山县政治经济文化中心的县城所在地夏村，处在一种特殊气氛之中。马路两旁华灯初上，路边低矮的民居射出微弱的灯光。万家灯火阑珊时，一阵密集清脆的鞭炮声响起，人们沉浸在除夕的欢乐之中。乳山宾馆张灯结彩，华灯高照。此时，我以工作人员的身份，正忙碌地为市和县里主要领导迎接一位重量级人物在跑前跑后……

乳山，是新组建的地级威海市的西大门。对外开放是大局，是重中之重，地处开放前沿的胶东半岛动作如何？这里与韩国搞海上民间经贸情况如何？动没动？早在这年5 月，国务院就转发了对外经济联络部关于鼓励山东半岛东部利用与韩国邻近的条件，开展海上民间经贸活动的建议。这是我国改革开放之初，党中央高瞻远瞩、大胆探索的一种远见。为此，中共中央办公厅一位领导同志作为“钦差大臣”轻车简从、风尘仆仆，大年三十来到威海，一入境就下榻在乳山……

一番详细考察之后，中央领导对威海的未来给予充分鼓励，但对于其对外开放，包括对韩民间经贸的开放程度，他的结论是“刚刚破题”。这种评价，不是一说了之，而是给威海人带来了巨大鞭策和沉重压力。

中央领导此次年关“私访”，对调整改善中韩关系起了重大而深远的作用。我们知道，冷战时期，中韩关系长期处于敌对状态，互相之间没有政治、经济、文化等方面的交往。1978年中共十一届三中全会以后，我国推行改革开放，开始拓展对外关系。对韩经济、政治交流也逐渐提上了日程。

在《出使韩国》（山东大学出版社2004年版）一书中，我国首任驻韩大使张庭延与夫人谭静系统地记述了中韩交往的过程。“历史留下遗迹”“改革吹来春风”“交往悄然开始”“贸易随之而行”“一次意外收获”“一个微妙信号”“机会从天而降”“及时向朝通报”“台湾气急败坏”“跨越历史时刻”是书中《跨越历史的时刻——中韩关系演变回顾》一章的十个小节的标题。细细品味，中韩建交前后的每个环节，似乎都像隐匿于山石草丛间的涓涓溪流，最终水到渠成。

中韩建交，官方动作从开始到谈成，秘密进行了近十年之久。民间动作，从动议到展开经贸互动，最先行动的便是威海市。当时的威海，同样面对着巨大压力。对威海人而言，压力就是动力。当年，中央领导回北京前说的一句“刚刚破题”，威海人却坐不住了。为了这句话，全市上下开始了一场面对命运考验的探索与开创，开始把目光盯住了海对岸。后来，随着对韩民间交流的快速发展，威海人胆子更大了。其实，胆子是压出来的，也是逼出来的。

当时，深圳特区、蛇口工业区、厦门特区、14 个沿海城市的开放等等，已经释放出强烈的时代信号。威海的升格是机遇，也面临挑战。在国家开放沿海城市格局中，威海所处位置特别，向东海突兀，形成犄角——北有大连，南有青岛，西有烟台，威海被挤在中间。尽管威海与朝鲜半岛交往的历史很早，然而，走进近代和现代，因为是军事重地而被封闭起来，失去了很多发展机遇。民国初时，南京政府从英国人手里收回威海卫后，曾设立特别行政区享受省级待遇。后来，抗日战争爆发，地方军阀为争夺地盘相互倾轧，党内派系之争严重，诸多原因，使威海变为了省辖市。建国后这里封闭得更厉害。这次从烟台分出来单列，对威海人而言又是一次机遇。

面对机会，威海人能等吗？等，只有死路一条，肯定被周边的城市挤死了！干，闯，创，才是唯一的出路！路在何方？就方位而言，在原有模式里，威海与周边城市相比，虽然自然资源与历史文化优势突出，但人家今天的城市基础设施和产业体系更为优越，因而好项目、大项目威海排不上号，地方发展长期受到制约。面对此境，唯思想再放开，胆子再大点，趁中韩建交前周边城市不经意间，先下手为强，利用地缘和侨乡优势，通过民间途径先撕破口子，寻求打开中韩海上开放通道，以此改变经济和社会发展受制于人的局面，才能杀出一条生机和出路。

中国大陆与韩国隔绝近半个世纪，这条政治鸿沟谁也无法逾越。面对生死抉择，尽管威海人想豁上去，但没有机遇，也只有望洋兴叹……然而，此时的彼岸，多少有识之士时常向中国大陆遥望，企盼两岸恢复过去的交流与合作。这是两岸民意的表达与互动。

世界潮流浩浩荡荡，顺之者昌，逆之者亡。谁知，就在 1987 年的年底，朝鲜半岛南部一场政治风波，促使长期阻挠两岸友好的韩政府垮台。通过民主选举，一向主张中韩友好、祖籍中国山东的卢泰愚，第一次以和平方式出任了韩国第六任总统。

天遂人愿。就在威海人苦于找不到与韩国联系的突破口时，卢泰愚的新政府对华态度来了个 180 度大转弯。1988 年新年伊始，卢泰愚总统就派人秘密访问山东，为中韩建交铺路搭桥。一切在秘密进行中。知情人、参与者虽地位并不显赫，其举动却牵动着黄海两岸和太平洋沿岸神经敏感部位。

1988 年初夏来临。6 月的一天，浩瀚太平洋天空受环岸暖流影响，晴空万里，一架喷气式客机由美国西海岸穿越太平洋，向中国香港方向飞去。

香港启德国际机场。时近午时，这个客流量在全球名列前茅的机场的候客大厅，川流不息的人流中，来自美国的荣成籍华人毕鉴国一家三口，快步来到飞北京航班的通道入口，急忙登上了飞机。到京之后又连夜乘火车转道烟台。

次日清晨，烟台站出站口，一辆丰田面包车，接走了毕鉴国……

毕鉴国，1933 年生于山东荣成东山南庄村。1947 年 6 月，家里花了 20 块大洋，他同 40 多个儿童一起，由石岛乘帆船驶向仁川。半路上突遇台风把桅杆折断，本来一昼夜的路，结果在海里漂了七八天才到达朝鲜。他来投奔大伯张道春学生意，在汉城往香港搞棉纱、服装和日用品等贸易。朝鲜战争爆发后，毕鉴国逃到釜山避难，通过老乡孙和林认识了搞冷冻食品的王允国。此人与中国大陆有着千丝万缕的联系，便与毕鉴国越走越近，成了兄弟和朋友。1966 年毕鉴国回首尔开假发厂，1975 年到美国开餐馆，1981 年全家移民美国。1982 年和 1985 年曾两次回乡探亲。时隔 3 年，他第三次回到家乡荣成。一天，县里有一位叫苏永忠的副县长找到毕鉴国问：韩国有熟人吗？接着，苏县长给他说了一件事，当场他就坐不住了！次日，便取道香港飞到韩国。

仁川机场候客大厅。一位彪形大汉正翘首以盼，时任东源水产株式会社会长的王允国，正在等待由香港飞来的好朋友毕鉴国。旋即，银机降落了，熙攘人流里走来这位“山东大汉”。一阵寒暄之后，二人上车就展开了此行的话题，大意：中韩政治的风向标终于转过来了，大家盼望已久的时代就在眼前；两岸恢复历史上的友好是大势，一旦看准了就要见机行事；由仁川到威海直线距离最近，搞海上通航是最佳选择；先以民间方式接触，对恢复两岸友好、促进两国建交有积极意义。两人一拍即合，当即达成意向：毕鉴国全权代表东源水产株式会社，以华侨身份回老家威海去秘密运作。回到公司，王允国当场向毕鉴国签发了“委任状”，授权他全权代表自己去谈仁川至威海船运事宜。

毕鉴国先生在威海寓所

此时，毕鉴国从来没有这样激动过。十几岁时，为了生计，他九死一生，冒险渡海来到朝鲜半岛。几十年辗转海外，过去由于封闭，有家不能回，没有机会为家乡效力。为家乡干点什么？这是老父亲最为渴望的心思。每次回来，老人总嘱咐他：孩子，一定想法为家乡做点事儿！这次回乡，当苏县长找到他时，他二话没说，当即飞韩国来……当时，中韩尚未建交，抵离韩国必须取道香港或他国。当他从王允国手里接过委任状后，马不停蹄，又飞香港转道北京再回荣成。

香港启德机场。1988年7月16日，当毕鉴国匆匆走下飞机时，天色已晚，没有航班了。于是，他便去找同村老乡孙罗廷逗留。一见面，叙说了此情，当即，这个老乡就兴奋了！只见他双手击掌，一阵喝彩：真乃天意，此事可成矣！毕鉴国不解其意，一下子被搞懵了！“明天不用走了，就住下干这件事吧!”老乡言出，他更懵了！“告诉你吧，山东省省长姜春云带队来招商，昨天刚到香港。威海的张锦超副市长也来了，各县市都有人。你这事儿正归这些人管，在这儿谈就行了!”毕鉴国心里一震：真是人算不如天算！实乃天助我也！

不过再一想，这事儿是苏县长托我的，不能半道改辙了。毕鉴国虽闯荡国外几十年，但老家遗传下的秉性不能改，就坚持要回荣成谈这件事儿。孙罗廷一听急了，赞赏他的人格，但错过眼下的机遇坚决不行。一阵僵持，最后两人达成一致：先见张锦超副市长再作最后定夺。

回荣成找苏县长有道理，在香港找张副市长也是正道。此时，张锦超作为刚刚升格的威海市分管外经贸的副市长，眼下，他正雄心勃勃地跟着省长来招商，然而，对已经迎面走来的商情却蒙在鼓里。他官至地级市副市长，是由基层一步步走上来的。80年代初，他任荣成县县长、县委书记，为人厚道，对党和老百姓忠心耿耿，一心一意。作为华侨的毕鉴国，前两次返乡，张锦超多次探望，与其交朋友，征求他对家乡建设的意见。这次还乡，毕鉴国最大遗憾是没见到这位张书记。谁想到，为了同一个目标他俩在香港又相遇了。此时的毕鉴国像一个离家已久的游子，多么想尽快把这个商机报告家乡的老书记。

操之过急不行。毕鉴国身负使命，伺机而动；投石问路，秘密进行。张锦超听了毕鉴国的叙说后，他的决心和勇气可想而知。这么大动作，事关政治问题，副市长哪敢擅自行动，立即秘密上报时任市委书记李太启和市长李文全。他们正为中央领导同志的考察结论而犯难，苦于尚未找到突破口。得到这一信息后，二人异口同声：干，抛上身家性命也要干！

有了书记、市长撑腰，张锦超在香港的胆子就大了。那时，正是开放之初，国家三令五申强调外事纪律。当时山东有位领导去韩国，在公开场合讲话不慎受到中央点名批评。这次，省长带队来香港与外商打交道，大家慎之又慎。威海是著名侨乡，香港的威海老乡有数万人，全省排位列先。因而，市里很重视这次机会，事先广泛发动各县市区，摸底排队，选择项目，找好老乡，决心在此一举，争取有大项目落户威海。

香港湾仔港湾道26号。

华润大厦。这座1983年落成的华润集团总部综合大楼气势雄伟，为美丽的维多利亚港增添了色彩。本次山东经贸洽谈会在此举办，毕鉴国作为外商代表参加了这次洽谈会。

第一次内部会议上，省长姜春云强调外事纪律，并对已浮出水面的中韩通航项目提出明确要求：由省里统一与韩商洽谈，各地不得随意竞争。会议期间，省内各沿海开放城市跃跃欲试，积极寻求与韩国客商的合作，都想以此进行突破。为避免无序竞争，内部会议上，省长决定把一些重点项目收起来由省里统一调控。这意味着威海失去了主动权，最终项目落定谁家是个未知数。

省长话音刚落，作为威海团长的张锦超慌了神，他与副团长隋贵廷一阵耳语之后，就以团长身份向省长斗胆说明了一个情况：省长，中韩通航议题是威海与韩商最先提出的，经过努力，双方已签署了意向，到了这个时候省里再收上去，恐怕有挫两家的积极性。为此，我以威海团团长身份，代表威海市委、市政府，向省长申请，特许这个项目继续由威海谈下去。一个革命老区出身的老市长，这番话铿锵有力，掷地有声，此时成了一抹亮点，引起各代表团的诧异！

“威海是一个历史悠久的新兴城市，这次升格后经国务院批准，又列入15个沿海开放城市之列。为了中韩通航，威海利用优势，做了大量工作。从效果和惯例出发，这个项目应由他们与韩商继续谈下去。”省长当机立断，毫不犹豫地讲了这样一番话。

其实省长也有倾向性。这里好有一比：进入近现代后，社会发展中家庭细胞出现裂变现象，大家庭变成了小家庭。最后成家的老小往往向家长耍赖，提些过高要求，以此弥补成家晚的弱势。威海当时就属此例——单列最晚，地盘最小，家底最薄。于是，在许多政策方面，他们往往向省和国家争争讲讲，甚至“耍赖”。

据当事人隋贵廷追忆，当时，当张锦超副市长在省长面前承诺已签署了合作意向时，其实，还未走到这一步，只是威海人抢先争主动的一种智慧和胆识。作为副团长的隋贵廷反复强调，如果不是张锦超副市长在关键时刻的这种大无畏精神，省里把谈判权一旦收上去了，那“金桥”轮这个项目最终落定谁家就很难说了！

1988 年 7 月 20 日。下午 4 时，毕鉴国与隋贵廷代表中韩双方就威海至仁川民间海上通航签署了意向协议书。一切在秘密状态下进行，虽然它成为此次山东香港经贸洽谈会最大亮点，但却不见媒体任何消息。然而，自这时起，这次洽谈会把中韩关系实质性地向前推进了一步。

27 年后，一个春色褪去的日子，我来到塔山东侧华能花园小区，在一座公寓里，见到了当年为中韩通航穿针引线的毕鉴国先生。虽年过八旬，但他精神矍铄，思维敏捷，记忆清晰。如今，他每年回威海住一两个月，往返于大洋两岸，安享晚年。时光流逝，物是人非，老人那深厚的故乡情结和饱满的精气神依然不减。两个钟头一闪即逝，我完成了一次超越时空的采访。在平淡的叙说中，我感受到了他那颗赤子之心的剧烈跳动。

正因为有了香港协议，韩国东源水产株式会社大胆向前推进。9月初，王允国会长派他大儿子王基用社长与毕鉴国同行，再次来到威海，与市里有关方面进行具体磋商。9月8日，王基用社长与市海运联合总公司代表马绍洛签订并交换了二次备忘录。

采用纪实手法，记述发生于20世纪末中韩两国奇迹般地办成海上通航这一具有划时代意义的事件，应该亲眼目睹中韩首次签署的那份香港协议书原件。然而，当我用尽浑身解数去查找时，它却如石沉大海难觅踪迹。同时，由于时间太久了，对香港会谈和文件签署以及日后谈判情节，传出了多种不同版本的说法。

调查采访陷入困境。几经周折，我终于从当年一位当事人手里见到了这份香港协议书。协议书已字迹斑驳不清，特别是双方签字人已难以辨认。本着对历史负责的态度，我又对香港协议书到底中方由谁签字的不同说法作了考察，最终确定是：中方代表隋贵廷，韩方代表毕鉴国。

据马绍洛回忆，他在签署二次备忘录之前，由市外事部门介绍，他已与韩国南星海运株式会社，就开通中韩民间海运问题进了接触和磋商，因为在香港那次招商会议上威海已经与东源签署了合作意向，所以才只好作罢了。换言之，按他的说法，如果没有东源水产，威海照样可以和韩国搞通航，很可能就与南星海运合作了。

这个颠覆性的说法令我诧异！它打破了过去中韩通航20多年说法一贯制的版本。在这之前，一谈中韩通航，好似唯王允国一人创举，于是，也把毕鉴国个人作用神话了。其实不然，毕鉴国的第一信息来自他家乡荣成的苏县长，作为县里分管外经贸的领导，追根溯源，最初信号是北京下发至省军级这个机密文件所传导，何况负责这项工作总调度的吕学俭又是荣成籍人，所以苏县长先知先觉并通过毕鉴国找韩国线索很正常。这与马绍洛和韩国南星海运的接触如出一辙。信息是通过外事和外经部门传递的，何况当时的韩商也是他们介绍的。这才是最正常的渠道。然而，采访中，我搞不清这里面的蹊跷，就把电话打到了苏县长家里去。这位已退休的老县长竟然保密意识依然还是那么强，他拖着一口浓浓的荣成腔对我说：我知道你这个人，那时在市委办公室工作，但这么重要的事电话里不能说……

马绍洛，多年从事海运部门的政工工作，具有较高政治素质和专业能力。他接手与韩国南星海运谈判时，为了规避政治风险，竟然专程跑到北京经贸部找到了当时分管对外开放的吕学俭，摸清了国家对韩开放的思路。正是这次，他摸清了一个底：利用地缘优势，逐步放开与韩国海上民间贸易交往，国家早就开始关注这件事了。1987年5月，国务院发到省军级的文件，提出了从山东半岛、辽宁半岛等东部沿海地区逐步放开与韩国海上民间经贸口子这一建议，但谁出了国家安全问题将追究谁的责任。

政治问题很敏感。对此各地态度不一，有积极的，有冷漠的，还有按兵不动的。国家的态度，谁相距最近谁先行，但政府不好出面倡导，只能顺其自然、水到渠成地发展。当时，山东的情况是，省里怕出乱子表现稳妥，青岛积极，辽宁更积极，国家却倾向胶东半岛离韩国最近的地区先行。据马绍洛透露，当年向他交这个底的人，就是这个保密文件的起草人，即后来出任经贸部副部长的吕学俭。于是，威海人干这件事心里就有底了。但是无论如何，干这件事还是有政治风险的。威海基础差、底子薄，要跨越、要发展，按部就班、不敢冒险是不行的。循规蹈矩、怕狼怕虎，这不是干事创业应有的态度，也更不是威海人的行事风格。当时，我在威海市委办公室任分管行政工作的副主任，目睹威海市委领导们的那种忘我工作的劲头，特别是对韩开放的态度是那样的坚定不移。今天为写此书，勾起了我对跟随多年、已故去的市委书记李太启和市长李文全两位老领导不尽的回忆与深深的怀念。

中韩民间交往慎之又慎。据韩方王允国会长回忆，在前两轮洽谈成功之后，他才正式向韩国政府有关部门汇报了这件事的前后经过。此举，立即得到官方肯定，说他们干了一件很漂亮的事情。但他们认为，在这种艰难时期，作为民间交往，如果能促成这件事儿，可能会成为改善两国外交关系的途径。同时指出，中韩建交需要相当长的时间，经济合作关系到两国间的体面，不好轻易互相让步。

有了这种鼓励和指导，王允国便积极寻求韩方合作伙伴和支持者。当他把情况和想法与韩国长期信用银行沟通后，会长咸泰甬当场表态，与他们同行去一趟中国。于是，才有了王允国的第一次中国威海之行。

1988年10月23日。

秋高气爽，景物宜人。高坐在威海湾北岸秀丽山岭上的会计之家——蓝天宾馆，正忙着接待韩国王允国会长一行。东源水产株式会社成立于1970年，主要经营远洋捕捞、食品加工、冷藏及相关产业。王允国作为公司的创始人和舵手，此行来华，意味着他的公司将由生产型转向营业型和服务型，是一种生产方式的跨越。中国市场未来潜力巨大，但两国关系解冻之前，风险潜在，令人担忧。然而，这种全新的开拓和追求，对经过长期远洋生产磨砺的王允国而言，特别富有挑战性和刺激性。一番充分准备之后，由毕鉴国陪同，他与咸泰甬会长等一行5人，第一次闯进了陌生的威海。

会计之家一号楼宴会大厅，灯火通明，曲乐悠扬。当晚，张锦超副市长举行欢迎宴会，隋贵廷、于兰模、刘景春、董崇利等有关人员参加。次日，中韩举行第三轮正式谈判。中方专业谈判人员，以市海运联合总公司的领导和专业人员为主；韩方谈判人员有王允国、咸泰甬等5人。

谈判秘密进行。一切从简，只重本质：一、最终能不能谈成；二、双边实际利益。说到底是政治安全和经济利益问题。政治设计，中韩两国顶层已作出积极反应，释放出大量信号。这次谈判虽以民间方式进行，实际是官方操作，是经过精心策划有备而来的。威海方面，市委书记李太启、市长李文全一手策划，包括客人下榻饭店、接待规格、出面人员、谈判底线等问题，动过一番脑筋。

事先，李太启曾多次询问谈判的准备情况，并指示有关人员：要守住底线，别的都好商量。底线就是在威海注册，在威海纳税。我们资金困难，投资份额只能在30%左右，可以考虑办合资企业，按国际已有案例争取三七投资、四六分成。在以后多次书记办公会或市委常委会上，书记多次强调，虽然我们家底穷，为保通航，保三七投资，就是砸锅卖铁也要干！为此，市长李文全多次语重心长地对市里主管通航谈判的领导说：组织上信任大家，相信我们一定能打响这第一炮。这是中韩在国内第一次正式谈判，条件要坚守，务求要谈成。相信我们一定能谈成。

对刚走上领导岗位的干部而言，书记和市长这种鞭策和鼓舞意味着什么？信任和重用比什么都重要！谈判桌上，中方直奔主题，明确表达出市领导的原则立场。大意：双方合作经营，按三七比例投资，中三韩七；四六比例分成，中四韩六。注册地在威海，在威海纳税。租船或买船由合作经营公司决定。

韩方王允国发言。首先表明韩方从企业到政府的态度是积极的。然后，话锋急转到分成比例和注册地上来。大意：这两项都有失公平，三七投资四六分明显不公。既然韩方控股，注册、纳税自然应当在大韩民国，在威海是没有道理的。为此，谈判陷入僵局。

面对僵局，中方提出休会。缓兵之计——在谈判桌上亦不失为上策。另一种方式谈判开始。双方以不同形式在不同地点开始了新的角逐，主要人员坐下来私下交流。你来我往，越谈越深，越说越近。就这样，僵持被打破，重新回到了谈判桌。最终议定：双方出资 400 万美元，威海按三成出 120 万美元，以土地、办公场所作价出资；韩方出 280 万美元，主要用以租赁外籍客货轮。

几小时后，晚霞映射窗户。经过艰难磋商，按照中方拟定条款，韩方提出修改之后，终于达成初步协议。双方代表在协议上分别签字。之后，中韩双方合影留念。

华灯初放，中韩代表共进晚餐，把酒致贺。第二天起兵分两路：一路，由两名副市长分头组织外经贸口和交通口，分别跑省里和北京，争取上级支持并尽快批复这个项目；另一路，由分管副市长及主要谈判人员陪同韩国客人考察威海投资环境。临别时，市长李文全出面为客人送行。祝酒词是这样说的：我们这次合作，是一项开创性的事业，对促进威、韩经济文化交流合作，具有划时代的意义，将会产生出不可估量的作用。威海、仁川隔海相望，威海的成山头，与大青群岛直线距离只有 93 海里。威海有数万侨民在大韩民国，有的开饭馆，有的开商店，还有开酱菜园子的，与大韩民国的人民相处一直很好。我们的民间活动，一定会为两国的建交做出贡献。两国建交后，我们的合作将会更方便，我们的事业前景更广阔！

李文全是威海地级市第一任市长。如今已病逝多年，但他在这次酒会上的祝愿已成为现实。作为市长，乃至接任市委书记，他始终把威韩通航当成第一要务，投入极大热情和干劲，使许多复杂问题化解于他的努力之中。

“金桥”轮的开通，好比当年唐僧西天取经，注定要经历千难万险。在中韩尚未建交、“冷战”尚未结束的大背景下，跑这件事，不但需要智慧，而且要有胆量。哪一关过不去，都会半途而废、全盘皆输。如果说，1987 年从毕鉴国到王允国，从张锦超到隋贵廷，从臧海强到刘景春，以及下面的工作人员，三次谈判是秘密状态下进行的；那么，进入 1988 年之后，有三条线（外经、交通、韩方）中韩交叉，则是由秘密转入半公开状态艰难推进的。

跑交通部批航线，从打报告到审批，由威海市政府开始，跑省海运局，跑省交通厅，跑省政府，跑交通部，最后到国务院。这么多关口，从办事员到科长、到处长、到司长、到部长、到副总理，一跑就得几个月到半年。时任常务副市长臧海强，调任威海之前曾任烟台市交通局长。凭借多年形成的人脉关系，多次跑北京、找老乡，以最优惠价钱住在北京民族饭店，盯着交通部不松手。关键时刻，他们闯进钱永昌部长办公室，直接与部长对话。最终，以人们想象不到的效率，拿到了交通部的批文。档案记载：山东省交通厅 1989 年 2 月 18 日，向交通部转报了省政府关于批准威海市“威海海运联合总公司”与“南朝鲜东源水产株式会社”合作经营东源海运有限公司的文件，威海人立马盯住了交通部，虽然很艰难，但只用了两个多月时间就批了下来。这里饱含着多少威海人的艰辛和智慧！

5月16日，北京全城戒严。刘景春带领工作人员冒着风险，穿越大街巷道，最终把交通部批文拿到了手。不能不承认这是个奇迹。有了这个批件，这件事就算搞定了。除此之外，说什么抢时间搞通航、与谁竞争……一切免谈。

最终，正式通航文件需三部委会签后报国务院批准。

再难也难不倒威海人。刚建市家底薄，坐飞机没有钱，坐火车太慢，只有开汽车跑；好饭店住不起，找小店住；到街上吃两口，找朋友蹭顿饭。终于在一年后，所有批文全跑下来了。

受大环境影响，干这件事太难了。国家与地方之间、部门与部门之间、地方与地方之间，各种矛盾交织，互相挤压。如果没有西天取经的精神，这件事肯定搞不成。2010年第18辑《威海文史资料》选载了《威海至仁川通航筹备过程回眸》一文，有一段话很打动人。作者孙建军在文章结束时这样写道：

> 文字是苍白的，语言不是万能的。我们的语言、文字永远也无法完全再现当年那段激情燃烧的岁月，无法再现那段波澜壮阔的历史。当年那风华正茂的一

群，已经白雪飞上双鬓，有的甚至作古了。采访一次，笔者都会感动一次，甚至会随着回忆者落泪而流下眼泪。那是怎样的一代人啊！他们激情四射，干劲冲天，不畏艰难，想事儿干事儿能干成事儿。他们面临的困难，是今天的我们无法想象的。1990 年 6 月 1 日在市长办公会上，李文全市长用两个“三角”来形容威海市当时的处境：“大三角”，外经部、交通部、山东省三者之间的矛盾；“小三角”青岛、烟台、省外运对威海的挤压。如果不是过人的胆识和毅力，何来威韩的通航？我在 1990 年威海市外经贸委的年度工作总结中看到这样一句话：为了促成尽快通航，我们曾“七上北京，十去济南”……

进入 1990 年后，许多基础工作基本完成，威海与仁川通航已柳暗花明。2 月 15 日，在青岛“小交会”上，李文全市长向姜春云书记及赵志浩省长汇报了这个项目的进展情况，两位主要领导表态支持这个项目。3 月，国家经贸部在济南召开“全国对南朝鲜经贸工作会议”。会议期间，吕学俭副部长就通航问题同省里统一思想，并责成专人召开协调会，明确提出威海已搞出了眉目，手续也健全，其他地方就不要搞了。4 月30 日和 5 月 20 日，张锦超副市长等随同赵志浩省长两次进京，向姚依林、吴学谦副总理及经贸部、交通部、外交部有关领导汇报，均得到领导人和有关部委支持。自此，从地方到国家都把威韩通航纳入国家行为。5 月 12 日，赵志浩省长与交通部钱永昌部长会商威海—仁川航线通航有关事宜。5 月 21 日，山东省政府在济南召开与南朝鲜通航工作协调会议，明确提出“总体规划，分步实施，逐步到位，威海先行”的总体方针。6 月 8 日，田纪云、姚依林、吴学谦三位副总理同日批示同意对外经贸部、外交部《关于山东省与南朝鲜合营海上客货运输业务问题的请示》。6 月 16～20 日，山东省通航协调小组组长张龙、副组长武忠恕等带队来威海现场办公，统筹协调通航有关事宜。7 月 12 日，交通部印发《关于威海与仁川海上通航有关问题的函》。7 月 23 日，山东外运公司、威海市海运联合总公司与韩国油公海运株式会社、泛洲海运株式会社、东源水产株式会社、韩国长期信用银行、东南亚海运株式会社、太平洋旅客船株式会社在首尔签订关于合资成立船公司经营威海—仁川客货班轮航线的协议。国内公司分别由王永顺、单国防代表签署。8 月，中韩双方在威海签署威海威东航运有限公司合同书及章程。8 月 12 日，威海威东航运有限公司获得合资企业批准证书。9 月 12 日，韩国海运港湾厅批准同意开设中韩间威海—仁川航线。9 月 15 日，仁川举行“金桥”轮启航仪式。9 月 16 日，“金桥”轮抵达威海，威海举行首航成功仪式。

1990 年 9 月 16 日“金桥”轮首航威海

朝鲜战争已过去了一个甲子。

60 年时光让人们明白了许多东西。

中韩通航成功绝非偶然，是天时、地利、人和的必然。

两岸隔海咫尺，以和为贵。和则两利，分则两败。

唇齿相依，唇亡齿寒；相互依存，荣辱与共。

亲望亲好，邻望邻好；远亲不如近邻。

两岸关系中，中韩关系多年来在中朝关系中一直是一个十分敏感的问题。特别是在中韩建交之际，这种敏感的程度可想而知。《特殊使命——回忆中韩建交前夕钱其琛外长平壤之行》一文，外交官张庭延披露了在中韩建交之际，他随钱其琛外长赴朝进行紧急交涉的一段秘史，读后令人回味不已。

1992 年 7 月 15 日是一个普通的日子，但在中朝关系中却是一个不寻常的日子。这一天，国务委员兼外交部长钱其琛受江泽民总书记的委托，秘密前往平壤，向金日成主席转达关于中国即将与韩国建立外交关系的口信，完成一项极其重要的特殊使命。徐敦信副外长等陪同前往，我因工作关系随行。

……

这年 4 月，在我方与韩方达成建交谈判协议之时，适逢杨尚昆主席赴朝参加金日成主席八十寿辰活动。杨主席受中央之托，相机向金主席通报了此事。虽然朝方当时提出不同意见，希望我方暂缓一年与韩建交，但中方方针已定，未作任何承诺。现在中韩建交在即，如何向朝方通报，妥善做好工作，不能不是一个颇费斟酌的问题。当时设想了多种方案，但中央经过反复权衡，认为事关重大，从中朝友好关系考虑，为了表示对金主席的尊重，也有利于做好朝方的工作，决定以转达江泽民总书记口信的方式，派钱其琛国务委员兼外长前往平壤向金主席当面通报。

……

7 月 15 日清晨，钱其琛一行乘专机离京赴平壤。专机上空空荡荡，只有我们六七个人。钱外长与我们交谈了几句后没有再多说话，大家都沉默不语。……北京至平壤只有一千多公里，正当我思前想后之时，飞机已开始下降……迎接我们的几个人中，除中国驻朝鲜大使郑义外，还有朝鲜政务院副总理兼外长金永南。

专机停稳后，钱其琛外长走下舷梯，金永南外长迎上前来，与他握手，表示欢迎，并告诉他马上去外地见金主席。这时我们才注意到，在戒备森严的机场上，不远处停着一架直升机。这天天气很热，骄阳似火，我们又西装革履，走到直升飞机下时，已感到浑身汗涔涔的。这是一架苏制直升飞机，机体较大，可乘坐十人左右，但当我们一行和朝方陪同人员登机就座时，已感到席位紧张。机舱中间靠一侧有一张小桌，钱外长和金外长隔桌对面而坐，其他人就挤坐在他们身后两侧的座位上。可能是晒了很久的缘故，直升机起飞后仍闷热难忍。特别是它发出的隆隆声震耳欲聋，两位外长虽近在咫尺，但他们在说什么，一点也听不到，只看到他们间或露出微笑，气氛尚较轻松。……

直升机一直在崇山峻岭上空飞行，40 分钟后在一个山谷中的平台降落。我们分乘几辆车牌上带有红五星的高级奔驰轿车离去，这在朝鲜一看便知是金主席的客人。车子驶出山谷，转了几个弯，一片偌大的湖水便出现在我们的面前，我就此判断，这里就是延丰湖了。在苍翠的群山环抱中，一池湖水在阳光下闪闪发光，湖边的别墅坐落在静谧之中，然而我们无心欣赏这美好的湖光山色。轿车沿着平展的小路，来到一幢专为客人准备的别墅前停下，金永南外长下车后请我们进去稍事休息，等候会见通知。

……

上午11时许，钱其琛外长一行由朝方礼宾官员引导，乘车来到另一幢更为宏伟的别墅前。下车后，通过宽阔的前厅和走廊来到会见厅时，金主席正在门口迎接，与我们一一握手寒暄。他身着深色西装，精神矍铄，仪表堂堂，看不出已是80岁的人。……钱外长与金主席隔着宽大的会谈桌对面而坐，我方陪同徐敦信副外长、郑义大使和朝方陪同金永南外长等分坐在他们左右。在金主席简单表示欢迎之意后，谈话正式开始。

钱外长首先转达江总书记的口信。口信中称，根据朝鲜半岛和国际形势的变化，中国与韩国建交的时机已经成熟，现特派国务委员兼外长钱其琛同志向您通报我们的考虑和决定，相信能得到您的理解和支持。口信具体分析了朝鲜半岛和国际形势的变化，阐明了中国对此事的看法，强调中国执行改革开放政策，在各方面与韩国的交往越来越多，发展双边关系已不可避免。口信表示，中国将一如既往致力于发展中朝友好关系，支持朝鲜社会主义建设和自主和平统一，并将利用我们的影响推动朝鲜半岛局势走向缓和。

通报结束后，屋内很静，大家全神贯注，等待金主席发言。金主席沉思片刻，首先有礼貌地表示感谢。接着他说，关于中国与“南朝鲜”关系问题，中国既然已经决定，那么就那样办吧。我们将继续进行社会主义建设，遇到什么困难，我们将自己去克服。说完之后即欲起身，我们意识到会见已经结束，忙离开座位。金主席在会谈桌一头与钱外长等握手告别。[①]

据张庭延透露，这次会见，是他参加过的历次会见中金主席谈话最少、气氛最为平淡的一次，与他过去会见中国客人时的兴致勃勃、谈笑风生形成鲜明对照。

……

韩国首尔。

2015 年 11 月 1 日，李克强总理出席“韩国经济界欢迎午餐会”，发表主旨演讲时说了这样一段话：

25 年前，从威海至仁川“金桥”轮的一声汽笛，开启了新时期中韩友好交往的航程。经过双方共同努力，经贸合作持续快速发展，现已互为主要贸易与投资伙伴，有力促进了两国经济增长。2014 年中韩双边贸易额接近3000 亿美元，比建交时增长约60 倍。两国民众就像走亲戚一样往来频繁，去年达到 1000 万人

① 延静：《出使韩国》，山东大学出版社 2004 年版，第 2～7 页。

次，现在平均每周有1000多个航班穿梭于两国之间。随着中韩自贸区启动，双方经贸合作前景更加广阔。[①]

李克强总理描述的中韩建交后经贸合作出现的局面和数字，与威东公司和它的“金桥”轮的努力和创造是分不开的。威海湾南岸，经济技术开发区，威东航运公司新建写字楼。一座现代元素凸显的建筑，坐落在经区齐鲁大道东段，与新港码头毗连。齐鲁大道是目前威海最宽敞的大道，双向八车道、三条绿化带直通滨海新区，其中，中间宽大绿化带是为以后跑磁悬浮列车预留的空间。它西连主轴大街青岛路蒿泊社区，东接疏港路老集社区，我的家乡杨家滩社区位居中间。

2015年3月的一天，按约定，我驾车前来采访威东航运公司。25年前，20里外威海港沉浸在一片欢乐海洋中，锣鼓喧天，欢迎“金桥”轮首航。当时，这里是一片广袤的田野和村庄。田里撅腚拉胯干活的农民，经不住汽笛声、锣鼓声的引诱，停下手里的活，指指点点，盯着一艘慢慢开进威海港的大船。打这一刻起，我家乡的对外开放结束了“刚破题”时代。随之，城市建设不断蔓延扩张，城区百年老港南移，海关、威东航运及“金桥”轮码头等一批涉外机构和单位都相继南迁过来。时至今天，桑梓巨变。

① 《李克强在韩国经济界欢迎午餐会上的主旨演讲（全文）》，中央政府门户网站，www. gov. cn，2015-11-02 。

经区腹地九龙湾畔，过去原始的港汊河道和碱地沙滩，被今天拔地而起的建筑簇团所代替，一片现代化临港城区正在崛起。实话实说，威海能有今天，“金桥”轮通航的作用至关重要，威东人的贡献不可忽视。这条航线，说是一种商业模式，而它的起始、运作和开通，其本质就是一种政府行为。中韩两国政府，从顶层到地方，为这条航线的开通精心运作，保驾护航。说白了就是：为促进两国建交，通过政府行为和民间运作，打开国门，开通航线；然而开通之后，营运则纯属企业行为。这样一来，由中韩 8 家公司合作的威东航运公司，将承担起东北亚地区引人瞩目的首条航线的运营。8 家股东，有地方政府的，有国有企业，多数是外企。这种成分，本身带有“大锅饭”嫌疑。于是，组织什么样的团队，选怎样的人来经营，决定着这条航线的兴衰。

历史证明，威东航运公司这个团队是成功的。自组建到今天，虽然正处在中韩关系的一个特殊时期，公司不仅没有倒退，反而越办越好。他们不负众望，在世界航运史上打造出一支过得硬的“威东人”品牌。这不能说不是个奇迹。体制很重要，但不是万能的。这种企业，独行海上，什么人都接触。尽管股东会有很强的制约力，但如果找错了人、搭错了班子，形成了“内部人”控制局面，则谁也制约不了。在现实中这种事屡见不鲜！威东人则属另类。一路走来，他们打造出很响的“金桥”品牌，是中韩两国友好真正的功臣，理应受到世人的爱戴和尊重。

写“金桥轮破冰之旅”这一章，从采访到搜集资料，我一直在复杂的人物间和特定的时空中穿行不停。越发让我感到威东公司经营团队的地位和它肩负的历史责任，令我对主张把公司注册在威海的人、经营这个公司的人，越发尊重和爱戴。

传承是一种文化和文明。威东公司走过 20 多年，这一中外合资公司经过了草创、发展、提高和优化组合的不同时期，面临决策、管理、执行，社会公关、市场开拓及发展等多种复杂问题，他们都应对自如，大踏步地走过来了。更重要的是，他们把多年形成的企业文化传承下去，把企业引入一条继往开来的轨道。有了这条轨道，威东航运的明天会更好，它作为中韩关系的窗口与门户的意义会更突出！

作为第一任主持公司国内业务的高管，单国防是成功者。当初，受组织委派走进威东公司之后，摆在他面前的难题有很多。虽然有各级领导支持鼓励，但社会上也有一些人抱着看热闹的心态，甚至也有出难题的。面对韩国股东会成员及业务人员，往来频繁，应接不暇，还要研究各种难题、沟通想法、消弭分歧；面对各级的、方方面面的检查、汇报，出面没有精力，不出面得罪人；面对公司内部各项业务全面启动，复杂问题接踵而至……单国防纵有三头六臂也难以应对！可是，人家潇洒地走过来了，一路高歌，红红火火。特别令人称奇的是，一开始他就有能力把公司推向社会。通过文化的、体育的、教育的各种方式，开展公益活动，形成不同时期威东文化热点，不间断地向社会和市场传递企业文化和信息。

作为威东最先的创业者，李东宁也是成功的。这位从中国航海高等学府走出的学子，在经过六年海校教学的磨砺后，对海船商运的把控走向了成熟，负责同国外公司合作起草合同与章程。他南跑上海，北去天津，到学术机构查找历史资料，向前人和古人请教。很快理出眉目，找到规律，理顺了法律条文和专业条款。同时，他直接参与各种条款的谈判。随后，他担负起船舶论证和效益分析工作，步步向海运公司业务运营和操作逼近。

首航，对于全体威东人是多么激动人心的时刻。首航仪式的欢呼喝彩之后，“金桥”轮满载着中韩两国来宾的喜悦和祝福驶离了威海港。一条白色的浪花，留下了港湾的一片沉静。此时，他们拖着疲惫的身子回到了码头上租用的几间临时办公室，开始了艰难任重的征程……

这条租赁的巴拿马籍“金桥”号客货轮，客位 475 人，货位 130 个集装箱。开始，客货源严重不足，乘客最少时只有 18 人，货位则出现过空载。头 3 个月跑了 30 个航班，亏了 43.6 万美元，几乎把中方的投资全赔进去了。更可怕的是，据公司运营可行性报告显示，亏损将持续3 年之久。然而，全体威东人都有一股子不服输的劲头。他们稳住阵脚，临危不乱，沉着应对。一群从来没干过商船海运的人，全凭一种精神和干劲，边干边学，边学边干。人人一专多能，一身数职，满负荷运转。开始，中国与韩国只有一条通信线路，通电话、发传真成了一大难题。于是，他们主动把工作时间改在晚上，每天工作到凌晨两三点，完了干脆睡在沙发和地毯上。走出去，请进来，找客源，拉货源。单国防率队，用3个月时间跑遍大半个中国，对东北、华北地区客源情况摸底排队，争取用户，扩大市场。对山东外贸和“三资”企业全面排查，宣传航线优势，一家一家地争取客户。强化训练，学习韩语，全方位提高综合服务水平。每年5月为优质服务月，单国防带领公司职员进码头，上轮船，扶老携幼，搬运行李，热情帮助旅客。此举在韩国货主和海外媒体中引起强烈反响，报刊与电视多有报道。结果，亏损3～5年的预言很快被打破。船跑到第四个月就开始盈利，第二个年头就创利润100多万美元，当年投资全部收回。于是，“金桥热”风靡全国，尤其在东北三省，成为180万朝鲜族民众的一大福音。在封闭40年之久后，突然有船跑韩国，经济方便，于是，他们奔走相告，纷纷申请护照，办理签证，成群结队跑来威海坐船到韩国寻亲访友，打工挣钱。截至1992年7月28日的第188个航班，“金桥”轮共运送旅客12万人，其中赴韩的朝鲜族人占6成以上。出去的时候，他们带上精心准备的鹿茸、人参、松子、蕨菜、桔梗等，到了韩国，先在亲友家住几天，叙说积蓄了40年的亲情，然后就以他们民族特有的吃苦耐劳精神为本钱，开始打工生涯。没有语言障碍，加之“本是同根生”的情感，他们在签证期满后一般都会满载而归。

据1993年8月12日《中国交通报》载：7月9日上

午，“金桥”轮靠泊威海港，在新落成的国际候船厅里，归来的探亲者差不多平均每人提着四五个大包裹。一位神态安详的女士正守着几个硕大的包裹，这位杨女士是黑龙江绥棱县农民，半年前与丈夫同去韩国探亲，在那里的餐馆打工，两人一年赚了1万美元，当记者问用这笔钱干什么，回答是回去开个餐馆，还要买辆车跑运输。由东北人探亲、打工、往返贩卖引发起“跑单帮”热，催生出一批“国际倒爷”，民间贸易往来一时间一发不可收。每临夏季，“金桥”船票一票难求，以致威东人连电话都不敢接了……

一股“韩流”袭来，由威海登陆，继而向山东西部推进，进而向内地大陆推进。“金桥”航线开通前，威海韩资企业只有两家，两年后达到64家，合同外资额2919万美元。据1999年8月28日《沿海经济时报》披露：1990年威海—仁川航线开通之前，中韩间的贸易额只有3821万美元，韩国在华投资仅有1500万美元；到1992年中韩建交时，两国间的贸易额已达到8.1218亿美元，韩国在华投资猛增到1.41亿美元。可见，威东公司作为“黄金桥梁”的作用功不可没。

有资料显示，2014年，威海市有1746家企业与韩国有贸易往来，进出口总额52亿美元，占全市进出口的31.5%。韩国在威海进出口贸易中继续位列第一大伙伴地位。环翠区张村社区有一家专营韩国食品的威海九日进出口公司，是威海最大的韩货进口企业。2015年完成销售额2.2亿元，是韩国乐天制果株式会社、韩国好丽友制果株式会社等15家公司部分或全部产品的中国总代理或最大进口商。目前，公司已在全国发展了1000多家代理商，覆盖全国地级以上所有城市。公司总部现有厂房（仓库）和办公楼2万多平方米，占地50多亩。这家公司迅速发展的背后，折射出威东航线“金桥”轮对促进中韩贸易的巨大推动力。

2014年5月23日，中韩客货班轮协会在北京召开年会。根据中国船东协会章程规定，本次会议将对中韩客货班轮协会作换届选举，经上届会长单国防推荐，李东宁当选为会长。其实质是威东传承文化的延伸。15年过去，会员单位已发展到13家。13家的客轮货船循着13条航线，在广袤的黄海海域上航行不止，往来不停，连接着中韩两国的合作与友谊。

“金桥”轮的通航，其意义和地位怎么说也不过分。是那些当年为开通这条航线而奔波忙碌的人们，重启关闭了半个世纪之久的中韩关系之门。他们创造了历史，历史自然也记住了他们。

历史也不会忘记为此作出巨大努力的两位由幕后走上幕前的决策人——李太启和李文全。作为第一任市委书记和市长，他们为之奋斗的成果——“金桥”轮通航，必将载入中韩两国世代友好的史册。

5 走进丽水门

三支杆，丽水门，韩乐坊。

小时村里西北山有块荒坡地叫“三支杆”。老人说，1950 年朝鲜战争刚爆发，国家就来这里测量海岸地形地貌，作为黄海岸边一个军事测量点，在一个高坡上支起了三支杆作标志，于是，村里人把这片坡地和刺槐沟叫“三支杆”。今天，它虽失去原有的意义，却成为海洋文化的标志，连接起黄海对岸的文明。

当我重新回到这块魂牵梦萦的地方时，眼前已矗立起一座现代元素凸显的韩文化商城和商圈，社区命名为“韩乐坊”。据主人介绍，这是国内首家以韩文化为主题的大型商业景区，坐落在黄海西岸的威海湾南岸，成为威海“经济技术开发区”新城区中一颗璀璨明珠。昔日荒芜的观测点，已变为韩国人投资兴业和定居生活的一方乐土。

韩乐坊，是一个城市社区，也是一座韩文化凸显的商城。入口大门丹青彩绘，雕梁画栋，状貌雄伟。从设计到用料，均由韩国丽水市捐赠，于是取名“丽水门”。

丽水门，一座充溢韩文化符号的标志性木槿瓦牌坊，亦称牌楼。作为中国特有的门洞式建筑，历史悠久，古代用于表彰、纪念、装饰、标识和导向的建筑物，多建于宫苑、寺观、衙署和街口等处。起源于春秋，盛行于唐代，明清时代达到高峰。这种传统建筑文化自然也早就传至朝鲜半岛，特别是中韩建交以来，随着两国经济和文化交流的加深，标志性牌坊文化很快进入了韩国。20 世纪 90 年代中期，韩国仁川中华街入口高矗起一座大型石牌坊，是由一海之隔的威海市所捐建，匾额“中华街”三个苍劲有力的汉字，为时任威海市市长孙守璞题写。

韩乐坊丽水门

然而，事隔 20 年之后，作为一种文化回馈，当威海经区修建起一座以韩文化为主题的韩乐坊商城时，海对岸的丽水市把它视为中国的“韩国城”，于是，丽水市政府在这座商城街口捐建一座双层大屋顶丹青彩绘瓦木结构的标志性牌坊，市长金忠锡亲题“丽水门”汉字匾额，与飞檐斗拱的绿瓦彩柱浑然一体，蔚为壮观。丽水门内，与之对应处，有“韩乐坊”三个大字，为韩国大邱海印寺的高僧所题。

第一次走进丽水门，是陪李炳银老师来的。2014年秋天，威海合庆饭店这艘风帆型的建筑，静静地靠在与三支杆相对的海岸上。三楼国际会展中心贵宾会议室，气氛肃静而热烈，炳银老师与关注海洋文化的专家和作家，正就当今世界这一热门话题热烈发言。会议氛围告诉大家，在威海召开这样的会议很有意义。海洋也是国土，这是几千年来中国人对传统国土意识的告别。于是，威海在全国的意义马上就不同了：陆上国土面积，威海在全国地级市中排列后位，而海洋国土面积，威海则是最大城市之一。如此说来，在海洋文化研究和海洋文学创作领域中，威海理应走在全国前列。这是大家共同的期盼。我与炳银老师结下的文学情结，与眼前这片大海有密切关系。当我隔窗讲述了海对岸三支杆和丽水门的故事后，炳银老师情绪亢奋，当即要求去现场看看，我陪着他就急促地去了现场。车刚入街口，一座丹青色调的韩式牌坊立马映入视野，相形之下，周边的高楼大厦黯然失色……

韩乐坊商城尽显韩式风姿。中区南端新建双剪塔楼，高度和气势均为威海滩之最，是为韩国商品交易中心，为目前中国最大的韩国日用品、食品直供基地。坊内设有专区交易市场、电子商务中心、品牌展示中心和物流中心等交易平台，在此，可以一次性完成产品采购、销售、展示、运输、进出口及电子商务等环节的操作。目前已入驻企业70多家，经营产品上万种。由此向北，形成这座商城的中轴文化区，其核心区域由韩国美食街、韩乐坊不夜城、韩国风情街、乐天文化广场、庆会楼演出中心、乐天美术馆、高丽红参馆、韩国韩服体验馆、韩国婚庆体验馆、韩国泡菜壇公园等组成。商家店铺，餐馆酒店，一栋一式，鳞次栉比。大屋顶的，木结构的，贴石墙的，刷白墙的，高低错落，进退有致，林林总总，尽显韩风韩姿。

每到夜幕降临，闹市熙攘，人声鼎沸。夏秋时节，韩乐坊夜市成为一种时尚和亮点。聚会演出，歌手大赛，摇滚演唱。购韩货，吃韩餐，品味韩文化。街巷道口，园林草坪，“长丞”“河回假面”等木雕石雕陶俑等民俗艺术品匠心独运，恰到好处。“天下大将军”“地下女将军”等木雕长丞和河回假面活灵活现，以消灾避邪，保佑一方。2012 年适逢山东文博会召开之际，韩国安东市河回村非物质文化遗产继承人金钟兴老人专程来到韩乐坊，历时月余，精心创作，留下如此木雕和石雕艺术品，堪称难能可贵。与之同时，其他韩国风情雕像举目可见：威严肃立的济州岛石老人，喜上眉梢、忙碌打糕的农家少妇，流行于京畿忠清、江原岭东等特色文化圈的农乐队伍穿行于韩乐坊巷道，以“制陶”“迎亲”“兄妹”等题材新颖的韩国传统小品雕像栩栩如生，美不胜收。

走进丽水门，一座苏红色自然石石雕在欢迎您：一双巨大石手紧握，两只袖口间的石手，掌与背，指和甲，清晰可辨，牢牢雕于半环形雕琢的石艺之上。基座正面，有中、英、韩三种文字阴刻的作品主题——手拉手。下附陪文：“我们手拉手　穿越五大洲　我们能让这个世界变得更美好。”落款：“摘自 1988 年韩国汉城奥运会主题歌　2012 年 10 月 20 日立。”

经区韩文化商城鸟瞰

“合作友谊，这是韩乐坊商城的主题文化。”炳银老师反应敏捷，刚进丽水门，在我还未反应过来时，他就指着石雕对我说。言外之意，你这次创作的主题就在这里。近十几年来，他通过我的作品，对威海的历史文化，特别是近现代以来的东西了解深透。他对本书的创作给予充分鼓励和指点，明确提出要以威海作为窗口、门户，挖掘、观察中韩友好交往的历史，给中韩关系以历史、现实和未来的文学观察探视，在文化历史的角度上修一部特殊的中韩关系史。

对于一个作家而言，这是一种使命和责任。

对于炳银老师而言，这是一种托付和寄盼。

身负使命和责任，带着炳银老师的叮咛，我来到与韩乐坊一路之隔的经区管委大楼。管委主任吕晓东和蔼可亲，听说要采写韩乐坊，当场拨通了宣传部刁瑞福部长的电话。于是，我首先采访了刚从韩国回来的企业家闫卫国。

身材利落，笑容可掬。闫卫国没有那种成功者的气派，也不是那种山东大汉型的老板，通身焕发出一种清新气息，倒像一位儒雅书生。眼镜里透出睿智目光，一脸善意，说话轻声。见了面，他就从书柜上拿来几本书，全是与韩国文化有关的：《韩国文化史》《出任韩史》《朝鲜半岛时局与对策研究》《东北亚近代文化交流研究》《韩国汉文学思想研究》等。很难得，对我的采访意图如此清楚，清楚得如同他的韩乐坊开发和建设，知道从哪里入手解题。难能可贵，一名北大经济系研究生，十年寒窗，靠文化支撑，把“三支杆”时代的一片坡地打造成韩元素如此浓郁的主题商城。

闫卫国老家是荣成崖头村。1967 年生于烟台，毕业于烟台大学建筑工程系，就业于烟台港务局，参与了烟台第一个合资企业的筹建，1992 年出任港湾贸易公司总经理。为实现新的人生目标，1998 年考进北大经济系读了 3 年研究生，毕业后应聘出任威海金弘化工公司总经理。时光走进 2005 年，这年是他人生重大转机的门槛。就在这一年，闫卫国受香港地产商聘用，担任了乐天世纪城开发项目总经理。由此，他面对着一次重大机遇的挑战，只待机遇向自己走来。

对创业者来说机会是均等的。早在 2008 年 1 月，经区管委在全区企业工作会议上，首次提出要建设韩国人创业消费居住文化中心。一年后，韩国风情街、韩乐坊规划方案通过了威海市规划委员会评审通过。于是，一个重大商机显现了……

稍纵即逝的机遇被闫卫国抓住了。一天早晨，在一阵鞭炮声中，沉睡了几千年的“三支杆”处女地被唤醒！那就是韩乐坊“乐天世纪城”一期工程的开工仪式。

“乐天”一词，是我国著名哲学家、教育家冯友兰倡导“知天、事天、乐天、同天”人生四境界之一。十多年前，闫卫国能把传统哲学思想融入地产文化之中，虽然带着一种商业运作导向，但这在当时地产界可谓凤毛麟角，独树一帜。

正是这种“乐天文化”情结招来一场国际官司。当他们公开亮出“乐天世纪城”这面旗帜时，因“乐天”二字，他的项目一经注册，立即引起韩国最大超市乐天玛特的高度关注，深感其对乐天玛特进军中国市场将构成巨大威胁。面对竞争，毫不留情。一纸诉状，韩国“乐天玛特”以侵权罪名将“乐天世纪城”告上了法庭。谁料，“乐天世纪城”竟因祸得福——事隔三年之后，乐天玛特威海店，即乐天世纪城三期工程，在“三支杆”举行了隆重开工典礼……

然而，闫卫国并不满足现状，他把目光移向了韩国文化开发上。四年时间，他相继开工了三期工程，这年春节，作为对员工的奖励，他领了30多人到韩国过年，实际是为下步动作探路并不断解放思想。

新春正月的仁川。对岸来的“金桥”轮平稳停泊仁川港码头，劳累了一年的闫卫国和他的员工，带着一身疲劳和憧憬漫步港城大街小巷。这天，一进华人街里的中国城，闫卫国和他的员工震惊了……

仁川是韩国第二大港口。1883年随着清朝领事馆在这里的设立，在北城洞、善邻洞一带华侨数量不断增加，逐步形成了中国城。那时华侨多以贩卖从中国带来的食盐、谷物、杂货等为主，从韩国购入沙金贩回中国。商圈越搞越大，鼎盛时期发展到万余人。抗日战争爆发后，许多华侨返居台湾岛，或迁往美国、东南亚诸国。从1948年起，受各种原因的制约，华侨社会的影响力逐步衰退，最萧条时中国城的华侨只有三四百人，直到中韩两国建交才出现了新的转机。

一座高约10米古色古香的牌楼，成为中国城标志性建筑。它不仅是中国城的象征，而且是居住这里中国人的精神支柱。更令闫卫国猜测不到的，这座牌楼竟是威海市所赠建。漫步中国城，深深被眼前浓郁特色的中国风情所震撼：美食世界，火锅大王，“上海KTV”，各式牌匾令人眼花缭乱，街面门铺高悬的大红灯笼悠然飘动……

就在这一刹那间，闫卫国心底突然一颤：步行街，风情街，唐人街，韩国街……脑海里这几个关键词的频频闪现，很快，他就把中韩风情与地产置业联系起来，想到乐天世纪城与韩国街之间的联系。此时，这种文化碰撞出的思想火花，是真实的、现实的，不是自作多情，不是无中生有的虚情假意。此时的闫卫国充满自信。他那智慧的大脑，一阵紧张运转后，迅速勾勒出回去开工三期同时推进四期的大胆设想……并以迅雷不及掩耳之势把思考变为实际行动。

兵贵神速，动作之快令人咂舌。2009 年春节，阳历和农历时差25 天，即正月初一是阳历 1 月 26 日。这样推算，闫卫国和他的员工由韩国回到威海就应是 2 月中旬了，可到了 3 月中旬，他们就在中国建设工程招商网上发布了韩国乐天玛特威海店开工的信息。

两年后，2011 年 2 月 22 日，乐天世纪城“乐天公馆”奠基仪式隆重举行。项目掌门人、威海九隆置业有限公司总经理闫卫国，曾在多种场合表示：生活方式中心（Lifestyle Center)，是目前全球最具生机和活力的商业形态，其以休闲、娱乐，以生活消费品为导向，打造集购物、休闲、娱乐、餐饮于一体的一站式国际化生活街区，把商业、居住、商务、旅游等功能融为一体的城市综合商圈，建成城市发展标志性综合体建筑群和新地标。

经区海草房特色景观

如今，韩乐坊社区已成为地方国家机构设立的行政区划，并通过政府购买的方式在此设立了社区服务中心。通过传统意义的居委会，把社会与政府联系起来，共同推进韩文化元素在这一社区的生成与发展。

九龙湾潮来潮去，九龙河流淌不息，见证了改革开放以来中韩两国的交流与合作。沿九龙河畔向深处走去，在入海口的地方，我连续两次叩开曾在这片海岸叱咤风云的人物——隋贵廷的家门，听他讲述当年九龙河入海口沿岸那些鲜为人知的故事。

1992 年夏日。

这一年我迈进了中年门槛，受组织委派，离开了长达 20 年之久的党政机关，来到威海湾北岸合庆山“开荒”。隔海相望，长峰泊依然是我儿时记忆里的那片原野。一条柏油路南北贯通，把城乡结合处这片田野分成了两瓣儿。路西，受里口山余脉影响，加之村落密布，素有山区说法，其实那里有山，只是不平坦而已。路东侧不同，除了泊前“三支杆”坡地，南北方圆十数里之内形成小平原之势，西连远山，东邻大海，北与市区相接。此时的长峰泊，虽然依旧一幅乡村面孔，但在威海市对外开放的沙盘模型上早就被标上了一颗红星——未来经济技术开发区管委会设在这里。

尽管老百姓还蒙在鼓里，却有许多迹象总会表露出来。一个烈日当头的日子，农人在长峰泊里干活。只见面包车、吉普车、小轿车一排，由柏油路拐进了田间路，沿长峰泊二道河向东缓慢行走。前面一片港口盐碱湿地，芦苇丛生、海水横流，车戛然停下了，人从车里钻出一群人，指指点点、比比画画，有点当年来看“三支杆”那阵势。领头来“长峰泊”的是王大海、隋贵廷，此时，他们已接到了市委任命他们主持经济技术开发区工作的通知。

王大海身兼市委副书记、副市长、首任经济技术开发区管委会主任数职；隋贵廷由市外经贸委主任调任经区常务副主任并主持日常工作。特定时期干部的特别安排收到了特殊的效用……这批人为刚组建起来的威海做出了巨大贡献。

威海刚从烟台分出来，作为沿海开放城市享受什么政策待遇？市长李文全在市长办公会上严肃提出这个问题。

威海当时作为烟台管辖的县级市，只享受烟台老市区对外开放的政策待遇。那么分出来了，政策待遇有很大空间：可以成为第15个沿海开放城市，也可以沿用县级市时的政策体制。在国家还没有说法时，如何争取到更有利的政策环境迫在眉睫。

此时的威海，从上到下，只有一个心愿：把威海办成北方的特区。“照特区样子干，按特区模式办”，成为激励全市人民的响亮口号。一阵激情过去之后，威海人清醒了：如果党中央国务院没有正式批文，新组建的威海市很有可能从沿海开放城市中被划出去。于是，李文全市长明确提出要争取国务院正式批文，最后强调，这个事由时任外经委主任隋贵廷负责。

“跑部（步）进京”，改革开放后的新名词和新时尚。计划经济向市场经济转型，许多政策和项目具有很大活动空间，地方积极争取可以得到国家的支持和特许，这是中国经济和社会发展的新动向。于是，跑资金、跑项目、跑政策，成为地方政府发展地方事业的一项有效途径，经久不衰，持续到今，成为中国经济和社会发展的潜规则。不跑就没有资金和项目，就没有政绩。至于跑政策，这是一种高层面的运作，过去还真的没有干过。市长下达完这项任务后，责任人心里真的没有底……

必须先摸清底细。首先来到国务院特区办，一摸底令人大吃一惊。关于威海从烟台分出来后享受政策待遇的文件已起草好了，题目就是《关于威海市继续享受作为原烟台市老市区的有关政策的批复》。文件草稿指出：经国务院研究同意威海市继续享受作为原烟台市老市区有关政策，一不准设立经济技术开发区，二不给扩权外汇。文件样稿已送呈外经贸部、海关、商检、财政、税务等有关部委汇签完毕，分管的国务院副秘书长也签了字，已送谷牧副总理签署后正式印发。此文如发下去，这不是给一心改革开放的威海人民当头浇了一瓢冷水？生米即将做成熟饭！怎么办？责任人急得团团转。把信息马上报告市里主要领导。分析认为，找特区办已经晚了，只有去找谷牧副总理了。谷牧副总理老家是威海荣成，家乡人都知道他从不为家乡开口子说话办事。但事关威海发展大计，顾不了那么多了，就派分管外经贸的副市长前去向谷牧副总理汇报，争取了好长时间没有见到。事不宜迟，再晚就来不及了。于是，再派人跑北京。

使命在身，十万火急。

情急之中，责任人胆量过人智慧超人，出其不意，竟然奇迹般地完成了市长交给的任务。2014 年 12 月 18 日，威海市档案局编印的威海市创业者访谈录——《威海足迹》，开篇就是对隋贵廷的专访：《为威海发展树起时代丰碑》。文章详细记述了在此紧急之时，隋贵廷挺身而出，以地方政府和民意代表身份，坦荡真诚，苦苦谏说，最终得到谷牧副总理和特区办的理解和认可。于是，在批文即将印发之际，废掉原件另行新文。于 1988 年 1 月 29 日，国务院印发了国函〔1988〕21 号文件，即威海市继续享受有关对外开放政策待遇的批复。事实证明，这个批复的改变，表现出我党在改革开放中的务实作风与实事求是的精神。这个批复，对威海地区乃至山东半岛改革开放意义非凡。作为历史档案，《为威海发展树起时代丰碑》一文首次披露了文件影印件，特摘录如下：

国务院关于威海市继续享受
有关对外开放政策待遇的批复

山东省人民政府：

你省一九八七年七月十六日《关于将威海市列为沿海对外开放城市的请示》收悉。同意威海市升为地级市归省直辖后，其老市区继续执行《中共中央、国务院关于批转〈沿海部分城市座谈会纪要〉的通知》（中发〔1984〕13号文件）规定的政策。

一九八八年一月二十九日

天将降大任于斯人也，必先苦其心志，劳其筋骨，饿其体肤……

开放是要付出成本的。因而，对地级威海市的对外开放，国家的本意是不想为此再增加国库负担，面对山东关于请示把威海市列为第15个对外开放城市，党中央和国务院迟迟不好回复。是因为多开放一个城市，就要多设一个经济技术开发区，就要增加扩权外汇，减少国库收入。对此，作为分管对外开放的谷牧副总理深知这里的奥秘，只有对家乡的开放放缓才能保全国的大局。于是，在第一稿行文时，明确提出两条限制：一不设经济技术开发区，二不给扩权外汇。但是，这个胎中的设定威海人难以接受。最后，他们的发奋进取精神得到了国家的认可，在正式批复中把上述“两不”的限制勾销了。

其实，在威海的发展问题上，作为老区的威海人已经为中国革命和建设长期作出牺牲和贡献。因为这里特殊的战略位置，自古至今始终作为军事要地被禁锢，被外国列强所租占。因此，近现代以来，威海总与一些重大国际事件、公约相联系。民国初期，收回威海卫后这里曾被国民政府设为特别行政区，赋有省级行政管理权限。中华人民共和国成立后，威海一直作为军事禁区，经济建设受到限制，许多项目不能设在这里，长期得不到发展，经济建设和社会发展呈现停滞状态。对于这种局面，威海人始终表示出理解和宽容的心态。然而，国家敞开了国门，却因利益分配问题让威海放不开手脚，特别是威海与韩国一衣带水，咫尺之隔，处在开放最前沿，而香港、澳门、台湾的对岸都设了特区，威海与仁川“鸡犬之声相闻”，却禁止在这里办开发区，威海人就想不通、难接受了！

过去因为国家政治、军事形势的需要，威海人作出了牺牲，但在改革开放的时代，威海人要说话了。威海人向国家打报告时底气很足。省里早在 1987 年 7 月就向中央提出了申请，请求重组威海市列入沿海对外开放城市之列，一直等到第二年，在威海人的再三争取下才作了批复。尽管取消了原来拟议的两条限制，但威海人心里明白，要争取到这两条政策待遇，委实很难。特别是设立经济特区或开发区，国家领导人不点头，下面的人，包括特区办谁也不好表这个态。

怎么办？威海人没有望而却步，而是咬定目标不松口，为了威海的发展猛打猛上。理由就是以威海距离韩国最近，要求国家批准把这里办成北方最大特区。

时任市委书记臧海强带领一班人马直接跑到了北京。

北京回来后，威海的对外开放尤其对韩国开放，胆子更大步子更快了。一阵紧锣密鼓，经过全面规划布局，威海经济技术开发区在威海湾南岸一片黄金海岸宣告成立。时任威海市委副书记、副市长的王大海兼任开发区管委会主任，隋贵廷任副主任主持日常工作。

两个月后的一天，一架银色专机由北京飞抵威海机场。7 月 23～24 日，江泽民总书记视察威海。

威海湾南岸是一片古老广袤的土地。总书记在省市领导陪同下，驱车来到这片海岸中心腹地长峰泊。此地环境优美，区位独特，是未来威海经济技术开发区的中心。下车后，总书记沿田间小路走去，深情地眺望蓝色威海湾，特别是当他的随员告诉他，海湾对岸就是正准备建交的韩国时，他的嘴里不停地念叨：“好，很好！”脸上洋溢出满意笑容。他对身后特区办常务副主任胡光宝说：“在这里办开发区，主要为面向韩国，回去后，你负责落实此事。”

总书记视察威海，批准在威海湾南岸成立经济技术开发区的新闻，迅速弥漫于东北亚上空，很快传遍朝鲜半岛和韩国各地……

历史竟然如此的巧合。总书记7月24日离开威海回京后一个月，即8月24日中韩两国正式签署了建交公报。87天后，国务院正式行文批准了设威海经济技术开发区。

从总书记在威海表态同意设立威海经济技术开发区到正式批复，差两天三个月。为以证史实，特将国务院国函〔1992〕162号批文原件披露如下：

国务院关于设立威海经济技术开发区的批复

山东省人民政府：

你省《关于设立威海经济技术开发区的请示》(鲁政发〔1992〕65号）收悉。现批复如下：

同意设立威海经济技术开发区，实行沿海开放城市经济技术开发区关于生产性外商投资企业所得税按15%的税率征收的政策，但不得援列沿海开放城市经济技术开发区的其他政策。

威海经济技术开发区北至长峰河，西至青岛路，南至风林路，东至海埠路。规划面积为五点七二平方公里。

一九九二年十月二十一日

1993年2月17日，威海选择了这一天，隆重举行威海经济技术开发区成立大会，国务院特区办副主任赵云栋专程赶来参加大会。自此，威海经区人，死死盯住以长峰泊为核心的5.72平方公里这个主战场，不间歇地发起了大开发的攻坚战……

国家没给一分钱，地方也一分钱不出。第一年，为了支起摊，经区管委向地方政府借款100万元，拿80万元租邮电公寓办公，20万元发工资。第二年，他们以3倍数额归还了政府借款。据《威海足迹》披露：10年来，威海经济技术开发区靠自费开发，平均每年为国家创造财富3.8亿。仅用10年时间，各项经济指标在全国开发区排名跃居前列。其间，他们的国内生产总值、工业利税、财政收入等经济指标每年以30%以上的速度增长，其中国内生产总值由建区初期的1.5亿发展到33亿，增长了21倍；工业利税由2800万元发展到12.5亿，增长了43.6倍；财政总收入由2500万发展到5.1亿，增长了19.5倍，每年为国家创造国有资产3.5亿。据2001年外经贸部对49个国家级开发区6项指标测评，威海经区有两项指标居前十名，综合评价跃居全国第15位。

这一期访谈录，是2014年年底刊发的，人们对一个时期经济指标的虚高表示不满。而本次访谈录在披露上述数字的同时，郑重强调了这些数字的真实性。

访谈录中还披露，2000年前后，威海经济技术开发区有几个指标，如基础设施配套能力、经营成本、社会安全与环境保护及工业产值、国内生产总值等，在全国的开发区名列前茅。笔者认为，这个时期，威海经济技术开发区正处于上升时期，而其他的开发区已进入成熟期和稳定期。投入和产出之比，在初期和在上升期，是有明显区别的。即便如此，威海经济技术开发区在国家不投资和政策控制的情况下，能有这样的业绩，真是难能可贵，令人折服。

威海经区腹地是我的家乡。范围是我小时候一个公社的地盘，公社叫蒿泊公社，早年称凤林公社，后来改成了蒿泊镇，方圆内40个村庄，有国家或集体办的大企业，如华能热电、木工机械、水产养殖与加工、水果生产与加工等等。在这个基础上办开发区本身有基础，属于嫁接型的，与那种平地拔起的开发区是有区别的。

以地生财，以地招商，是国内开发区初期建设的大致作法。威海与其他城市不同，是在一个村落密布、人口众多的地盘上搞开发，这与别的地方选一片人烟稀少的地方划一片地来开发是不同的。开发区中心的长峰泊和杨家滩泊都是地眼，出粮食的地方，老百姓把地当成命根子。尽管这样，急于发财的农民，为了招商，还是低价或变相无价送给外商。为了制止这种做法，在深入调查和科学论证之后，经区管委推出“一动三定三为主”的土地改革管理模式：一动，即根据市场实行浮动价格，就是市场价格；三定，即根据规划定项目，根据项目定用地面积，根据地段和用途定价格；三为主，即工业项目为主，自费开发为主，利用外资为主。这种土地转让的模式，当时，山东向全省推广，国务院向全国推广，特区办称其为“威海经济技术开发区模式”。

开发一片，延伸一片，受益一片，滚动开发。全国的开发区都这样做，不久便暴露出一些问题：建成区域太杂乱，工厂、居民楼、配套设施、服务设施等等。每个小区是个小社会，各种成分挤在一起，既不美观又不方便管理，不符合现代城市规划要求。如果分散开发，战线越拉越长，就会增加投资和成本。这个矛盾很突出。威海本来就没有钱，开发一平方公里得 2 亿元。他们就组织专家论证和探索，根据数学坐标系原理，提出“中心起步，扇形辐射，开发一片，受益一片，延伸一片，滚动开发”的新思路，科学地解决了不同项目、不同功能区的布局问题。建设时，集中在原点起步，随开发深入不断完善，逐步扩大。本着建设宜居创业新城区的法则，把居住、商业、写字楼、工厂等编队，由海岸、村镇、开阔地带、靠山空间等区位，形成扇形由外而内，进行梯形布局。坚持疏密有度，在关键地带，最美的地方，坚决留出空间，为长远绿化美化留下余地。把最有商业价值，最容易招商的留出来。如九龙湾，地处最佳位置，风光最漂亮，最具增值潜力，在规划和开发时一直慎之又慎，等待最佳时机和最佳开发商。在不具备高端开发条件时，坚决不可盲动，不竭泽而渔，不急功近利。要考虑子孙后代的长远和将来，给他们留下发展和开发的空间。留下了黄金地带，实际是留下了日后开发的“金矿”。他们可以在这些土地里淘金，可以招来更大的国际项目，开发创造未来的辉煌。

如何面对农民利益？这是开发区成功与否的标志。如果把开发区搞成高楼林立，楼里的人腰缠万贯，而这里原来的广大农民居无定所，吃不上饭，这个开发区就不是一个成功的开发区。一开始，威海经区决策人，就把屁股牢牢地坐在了辈辈世世生长在这片土地上的农民兄弟一边。

开始，有的地方搞开发，起步，就把农民作为搬迁对象。结果，战线长、成本大，把老百姓害苦了。在多次管委和工委会上，隋贵廷组织大家讨论这个问题，不断统一思想，研究政策和章程。非但没有把农民当搬迁对象，反而做为依靠力量，当做主人。政策核心，就是让农民参与开发，以土地入股，在开发中受益。在农民中间，公开提出“四有”旗帜，即：务工有厂，经商有店，居有楼房，手有股票。为此，要求每个农户要有一个商业网点。沿黄金地带建商铺，倡导“一村一年一条街，一户一店一公司”，大力发展个体经济；提倡在路边建设，叫“下店上库中公司”，以此调动广大农民经商积极性。引导和政策限制，各村自留土地只租不卖，除搞工业项目由管委统一承租外，村里的土地基本只对外出租。如凤林和杨家台两村，每年租金达两三千万。这样一来，威海经区人可以自豪地说，不当败家子，不吃祖宗饭。任何人，不准把卖地钱用来挥霍浪费，要让它来增值，让子子孙孙受益。

鼓励勤劳创业、万众创业新局面。有些由农民成长起来的企业家，在发展到一定阶段，受许多不利因素制约，很难放开手脚大干一场，有的村用传统方法对想干事的人形成束缚。对此，威海经区大胆突破，从机制上打破一些惯性东西，为干事创业的人创造条件和出路。如以生产建筑塔吊发展起来的华夏集团，是长峰北山村农民夏春亭白手起家发展起来的。企业发展到一定规模后，受村里束缚严重，成了再发展的难题。对此，经区管委在搞清问题后，果断采取办法，把华夏集团独立出来，并给予政策扶持。从此，这家公司的产品在国内很快打响了，形成品牌，并由此带动周边几个村子共同走上致富路。

2015 年夏天，由经区管委宣传部刁瑞福部长陪同，我驱车来到“三支杆”东南方凤林山北麓的出口加工区采访。

威海出口加工区位于经区凤林一带。2000 年 4 月 27 日，国务院正式批准设立，次年 1 月 8 日一次性通过海关总署、外经贸部等国务院八部委组成联合验收组验收，并进入封关运作。区内规划面积 2.6 平方公里，实行一次规划、分期封关；一期面积 1.34 平方公里，二期面积 1.26 方公里。首期开发面积，兴建各类标准厂房 10 万平方米供投资企业购买或租赁。海关、商检以及加工区业务审批等职能部门、中介机构入驻后，开展正常办公；区内投产企业按加工区模式运转，并呈现良好发展势头。

到 2005 年底，有 52 家国内外企业入区落户。国外投资以韩资为主，以电子产品加工、食品加工、生物医药工程等行业为主。这年，全区进出口总额 1.3 亿美元，同比增长 3.56 倍。其中，过千万美元大项目9 个，如韩国 SIFLEX

（株）投资设立威海世一电子有限公司，韩国友石 S. TECH（株）投资设立威海友石半导体有限公司，韩国 UNIQUE NEW TECH（株）投资设立的威海有一电子有限公司，韩国 HANNACOBI（株）投资设立威海海纳开碧日用品有限公司等。

韩资企业大量涌入，带动经区内迅速出现了韩文化热的现象——韩餐一条街、韩乐坊风情街、丽水门牌坊楼，庆会楼演出中心等，相继亮相于威海湾南岸九龙湾畔的新城区。

威海的改革开放，包括设立经济技术开发区，主要就是奔着韩国去的。在威海人眼里，如果说当年跑“金桥”通航是文章上篇，那么后来跑开发区，跑出口加工区，就是下篇。二者是承上启下的关系。事实正是如此，有了这条航线，韩国人来了，资金来了，企业来了，产品来了，作为威海人必须给人家创造优惠政策和条件，搞好投资环境、生产环境和生活环境，那就是办开发区，搞出口加工区。为了这两篇文章的结合，威海人上上下下，用了 10～20 年时间，像当年跑济南、跑北京那样，把精力用在跑韩国上。多少人跑韩国如履平道，三天两头在跑，一年下来十几趟乃至几十趟。在威海，特别在经区，几年下来，有的局长跑韩国高达 60 多次，比跑北京次数都多。特别是搞外经贸和出口加工区的人员，20 多年来，跑韩国更成为家常便饭。不夸张地说，到了今天，没有几个韩国朋友，就算不上真正的经区人了。

日韩合资的广濑电机（威海）生产工厂，主要产品是生产加工组装手机和汽车连接器，所需注塑件和冲压件主要从韩国进口。虽然是一家电机工厂，厂区干净整洁的程度令人难以置信。工作人员帮我们换上防污染的鞋套，来到二楼写字楼，大厅里单人半隔的办公桌里工作人员静静地忙碌着，金钟南总经理从一旁透明的写字间里出来领我们来到会议室，开始了一场中韩文化的交流……

金钟南是一个地道的威海通。十几年前，他就在荣成港西镇一家韩资玻璃厂出任总经理，后因国内限制海沙出口，这家工厂搬到了越南，2005 年应聘广濑电机生产厂总经理至今。十几年的威海生活，使他对威海有了更多的了解。近年他担任了韩国人威海商会副会长，他告诉我：居住与工作在威海的韩国人，最高时有 3.5 万人，其中一半以上在市区，其他分布在文登、荣成和乳山。2005 年前，市区韩国人最多的是威海湾北岸高新技术开发区，后来经区最多；现在全市不到 2 万人，经区占半数以上。我问他，韩国人这种流动的根据是什么？他说：一看学校，二看居住环境。韩国人来威海投资和生活，很大程度是为孩子，哪里有好学校他们就往哪里靠。威海最好的学校他认为有 3 家：中世国际学校，位于临港工业区的草庙子；经区皇冠中学，位于经区皇冠小区；经区实验小学，位于经区皇冠办事处杨家滩花园小区。选住宅主要选环境和物业管理。他说，原来他住芙蓉花园小区，后因那里物业管理有些问题就搬到了离这儿不远的海上花园小区了。

芙蓉花园小区是我的家庭所在地，位于杨家滩村后一个叫猪石崖的半坡上。当初我从市中心回来住，就是被这里先进的建筑和先进的物业管理打动了。一高兴，就写了《猪石崖的演义》的散文，在经区媒体发了，以表达内心深处这份家乡情。那时，物业管理是新鲜词，芙蓉花园小区抢先一步，就招来大批韩国人和欧洲人。然而，随社会文明进步，别的小区物业管理水平在攀升，芙蓉花园还停留在原地不动，于是，类似金钟南这样的客商就移恋他处了！

我就想，既然居住地可以挑选，投资地可不可以挑选？投资国同样面临这个问题。这是个很现实的问题。于是，我想到，韩国投资人频频提到到越南办厂的话题，想到韩国商会（威海）披露韩国人在青、烟、威三城市的数字：青岛 15 万人，烟台 3.5 万人，威海 3.5 万人。比较时别忘了，威海离韩国最近。

记得在 1999 年时，有北京朋友跟我讲：北京有股威海热，双休日愿结伴到威海旅游。我问："你们是怎么知道威海的?"答曰："中央电视台有个广告，说'这儿是最适合人类居住的地方'"我问："威海最吸引你们的是什么?"答曰："吃韩餐、听韩歌、买韩货。"朋友兴奋而自豪地说完这件事后，又不无冷静地说："威海应建一处'韩国城'，完全仿真韩国文化，进一步强化旅游吸引力。否则，青岛、烟台一旦动起来，威海的优势将失去。"对朋友之远虑，我深为叹服！青、烟、威三市与韩国的交流，20 年前威海捷足先登、一路领先，而今却三分天下有其一。早年的威海，有朝气、有闯劲。吸引北京人的那段广告，是 1994 年威海开“城市形象”广告之首创！不进则退，小进亦退。如今，威海人应该有危机感、紧迫感了。

一个城市，讲开放、讲引进外资、讲包容程度，靠什么？金钟南先生讲得很清楚：一讲学校，二讲居住条件。实际本质是个社会环境问题，即文明程度。人家的条件并不苛刻，只是我们想不想让人家来，来了能不能留得住。由此断言：谁真想开放，真想引进外资，真想国际化，谁就回去认真地干好人家关心的事。尤其中韩自贸区协定实行后，对威海人而言，这是一次机遇和机会，就看威海人能不能抓得住！抓什么，金先生已经讲得再清楚不过了。

这次采访，来自韩国人商会的讲述，可谓第一手资料，真实可靠。调查结果表明，韩国朋友对威海经济技术开发区的综合认可度有增无减，虽然他们至今心存遗憾。

尽管目前出口加工区里多数韩资企业处境很难，特别是机电产品，过去的优惠政策和人力成本优势早已失去，许多韩资有转向越南、澳大利亚的趋势，但是金钟南却表现出一个职业经理人的沉着。他说，刚进园区时，工人月工资 310 元，现在 1500 元还嫌不高。为保生存，只有通过搞科研不断改进生产技术，以减少用人。最多时 1500 人，现在只有 500 人。目前，中国正处于转型期，经济下行处境困难，是一种必然趋势，并非出口加工区和地方政府能够左右。中韩自贸协定虽已发布，但对制造业的激励仍然表现不敏感。

此行采访，深入到了对韩开放最前沿，可谓来自第一线的考察。我看到中韩自贸协定签署后，出口加工区韩资企业真实情景。怀着一种纠结心情，脑子里时常装着金钟南总经理和他的广濑电机生产厂目前的处境和未来的走向……

陪同采访的作家于燕新也有同感。我俩有同样的经历，为同一时期的党政官员，分别受组织委派走进企业，先后参与了企业改制，成为股份公司的法人代表。1998 年，韩国庆尚南道大型考察团 100 多人来经区考察洽谈合作项目。此时，于燕新作为经区物资总公司总经理参与其中。这时，经区人大胆创新，当即设立了 3 平方公里的“庆南工团工业园”，为后来设立出口加工区打了基础。为了招商，于燕新在园区里征了 10 亩地，但是，这拨韩商走了没回来，地搁置下来有违园区规定。之后，他则按园区规划建标准厂房 4500 平方米。出口加工区成立后，统一招商，招来韩商佳友电子公司，为三星电子配套生产手机电子元件。几年后，因三星在越南开了工业园，佳友电子没有订单了，想撤走。按园区规定，不到年限撤了得补还已免税款。由此，两家陷入了尴尬……

拖了半年后需再续合同。一天，韩商请于燕新喝酒。酒过三巡，谈及房租价格，韩商觉得租金虽然只有二十几万元，负担依然很重，半开玩笑地提出：我喝一杯酒，你减一万元租金好不好？对这个具有威海式幽默的小故事，说者无意，闻者难受。我想，韩国商家漂洋过海前来投资，虽然“以酒顶租”可能是玩笑，但也足堪领略其间双方的困境……

文友经商难言之隐，我有类似感受。出于好奇，追问究竟。于燕新告诉，佳友电子公司最终还是倒了。之后，特别是2009年金融危机后，倒了不少类似佳友电子这样的工厂。出于一种心情，我要他领我去看他的标准厂房，于燕新欣然应允……

转型期间的中韩合作与交流将会面临全新选择与考验，对此，我的文友于燕新有充分精神准备和思考。此间，我已深深地被他乐观向上的胸襟所感染了。

返回途中我突然改了主意。本来，还想采访皇冠街道办事处，目的很清楚，想了解韩国人居住集中的地方，城市最基层的行政机构和政府购买的社区服务组织，如何履行其职责，怎样为韩商和韩国居民搞好社区管理和服务？因时间和精力所限，这次则罢，以待再行调研采访。因为这是个重要话题。

穿梭经区采访的日子，置身其中，近半个世纪前的场景再现，脑海中频频闪现的这种强烈反差，时常令我有了恍如隔世之感。不过，今天的威海经济技术开发区，已不是当年国务院批复的5.72平方公里。东西最大横距25公里，南北最大纵距22公里。总面积277平方公里，其中，建成区39平方公里，展现在我面前的是一座现代化的海岸新城。

时间走过了 24 个年头。

苍天有眼，大海作证。

经区能有今日，饱含了几代人的艰辛，特别是每个时期的掌舵人。

6　黄海情深

石岛渔场。

位于威海荣成石岛东南黄海中部的这片海域，是多种经济鱼虾类洄游的必经之地，也是对虾、小黄鱼越冬场之一，还是鳕鱼的唯一产卵水域。渔业资源丰富，自古为我国北方海区的主要渔场之一。

夏日清晨。

黄海西岸的荣成铁槎山静静屹立。轻柔的浪花，有节奏地拍打着坚硬的槎山熔岩海岸。依偎山坳深处的院夼村，已摆脱了传统渔村的痕迹，成为黄海两岸举足轻重的实业集团。

一大早，我依约驾车由威海经区出发，朝东南方向的人和镇驶去。与之同时，院夼村几位老渔民也集合起来，王景合、王喜聚、王国振、王新宽等，钻进了一辆小轿车，一溜烟地跑了。转眼间，老渔民的车翻过了铁槎山，沿着弯曲的柏油路来到了人和镇。一个时辰后，我与他们接上了头。于是开始了第一次对院夼渔民的采访……

院夼是一块风水宝地。这里前临天然海湾，后依巍峨铁槎山，内接北方重要渔港石岛湾，外连黄海鱼虾洄游的南北要冲石岛渔场。可谓位置得天独厚，渔业历史悠久，自古就有“鱼窝”之称。

据荣成市志记载，院夼村始建于明代天启年间，因毗邻院夼寺得名，现有居民1400多户。

溯源，古时的院夼槎山亦称赤山，沿岸的赤山浦海域属于石岛渔场近海海湾的范畴。史载，商周时代这里的先民就有向海洋觅食的活动。考古工作者曾在这一带沿海发现大量鱼骨、贝壳等古代遗存物，说明当时人类向海洋觅食已成为重要的生存方式。先民们的渔捕活动，不仅仅限于在滩涂岸边用手摸鱼、用棒打鱼、用弓箭射鱼，而且可刳木为舟到较远的海域捕鱼。每临秋季，恰值鱼虾洄游时节，朝鲜半岛南部即今天的韩国先民，也纷纷来石岛渔场捕捞对虾和经济鱼种。

这里山高壁峭、海湾幽深，物产丰富、民风淳厚，是黄海两岸渔人的理想锚地。凡前来作业的渔民动辄到此地抛锚，或躲避风险或处理渔货或补充给养。

据《威海市域文化通览·荣成卷》载：1982年在松郭家村发掘出一艘古代独木舟，长3.9米，宽0.7米，舱深0.4米，为商周时代遗物。这说明，黄海两岸先民至少在这一时期就有海上捕捞活动。

自古至今，黄海两岸渔民顺应鱼虾洄游规律，在同一渔场作业。每到洄游季节，他们就跟随着鱼群走，或在自家近海作业，或远离家门到对岸作业。那时候，并没有国与国的分界，更没有所谓的“海洋专属经济区”，而是自由往来、和睦相处。不管渔场和鱼群怎么变化，两岸渔民不分你我的作业方式不变。

以鲅鱼渔场变化为例。这种渔场中心位置的变动——往往受暖流、沿岸流与大河水流影响。但是无论怎么变，鲅鱼渔场给黄海两岸渔民带来实惠是肯定的。

鲅鱼，书名蓝点马鲛，是太平洋北岸西部即黄海的重要经济鱼类。自古以来，每临春秋时节，黄海北部沿岸，特别是胶东半岛文荣威地区，广袤的烟威渔场和石岛渔场千帆云集、百舸争流……每当此时，或夕阳西下或旭日东升，两岸渔人都会驾船赶到这里捕鲅鱼。这种鱼个大肉肥，鲜吃晾晒皆宜，吃法众多，无论贫富，皆视之为桌上珍品。

天象之变，必会引起水域环境的变化。鲅鱼属暖性浅水层鱼类，长时间栖息于水体中上层。夏秋集结洄游，秋汛常成群索饵于沿岸岛屿及岩礁水域。因而对水域环境变化敏感，鱼群位置变动与水域环境变化息息相关。由于黄河改道，引起这片“中华最古的海”其水量、流向、盐度等发生变化，从而迫使鲅鱼洄游路线发生改变。

清咸丰五年六月十九日（1855 年 8 月 1 日），暴雨连天，万壑咆哮，大河奔流，黄河决口。这一天，是自公元前 602 年有记载以来黄河的第 27 次改道。史书记载，这是黄河距今最近的一次大改道。之前，黄河流经路线，是由河南经江苏阜宁、滨海入黄海，改道后则由今山东东营注入渤海。

此前，鲅鱼资源分布在渤海的很少。正是由于这次改道，使其分布明显发生了变化。中心渔场开始由黄海北部向西移动，进入了渤海并扩展到渤海北部。渔业生物种群数量的变动，实际上是渔获量的变动。这种沧桑巨变，对地处胶东半岛以黄海为生存依托的文荣威地区而言，不失为一件大好事。

秋天来了，以鲅鱼为主的鱼虾成群游入渤海，必经石岛渔场和烟威渔场；春天到了，鲅鱼和鱼虾游出渤海南下，烟威渔场和石岛渔场也是必经海域。因此，为黄海两岸渔民提供了扬帆出海、张网抛线的天赐良机。

清末民初，这种鲅鱼现象为两岸渔民带来的实惠不言自明。于是，在胶东沿海乃至两岸渔民中间，广泛流传着一个关于鲅鱼的传说——

相传很早以前，黄海岸边有个叫小伍的孤儿，被一位好心老人收养，并将女儿许配他。春天百鱼上岸时节，老人一病不起，垂危时想吃那种大鲜鱼……虽风大浪高，小伍冒险出海。弥留之际的老人担心孩子出事，就拼命喊道：罢了，罢了……一直念叨到咽气。小伍拎着一条大鲜鱼回到家来，见老人已断气，一头扑倒在灵前抱头大哭……后来，他忍着悲痛，把鱼炖熟给老人供上。此后每年春天，老人坟头就供上了那种刚炖好的大鲜鱼，这时，小伍夫妇会不停重复老人生前那句话：罢了，罢了……久而久之，人们便将这种鱼称作“罢鱼”，以至演变为现在的“鲅鱼”。至今，春天送鲅鱼孝敬老人的习惯，在胶东一带仍有流传。

黄海两岸的广大渔民，深为这个故事所感动。

今天，由威海北岸双岛湾向前环行，经刘公岛至成山头、石岛湾（铁槎山）、埠口（今南海新区），直至银滩和大乳山，谓之千里黄金海岸。历史上，这条黄金海岸曾吸引黄海两岸大批渔民前来作业。两岸渔民友好相处，共生共存，辈辈世世在这里以捕鱼捞虾维持生计。

千百年来，两岸渔民在这同一水域耕海牧鱼是天然所成。现代社会，人与人，国与国之间，凡涉及资源、利益，必须分出个你我。对此，两岸半岛（尤其是胶东半岛）的渔人们生出很多的无奈，由两岸情深衍生出两岸情殇。

几年前，韩国曾以海洋专属经济区为由，对到韩国离岸较近水域打鱼的中国渔民大打出手，引起中国国内各界的极大愤慨。对此，作为正在写作这一选题的我，不可能无动于衷，马上就对这一问题着手调查。其实，采访这条海岸线上的渔民，原本就是我多年的愿望。特别是荣成沿海，渔业文化博大精深，对研究中国和朝鲜半岛渔业文化具有重要现实意义。随着中韩渔民在海洋资源开发利用和渔场资源归属方面纷争的不断加深，我的这种渴望愈发强烈。于是，多次就近跑到威海西北部远遥村等沿海地区采访老渔民，并以此为起点挖掘两岸渔民世代友好的记忆，以探究中韩两岸渔民之间关系的历史、现状和未来。

不过，采访渔民是需要缘分的。现代渔民，已不是过去的传统型渔民。早年的渔人驾一叶小舟，在茫无边际的海上作业，很难见到外人，一旦有人接近，他们那种渴望向人诉说的欲望表现得很强烈，于是，便会把那份深藏已久的孤独、友善、倾吐、亲热本性表现得淋漓尽致。特别是来自外地城市的人，一旦接触过胶东渔民，特别是荣成渔民，那种渔家汉子的质朴、热情、坦诚、奔放之情，都会久久难忘。能喝酒的是一定要喝醉的，不醉不够意思，临别时还要以鱼虾馈赠客人，而且出手阔绰，大气得很。凡是与荣成渔民有交往的，每每会将这美好记忆深藏心中，回味无穷。其实，那是一种因囿于自然环境而相对自我封闭的渔业文化现象。因而，在改革开放之初，许多文人要接触沿海渔民，就会背上几瓶酒到海边和渔民交朋友。

然而，今天的渔民并不缺酒。他们经过开放大潮洗礼之后，走向海洋的深处。特别是近十年来中韩海洋专属经济区划分后，经过这种国际渔业交往的磨砺，威海沿海一带的渔民更加成熟起来，在对外交往中呈现出一种理性态势。尤其是涉及朝鲜半岛渔业经济专属区之类话题，这些被外媒冠以“偷渔”之名而吃尽苦头的渔民，为了自己的人格尊严，往往表现出一种理智，不会轻易对外人吐露自己的想法。或许这是威海渔民成熟后的一种内敛。出于同情，我多次试图通过官方和官员朋友作媒介，从他们嘴里寻求最真实的东西，但是，最终还是不软不硬地碰了壁。这还是缘分不到，只好顺其自然吧。

其实，我与院夼渔民的缘分早在十几年前就续上了。

那时，建设在威海湾北岸的合庆饭店，正值接待韩国客人及其他国外客人的最佳时期。每临夏季客流高峰期，员工很累；闲暇时，我就带领大家跑到东海边铁槎山去采风，一边亲近大自然休闲放松，一边深入社会挖掘黄海沿岸的历史文化。回来后，结合文化训练引导大家搞散文创作，以此来提高员工文化内涵。这样，员工文化素质提高了，可以更好地为国内外客人提供优质服务。

打那时起，东海槎山美景、淳朴院夼渔村景色、谷雨节龙王庙海祭等深厚的黄海渔民文化现象，成为我写作和摄影创作的首选目的地。多年下来，在这里并由此延伸到荣成海岸全境，我获得了写作和摄影的丰厚成果。其间，我结识了由院夼集团所创办的人和宾馆经理王行文，十几年来，他成了我在威海饭店界的“小兄弟”。王行文开店执着苦干，身体力行、吃苦在先，把一个村办饭店搞得红遍半个荣成。仅此一点，我就对他敬重有加。每有北京等地的重要客人和朋友包括一些文化名人来威海，我就安排他们去人和镇走一趟，一可领略荣成沿海的风物，二可向客人炫耀我的这位“小兄弟”。于是，所荐客人对人和宾馆和王行文都会留下深刻的印象。

传统的院夼村是黄海岸边的典型渔村。历史上，村里九成人家以打鱼为生。改革开放以来，广大渔民在老书记王琪龙和他的继任者王巍岩带领下，把一个传统渔村打造成以渔业为主的实业集团，旗下现有 20 多个产业实体。但是，与对岸的韩国渔民相比，在作业理念、生产设备、操作技术等方面，还有不小差距。为了赶超，他们面向黄海，以捕捞业为龙头，不断细化产业分工，却又万变不离其宗

——充分运用集团公司的力量保证和推进世代传承下来的海上捕捞生产。深加工和配套开发等项目，由集团公司统一组织管理。海上捕捞的生产组织单体，同农田作业一样放到每家每户，最大限度地调动广大渔民的聪明才智和无限创造性。现在，全村1430户，个人投资购置了280～960马力的渔船200条。其中大马力40条，包括10条灯光探渔船，每条需1200万至1500万元。这种投资力度，是院夼人向大海进军的硬实力。

海上捕捞所需劳动力结构亦呈现出一种投资态势。改革开放打破捕捞的村级所有制组织形式以来，院夼人率先实行一家一户自己干的生产模式，引发起一轮又一轮投资热，以至形成今天200条捕捞船的庞大规模。买船个人投资，劳动力怎么办？聪明的院夼人把目光再度投向市场，从河北、山东西部等地雇来大批劳力上船。目前船上所需的2000渔民，90％是花钱雇来的。

在不经意间，4位老渔民向我讲述了这些我闻所未闻的信息。他们是从20世纪60年代至70年代走出来的传统渔民，从村级集体化使用的60马力船开始，拼搏了20年之后，渔业集体化一个早晨解体了，一家一户又从单干起步……刚开始，他们很是想不通，最终他们融入了改革开放的大潮……他们不愧是中国一代渔民的骄傲。几十年里，他们驰骋于黄海两岸各大渔场，绝对是从大风大浪里滚打出来的，是当之无愧的黄海渔家勇士！

1985～2015年，30年的时光，院夼渔民完成了中国渔业史上的一次革命。

王景合，王喜聚，王国振，王新宽……他们是中国传统渔民的活标本，同时又亲历了一场世界上最伟大的渔业革命。中国渔民的胸襟似黄海一样辽阔、太平洋那样浩瀚。一个村级规模的渔民组织，拥有100对中型、大型渔船！面对这一重大而独特的黄海渔业圈奇迹，以及他们征服海洋的巨大能量，作为局内人，他们却习以为常、见奇不奇，他们在向我介绍时只是轻描淡写，一种不经意地透露而已……然而，它却真的震撼了我这个在陆地栖居大半生的"乡巴佬"！

一种超乎常人的定力和沉稳，是几位老渔民的共有特征。或许这是长期漂泊海上所必须具有的心理素质?

一接触，老渔人所传达出的感觉，是经过大风大浪打造出来的一种中规中矩的军人气息。通过他们的一举一动，如围坐位置、发言顺序、讲话神态、语气表达等等，可窥出每人的年龄、资历和曾经担任过的职务。

我讲明来意之后，稍沉静片刻，一位叫王景合的老船长发言了。观其人，他虽年龄已过72岁却并不显老，浓重的紫铜色脸上闪闪泛光，身材矮小却很结实，拖一口细嗓音和浓重的人和腔，语气谦恭，没有那种成功渔民和大渔民的炫耀说辞。一举一动给人以亲和感和可靠感，不愧为村里最老的船长。

1960年，19岁的王景合登上了村里最先进的60马力渔船，开始了与大海为伍的生涯。他胆大心细，动作麻利，三年后出任渔佬长。当时每船10人：船长，大车，二车，大副，渔佬长，下面5个小伙计；渔佬长位居中间，承上启下，负责处理渔货、撇缆等有一定技术难度的活儿。在常人眼里，小伙计上了船，三年内混不上渔佬长位子就没有大出息了！正是这种传统的用人机制，支撑着中国渔民一代胜过一代。这种制度的核心，是一种服从和团结意识。船行于惊涛骇浪中，一条船就是一个生命共同体，船长具有绝对权威，服从和团结是第一位的。采访中，从老渔民所传达的信息，我捕捉到了这种渔民文化和文明的内核。

服从和团结使航船有力量走向更远的海洋。1965年，王景合与他的伙伴开始远洋捕捞，由黄海西岸走向东岸，到朝鲜半岛南部济州岛的大黑山、小黑山一带渔场作业。其实，中韩两国渔民这种同一海域、同一渔场作业的情形自古有之，不是今天的创造。自古至今，中国大陆和朝鲜半岛的渔民，选择不同季节和按照鱼虾洄游规律，在两岸往返穿行，在烟威渔场、石岛渔场和大小黑山渔场轮回作业，两岸渔民由此结下了深厚感情。只是到了1950年代那场朝鲜战争，造成两岸渔民"鸡犬之声相闻，老死不相往来"，才使这种传统捕捞方式骤然停了下来。然而，战争和政治的隔离只是暂时的。烟云散去，两岸渔民的这种民间交往与合作就又续上了……

1970年代初春天。

谷雨时节，百鱼上岸。院夼渔码头，一阵鞭炮响起，一向思想解放的村党支部书记王琪龙，正带领村民在铁槎山脚下的龙王庙举行隆重祭海仪式。一阵锣鼓喧天，披挂整齐的四对远洋渔船列纵阵起锚了。转眼之间，船队驶出院夼湾，穿过苏山岛，向东南方向朝鲜半岛最南海域的大黑山、小黑山渔场直抵而去……

王琪龙思想解放而且独到。

在人们思想还比较禁锢的年代，村里新组建的远洋船队起锚远航，竟选择谷雨海祭这天作为吉日。在常人眼里这是不敢想象的！因为，刚入了70年代的门槛，“文化大革命”中被批判过的东西就又出来了！然而，这对于带队出海的王景合和头船船长王喜聚而言，却是求之不得的好事！

荣成院夼渔民谷雨海祭

谷雨节祭海作为一个节庆，在荣成有 2000 多年历史。自然经济时代里，经过渔民世代观察和积累，院夼人发现：每年谷雨这天，远海鱼虾必洄游来到院夼村南黄海近海域，即著名的“石岛渔场”。而且，这种海上时令如同农时，辈辈世世不改变。于是，民间就有了“鱼鸟不失信”“谷雨百鱼上岸”的俗语，这也成了院夼人信奉的信条和神话。因此，每到谷雨节这天，院夼渔民都要举行盛大仪式，虔诚地向海神献祭。这些传统的东西，在“文革”中却成了牛鬼蛇神被批斗。从此，“祭海”这种方式不见了。后来，在改革开放初期，人们变换了方式，把“祭海”改为渔民狂欢节，并被荣成纳入官方行为，可谓盛极一时，比春节还隆重。

每到这一天，院夼渔民们身着盛装，兴高采烈地来到海神庙或娘娘庙祭拜。后来，院夼人探索着把谷雨节海祭细节化，以至升华到民俗的高度。节日来临，祭祀活动一般分三天进行：第一天准备贡品。一般每条渔船买一头猪，带皮去毛，腔血抹红，大红花拴于猪头上。单个渔民以猪头代整猪，不买猪头则以蒸制猪形饽饽来代替。家家户户备好大枣饽饽、白酒、鞭炮、香和纸等。第二天祭拜。时辰一到，渔民们兴高采烈，或抬整猪，或端猪头，或拎大枣白馍，自发来到海神庙前。男人出海了，则由女人行祭拜礼。摆贡品，放鞭炮，烧香磕头，面海跪祭。之后，再带上祭品到海边祭海、祭船。或在沙滩、或在码头，摆上祭品烧香烧纸磕头行礼，祈求海龙王保佑平安。到船上祭拜的，燃放鞭炮后，猛然向海里抛撒大枣馍馍。第三天过节。或中午，或晚上，渔民欢聚一堂：大碗喝酒，大口吃肉，划拳猜令，直喝得昏天黑地。凡荣成沿海尽在过节：大街小巷，踩高跷、舞龙、耍狮子、扭秧歌，人们载歌载舞，沉浸在一片欢乐之中。相比之下，院夼村的渔民节过得最火。有消息透露，院夼谷雨节渔民祭海仪式，早在十几年前就成功申报为省级非物质文化遗产。而且，申报国家级非物质文化遗产的申请资料正在审查之中。

面对这种盛景，采访中，我曾问过王景合老船长："对此，您是怎么看的？"

"你还别不信。我们院夼村的渔民出海，自古就没有出过事。所以，对渔民这种自发海祭，我们的老书记很重视，就连我们船队第一次出远洋，也选择了海祭这天起锚的。事实证明：这次远航大获成功。"

老船长王景合（左三）与船员

王景合神情平和地对我说了这番话。之后，他那张紫红的脸上，满是一派虔诚和认真……

滔滔黄海、沧海横流、险象暗伏，远去的一队小马力机帆船像几叶小舟漂流于汪洋之中。

走向海洋深处的院夼渔民，一无导航装备，二无通讯保障，头顶蓝天，脚踏木船，面对滔滔黑水洋，坚韧无比、劈波向前，表现出铮铮铁汉精神。

“突突突”……船队坚定地走向了远方。

夕阳西下，残阳如画。海面只有一片柴油机的轰鸣，留下一条白色水道，雪浪翻腾、晶莹剔透……

夜幕降临，星光闪烁。此时，站在指挥船上的王景合，俨然一位威武将军，指挥船队向着目的地全速航行。突然，远方出现情况，以手罩眼观望已久。“到了！前面就是小黑山，减速慢行!”经过两天航行，船队终于到达了位于朝鲜半岛南部济州岛海域的大黑山、小黑山渔场。此时，凭着多年的夜航经验和海况直觉，王景合果断下令船队做好进场准备。

此时的王景合，经过十年海上风浪摔打，已彻底告别了陆地，似乎对海上作业有超乎常人的领悟和操作能力。当了几年船长之后，村里对他委以重任，由他挂帅组建起远洋捕捞队。此行出征，他选精兵上阵，把村里最出眼的船长王喜聚、王国振等年轻人推上了第一线。

渔场如战场。已结成对子的四对渔船马上进入状态，按统一指令迅速布阵。作业方式区别于近海定置网具的生产模式，实行深水拖网作业。天蓝海黑，昏暗中仅能借船头悬挂的微弱灯光摸索操作。“哗”的一声，只见头船缆绳在渔佬长手里一撇，“嗖”的一下飞向二船！一条缆绳把两船的网绠连接起来，头船、二船开始联手放网！黑暗中，一张大网徐徐放进深海，网长五六百米，慢慢向夜游鱼群张开，横于对船之间，以成拖拉之势。网垂海中，深约数丈，上下两条网纲撑起网沿和网底；船拖两纲，纲举目张，网形自成，准有鱼虾成群入瓮。拖网有底网、浮网之分，不同季节不同网法，捕上来的鱼也不同。不论底网、浮网，皆呈半弧状网肚，船跑拖网前行而称其“拖网”。获鱼大小，主要看网扣大小：扣大，小鱼跑了，网住大鱼；扣小，小鱼、大鱼全网上，于是人称“扫地穷”。

拖网是黄海两岸最原始的生产方式。古时，生产力低下，由人力在浅滩拉网。人分两拨，一拨先划小船将网放到深处，船上岸后，与另一拨相对应成拉网之势，网大人众，两边同时向岸上拉，便称其“拉大网”。1967 年，“动乱”之际，我在读初中，傍晚放了学经常跑到村里杨家湾海滩，同队里老少爷们一起拉大网。一网上岸，既可吃一碗“小鱼炖茄子”，又能帮家里挣到二分工。随着生产力的发展，拉大网式的作业走向了深海，船动力由风帆发展到机器，大网由浅滩人拉发展到由远洋船拖。其中的奥妙和玄机，表现了胶东沿海与朝鲜半岛南部西海岸渔民的聪明才智。拖网文化源远流长，成为中韩两国渔业史上的绚丽瑰宝。

不到远洋不知道大黑山、小黑山渔场的鱼这么多。一网上来渔获数吨，底鱼、浮鱼一网不空，大鱼、小鱼网网丰收。院夼人为中国拖网而自豪。然而，这种作业方式，却令同在这一渔场作业的韩国渔民惊恐万状！在他们看来，老拖网到今天还这样操作简直不可思议……

两天前，院夼渔船来到这里时，韩国渔船已满载收船了，夜色浓重的辽阔渔场仅有王景合他们四对船。初来乍到的院夼渔民，两天多来海上颠簸的疲劳感顿时一扫，近百条胶东渔家汉子，盼丰收的心劲瞬间爆发出一种大国渔民的大无畏精神。这是中华人民共和国成立以来中国人所焕发出来的时代精神！气场的驱动，渔家汉子多劳多获，首战告捷！半夜下来，几十吨渔获量令王景合、王喜聚等渔民热血沸腾。午夜时分，根据统一号令，对船的头船值班生产，二船吃饭休息，定时轮换并循环往复。

丰收的喜悦

顷刻之间，船上一阵炊烟升起，酱油爆锅、海水慢炖，鱼香四溢、弥漫海面。出发时，按统一指令各船皆载有几箱白酒，此时唾手可得。初战大获丰收的渔人，都急切地盼着把盏祝贺、一醉方休。但是，“出海不喝酒”是古训，没有王景合的话谁也不敢破例！一盆鱼虾端来，大车王国振一高兴，欲破箱拿酒把盏，被船长王喜聚厉色止住！国振酒兴正浓，拖一口浓重荣成腔压低了嗓门，反问：“既然不让喝酒，又要大家拿这么多酒干么哪？”喜聚闻言笑道：“叫你带酒必有用场！”国振虽不服，在海上却谁也不敢不听船长的。海上不比陆地，节骨眼上船长的话至高无上！这是老辈传下的规矩。在岸上俩渔民掐得再厉害，上了船，在船长面前谁也不敢放肆。

天到这般时候，国振饿了，不让喝酒虽难尽兴，但一阵狼吞虎咽过后，便躺下睡了。梦语中还念叨不停：“这么多酒不让喝，看你留下带回家？”

次日，东方日出，有船队远来，韩国的渔民兄弟来了！王国振正行使大车职责忙乱不停，不觉间与几艘韩国渔船靠近了。

“第一次来这里吧？这几个船号头次见到。”几乎停下的渔船上站着的汉子，用流利的胶东腔向对面船头上的王喜聚船长喊上了。

“兄弟，你说得对，我们是第一次来这里的！”王喜聚用地道的荣成话回答。

“你荣成的？”对方也拖起了荣成腔。

王喜聚一怔："你荣成话说得真棒！"

"哈哈！我是荣成老家，一小就跟俺爹出海学老家的话！"

"老家哪里？"

"城厢的！"

"荣成北海的！我们是南海人和院夼的！"

"一个村有四对船，真棒！"

船靠近了，双方都停下来端量对方。只见这位中年男子穿一身浅灰色防雨绸御寒服，头戴黑色鸭舌帽，太阳照射下黑红的脸膛显得很洋气。他与王喜聚对视片刻，二人便拉起了家常。得知对方李姓，清代末期因灾荒举家逃难迁居到南朝鲜以打鱼为生，如今他子承父业，挑起远海捕鱼的大梁，最近才更新了一对 80 马力新船……

突然，他打住了话题，双目盯住王喜聚手中的渔网不动了！迟疑半天，惊呼："妈呀！怎么你们还用这小扣拖网，这种网十年前我们就不用了！谁用是要吃官司的！"

"怎么了？"王喜聚惊慌地问他。

"小扣网把小鱼仔全网上了，这不利于鱼资源再生呀。"

王喜聚恍然大悟的表情瞬间即逝，现出一脸的无所谓："海里的鱼虾有的是，不要大惊小怪！"

"那不行！有这种思想的人不是好渔民！"

突然间，对面的老乡似变了脸，对家乡渔民兄弟这种态度表现出极大不满。稍等一会儿，他发现自己不礼貌了，便缓和了口气，他说这是政府管理上的事，与我们打鱼人无关，国家推行什么网具我们用就是了——以此扭转了双方的僵局和尴尬。接着，他从船舱里搬出几箱东西，等船靠近了迅速扔给了王喜聚。见此情景，王喜聚早有思想准备，说时迟，那时快，他迅速从舱里搬出几箱中国白酒递给了这位老乡兄弟……

这一幕，从对话到互送礼品，被大车王国振全程见证了。见城厢老乡远去了，他对船长露出敬慕和愧疚的眼神，手上忙着干活，眼睛却紧紧盯住走远了的异邦乡人……

溯源，中国和韩国是隔海相望的邻邦，两岸渔民世代共用黄海和东海渔场。史载，清朝晚期，胶东半岛东部天灾人祸频发，荣成沿海一带渔民举家迁徙朝鲜半岛南部避难，不少人长期居留下来，以种菜或捕鱼为生。两岸亲情关不住，长年在同一片海上捕鱼，使一度断绝的乡情在海上又续上了。大凡人间情感必以物件来承载，渔民自不例外，交往中的两岸渔民就乐于捎带家乡土特产和对方稀罕物作礼物，你来我往，约定俗成。这种互赠，由乡情发展到友情，扩大到凡出海的渔民；礼物由见面礼、感情寄托物到以物易物，再到边贸交易。沿袭下来，这种交换增进了友谊，促进了两岸渔业技术的交流与提高。只是 1950 年代初的朝鲜战争后，这种交流与合作被中断了十多年。

随着局势的缓和，自 1960 年代末，特别是 1970 年代后，朴正熙政府大规模推行“工业化”和乡间“新村运动”，波及沿海地区的渔业生产，促使民间渔民往来在严格隔绝中悄悄出现松动。同时，胶东半岛荣成一带渔民禁不住贫困的折磨，春秋季节借助鱼虾洄游规律，利用两岸渔场淡旺季时间差，盯住渔汛，赶到对岸半岛南部渔场作业，以此来加快脱贫致富的步子。

于是，院夼渔民在渔场上遇到了这一戏剧性的情节。当韩国的城厢老乡走远之后，王国振以为人家送的几箱礼物还是酒，打开一看，竟是洁白的线手套和香胰子（香皂）……这些礼物是当时韩国“工业化”和“新村运动”的物质表现。

随后，戴白手套、用香胰子，并以此作礼品送亲友，在荣成沿海一带成为一种时尚。后来出现了打火机、半导体收音机等，也在胶东沿海地区流行一时。

两岸渔民以海为媒，互赠礼物，反映出两个不同国家的经济和现代化水平。以院夼为代表的胶东半岛、山东半岛乃至中国东部沿海的渔民，在改革开放之前，他们不可能超越国情，与在“工业化”“新村运动”中插上起飞翅膀的韩国渔民相媲美。人家龙腾虎跃，已跻身亚洲“四小龙”之列，经济和现代化水平远远超出中国，渔业生产不论从装备、作业方式到渔货处理，都呈现了当时的世界先进水平。两地渔民在渔场相逢，如国际兄弟锚地邂逅，渔民之间从感情沟通出发，交流先进生产技术，交换礼品、互赠信物，韩国渔民早已跳出了传统时代，以先进的电子产品如电子表等作赠品。对此，中国渔民在惊奇之余，只能以白酒和土特产之类回赠，当然，韩国渔民自然会掂量出这些传统赠物的价值和分量。

海洋代表开放，代表文明。接纳和包容，进步和传播，皆从海洋开始。在中国大陆最封闭的日子里，处在沿海前哨的中国渔民在公海渔场作业时，照样自然而然地同韩国渔民打交道。通过民间交往的过程，中国渔民通过海洋走向世界、了解世界，这也算是一种思想解放、对外开放的滥觞。

于是，我释然了。长期以来我对威海荣成沿海的许多文化现象仅限于痴迷，却不能从本质上破译。不管什么时候，你一旦走进了荣成境内，立马感觉就不一样了。地缘的特点、人们的友善、风气的豪迈，皆写在每个普通渔民和农民的脸上。这是一片神奇的土地，一个特殊的群体，他们建设家乡、追求幸福的欲望和劲头令人生畏。对此，我的许多文学作品和摄影作品都试图作出解释，但始终找不到满意答案。今天，当我接触了院夼的渔民之后，随着他们的踪迹走进海洋深处时，终于找到了满意的答案。

——它不是别的，就是海洋。

是海洋赋予他们以灵性。

人只在海边不行，必须走进海洋的深处。在海洋深处看中国大陆，看山东，看胶东，看威海荣成，其实这里只是一个小岛。

当代渔民是蓝色海洋的使者。

韩国虽然国土狭小、资源缺乏，但三面环海。韩国作为经济上对外依赖性较大的国家，对海洋的依赖性也非常大。因此，海洋政策一直在韩国国家政策中占据重要位置。

韩国把海洋问题上升为国家战略，以此图谋发展，同国际社会和周边邻国特别是中国进行斡旋和交涉。在传统海洋时代，韩国渔业生产科学管理起步早、标准高。他们改革传统生产方式，推行禁渔区、倡导钓捕和控制捕捞船数量等措施，严格保护沿海生态环境，防止海域污染。政府态度坚决，推进强硬，收效明显。

相比之下，此时中国正处于改革开放之初。工作重心转向以经济建设为中心，各项事业包括渔业大干快上。结果，近海渔业生产出现两大隐患，即海域污染和资源枯竭。在相当长的时间里，这种隐患呈漫延态势，如火如荼、愈演愈烈，海域污染猛于虎。可怕的是，持续性的重度污染，与竭泽而渔的过度捕捞，这两大公害形成恶性循环，造成了海洋生态的灭顶之灾。

1994 年，《联合国海洋法公约》生效。由此，标志着在公海自由捕鱼的时代结束，也预示着世界海洋渔业综合治理时代来临。中韩两国政府分别在 1995 年和 1996 年加入了该公约，并各自宣布实行 200 海里制度，宣布了大陆架。自此，中国海域由原来的 37 万平方公里增加到 300 万平方公里。① 但是，黄海海域的许多传统渔场被划走了，也因此给“中华最古的海”周边的渔民带来一场巨大灾难。

---

① 参见史春林：《中国共产党与中国海权问题研究》，大连海事大学出版社 2007 年版，第 231 页。

一向勤劳勇敢的胶东沿海渔民，特别是荣成渔民，为了生存，他们不得不跳出近海，下舟山，进渤海，同时盯住韩国南部的大小黑山岛、济州岛、对马岛等传统渔场。特别春秋两季，中国渔船大量涌入敏感海域渔场，引起韩国当局紧张和关注。

朝鲜半岛西部海域是山东渔民数百年来的传统渔场。距离这里最近处仅有三四百公里，渔业资源十分丰富，成为近几年来荣成渔民“向外走”的首选目标地。怎么一夜之间就成为韩国专属经济区了？刚开始中渔民想不通，也弄不明白，不自觉就过线了！

按中韩协定规定，中国渔民若想进入这片区域，须得到韩国授权中国相关部门颁发的“入渔许可证”。为减少摩擦，荣成市海洋渔业局每年组织荣成渔船进行电脑“摇号”，摇中的渔船，可在每年10月15日到次年4月15日持证到韩国专属经济区捕捞作业。但是，石岛渔港有上千对船，被摇中号的概率只有百分之十几。刚开始，去韩国那边打鱼，一个证只需三四千块钱。但这两年，一个证已经被炒到20多万元了！

荣成渔民坦陈：大家知道，中韩渔业协定公布后，我们再去韩国那边打鱼是咱没有理儿。然而，无论“有证”还是“无证”，这条道路注定充满风险。据拿到证、多次去韩国近海捕鱼的渔民透露，一些去韩国捕鱼的中国渔民打一会儿鱼就要称一称，生怕“超重”。韩国规定250马力的船只准打40吨，打少了可以，如果超过了1吨也要受罚。

除了韩国方面处罚，无证捕捞或技术违规的中国渔船还面临着中国渔业部门取消国家燃油补贴的处罚。按渔船“主机总功率”算，一艘280马力渔船一年可以补到17万～18万元。即使再赔本，也不敢去韩国“无证捕鱼”，倘若被罚扣掉燃油补贴，那就是要破产了。

目前，荣成乃至整个威海、山东的渔民都在考虑着“转产上岸”。荣成市海洋渔业局近些年提出，应该主动由“猎捕”型向“牧渔”型转型，加大海水养殖海参、鲍鱼等名贵海产品，构筑荣成的“海上生态牧场”，建成一个“蓄银藏金的海底银行”。在这样的政策转型之下，“好当家”“赤山集团”“院夼实业集团”等十多家渔业龙头企业引导荣成渔业正向海产品养殖、加工、远洋捕捞、国际海运等方面发展。一大批渔船已遍布阿拉斯加、加纳、比绍尔、毛里求斯甚至是阿根廷海域，有的渔民把家业置到了斐济，把捕捞、出售等环节全放在当地进行。

特别是为一种怀旧情感所驱动，中国渔民往往会追寻那种鱼虾满仓的美好记忆，表达自己对传统渔场的无限留恋。在今后的路上，中国渔民肯定还有人依法去韩国渔场作业。但是，更多的渔民将走向深蓝，航向更远的远方……

7　山大韩国学院

一场春风吹绿了北京。

1978年党的十一届三中全会，为古老、封闭、落后的中国注入了巨大活力。改革开放势头强劲，沉睡已久的东方雄狮睁开了眼、抬起了头。由此，引发国际局势出现新趋势，世界格局开始由两极向多极变化，特别是中美建交令全球震动。消除对立、和平发展、实现全球经济一体化，成为时代的潮流和走势。

随着中国改革开放进程和世界和平发展潮流的推进，中韩封闭的大门总有一天会打开。有人担心，将来一旦打开对韩开放大门，实现了关系正常化，因长期隔绝，国内却没有人能说清韩国的国情及诸多问题怎么办？为长远计，有人提议眼前应马上派留学生到朝鲜学习，为将来培养应急人才。而且人要多、面要广，政治、经济和人文的都应考虑到。人无远虑，必有近忧。到了用人之际，临时抱佛脚则悔之晚矣。有资料显示，1981年和1982年，北京地区通过高考择优录取途径，连续两年，向中国人民亲密无间的好兄弟——朝鲜，各派出30名留学生。

1983年6月，山东聊城三中午后时分，即将高考的班级教室里悄无声息，同学们正在紧张自习，准备迎接马上来临的高考。突然，一扇门被打开，班主任轻轻走进来，对一位男孩子悄声说：牛林杰，你出来一下。这孩子莫名其妙地跟老师出了门，怯怯地问："老师，我怎么了？"他学习专注，成绩优秀，是老师喜欢的学生。"有好事，你去校长那里。"老师指着前面的办公室悄声说。牛林杰心里一阵茫然，就莫名其妙地去了……

真的是好事。这个"雨点"，竟然落到了80年代初山东贫困地区这个农家孩子头上。牛林杰，同那个年代派往朝鲜留学的北京孩子一样，成了时代的幸运者。连续两年，北京地区向朝鲜派遣留学生，带有明显地域文化的痕迹，将来大多是要回北京的。然而，站在国家利益层面思考，未来的开放是全方位的，地域人才培养和使用前景更加广阔。中国教育部一纸公文下去，1983年第三批赴朝留学生由山东省选派，人数还是30名。明眼人一看便知，因地缘关系，山东半岛与朝鲜半岛自古即有深厚友谊和交往，未来中韩交流门户必将在山东半岛先打开，国家开始倾斜派遣留学生政策。据记载，因高考本科分数线限制，聊城地区4名考生唯有牛林杰被录取，其他3人落榜，这年，山东省录取28人。被录取的学子们坐上赴朝鲜的火车，难掩他们初次离家远行的激动心情。采访时，牛林杰递给我一篇他多年前写的文章：

1983年10月13日凌晨，我们乘坐的列车像一条游龙穿行在薄雾笼罩的东北大地上。国际列车的硬卧车厢里，我们这群赴朝留学生慢慢从睡梦中醒来，三三两两地紧凑在车窗边，在列车有节奏的隆隆声中，默默地眺望着窗外匆匆而逝的村庄和山峦。从每个人的脸上仍然还可以看出昨夜联欢的兴奋和激动，对于我们这些刚刚走出中学校门的孩子来讲，这毕竟是我们第一次远离父母，而且是前往异国他乡。

火车大概是早晨 8 点多到丹东站的。因为要办理海关手续，两节国际列车的车厢在丹东站停留一个小时左右。和我们同行的还有北京大学东语系的韦旭升教授和朴忠禄教授，他们是去平壤做研究的。当时我并不知道他们都是国内研究朝鲜文学的著名学者，只知道他们会讲朝鲜语，对朝鲜的情况比较了解。在他们的建议下，大家出站买了些方便面、热得快（一种简易加热器）等东西。办理完海关手续，我们重又上车。这时，从朝鲜新义州方面开过来一辆机车，牵上我们乘坐的两节国际列车，缓缓地驶向鸭绿江。

鸭绿江，是我们非常熟悉的一个名字。20 世纪 60 年代中期出生的我们这一代人从小就学会了唱“雄赳赳，气昂昂，跨过鸭绿江。保和平，卫祖国，就是保家乡……”的《志愿军进行曲》。在志愿军跨过鸭绿江 32 年后，我们这群年轻的学生为了学习、为了增进两国人民之间的友谊也要跨过鸭绿江了。列车缓缓地驶上了鸭绿江大桥。这是一座公路、铁路两用铁桥，它连接着丹东和新义州两座城市，也连接着中朝两国。大家不约而同地拥到车窗口，望着滔滔的鸭绿江水，望着渐渐远去的丹东，心情都显得很激动。我清清楚楚地记得，当时我的脑海里反复旋转着的只有一个词语，那就是“祖国”，以前“祖国”这个概念从来没有在我的脑际那么清晰地浮现过，那几分钟的深刻体验是我永远也不会忘记的。

丹东站和新义州站几乎是一桥之隔，列车从丹东缓行至新义州也只用了几分钟的时间。朝鲜和中国只差一个时区，我们把表拨快了一个小时。列车在新义州站刚一停稳，朝鲜边防和海关的检查人员就上来了。他们一边说着什么一边挨个检查护照，他们的话我是一句也听不懂。手续办完后，我们才可以从车上下来在站内看看。在新义州站内，给我留下印象最深的有两镜头：一个是刚下车时看到站台上一位阿妈妮头上顶大旅行箱；另一个是站上挂着很多红底白字的横幅标语，我却一个字也不认识。朝鲜妇女习惯用头顶东西虽然早有耳闻，但第一次看到，仍让我感到新奇，何况那阿妈妮顶的是一只看上去极重的大旅行箱。站台各处悬挂着的标语牌之所以给我留下很深的印象，是因为上面的朝鲜字，这是我第一次看到朝鲜的文字。据同行的教授们介绍那上面写的是“伟大领袖金日成同志万岁！”“朝鲜劳动党万岁！”当时我就暗下决心，以后一定要学好朝鲜语。

列车在新义州也停留了一个多小时，然后就向平壤出发了。

1984年，地处胶东半岛的威海北海岸发生了传奇性的故事。那天，风清气和，田村镇毕家疃村附近的玛珈山（又名“麻子山”“妈家山”）脚下，突然一阵清脆鞭炮响，打破了麻子山海湾千百年的沉静——山东大学威海分校建设工程破土了！

那个年代，在一片荒芜海岸上突地闹出这么大动静，这对当时只有7处乡镇地盘的县级威海市，堪称是破天荒的事件。人们似乎从这里看到一个新时代的来临……然而，谁会想到几十年之后，顺应时代潮流需要，山东大学（威海）韩国学院，居然也会在这里问世。

2015年初冬的一天，为采访牛林杰教授，我专程来到山东大学（威海）韩国学院。30年时光一晃而过，山大威海校区已经很牛了，隐蔽于玛珈山南麓松涛绿荫丛中的韩国学院赫然在目。

当年留学朝鲜的小伙子牛林杰，如今已是韩国学院的院长。他先后获朝鲜金亨稷师范大学教育学学士，韩国成均馆大学文学硕士、文学博士，是国内不多见的在朝鲜和韩国攻读学位的学者。

海浪松涛陪伴，红瓦绿荫遮掩。

牛林杰教授的讲述，仿佛把我的思绪再次推回了那个年代……

山大（威海）韩国学院揭牌仪式

金亨稷师范大学，一所具有鲜明个性的高等师范大学，仅次于金日成综合大学和金策工业综合大学，在朝鲜大学中排名第三。它坐落于朝鲜首都平壤，1948 年成立，命名为平壤第一师范大学，1975 年更名为金亨稷师范大学，是以朝鲜民族英雄、金日成的父亲的名字命名的。这年，来自中国的 28 名留学生，有 5 人被分配到这所大学，其中就有牛林杰。中朝两国，是经过战火考验的同志加兄弟，几十年友谊深厚。为了迎接新一届中国留学生入校，校方做了精心准备。

国际列车驶出新义州，向平壤方向颠簸而去。牛林杰和伙伴们，把脑袋紧贴车窗向外眺望不止，傍晚时分车抵平壤城。站台不大却高，中国留学生由单独出站口被护送上了接站汽车，朝鲜人则排着长长的队，一个个经过仔细验票出站。接站的除了司机还有朝方工作人员，主动热情、周到细致……

平壤城早在檀君时代就为都城。它地处大同江下游，北、东、西均为丘陵地，唯南连平壤平原。清澈的大同江由牡丹峰脚下流过，将平壤城分为东平壤和西平壤，金亨稷师范大学位处东平壤。学校占地10万多平方米，设哲学、教育、历史、地理、数学、物理、生物、化学、外语等10多个专业学科。学校教育方向是培养教师，毕业生大部分被分配到学校去。牛林杰被分到了教育系。学习与生活“分江而治”，读书在江东，住宿在江西，每天乘车往返，初觉别扭，久了挺好。每天，由不同视角观察两岸景色和当地风情。

外国人生活区位于西平壤中心地带。留学生宿舍离西城市场、牡丹市场、北塞商业街、车站都很近，生活很便利。学生来自中国、越南、蒙古、东德、俄罗斯和波兰等国家，每个宿舍都有朝方特别挑选的同宿生帮助他们学习语言。日常生活中，朝鲜对本国人和外国留学生的交往严格限制，聊天时必须两个同宿生同时在场。为方便管理，有几位老师也住在宿舍区。学生每人配有单人床、书桌、衣柜和书柜等，平日宿舍有阿妈妮打扫房间和照料。学校管吃、管住、管学习，不但免费，每月还有少许零花钱。总之，在这里充分体现了邦交的友谊和优越性。

先过语言关。第一年，主要学朝鲜语。朝语有悠久历史，1446 年由李氏朝鲜第四代国王世宗大王创立了朝文字母。它由 11 个元音和 28 个辅音组成，具有简单和精确的特点。从发音和书写开始，凭一种发奋精神，在老师精心指导和教授下，牛林杰如鱼得水，很快抓住要领。除课堂努力外，晨读和课余时间他痴迷练发音、练书写，两个学期下来就过了语言关。次年，与同校朝鲜学生一起编班，开始了大学本科一年级的学习。

金亨稷师范大学为朝鲜各类师范院校和教育界输送人才，因而特别重视政治导向教育。在 6 年制教育学课程设置中，政治类科目占了很大比重。无论文科、理科，均必修金日成革命史、金日成著作、主体思想哲学等课程。除正规课程外，还有周六政治学习，不定时政治会议和演讲，以及“金日成社会主义青年同盟会”等各类活动。

中国留学生课程设置，为配合朝语专业需要，开设了精读、会话、语法、体育、音乐和朝鲜文化史等课程。长期一贯制，精读课都使用一本绿皮黄纸的教材，讲述伟大领袖英雄事迹和朝鲜童话。课堂上，老师逐字逐句地讲解，再抑扬顿挫地领读。老师讲，学生记，几乎没有什么互动环节。每篇文章教授完的第二天，学生们会被逐个要求背诵整段文章。要求背诵的头一天晚上，宿舍里到处“蛙声一片”。

教学相长。老师教得那么认真，学生不好意思不努力。时间久了，大家都知道，即便是年纪大的老教授，甚至是一些国家功勋教授，薪水都少得可怜。人家拿这么点钱，那么认真教书，不厌其烦地纠正每个人的口音，大家怎么好意思让老师失望或者丢脸，只有努力学习来回报。六年寒窗苦读，留学的前途如何？毕竟他们还是一群天真的孩子，对玄机深藏的国家战略——在改革开放之初，国家派他们赴朝留学的真实意图，看不透是自然的。

中国国家战略在不断完善和调整，对外开放的时间和进程不断向前推进。由此引发对外关系特别是对朝鲜半岛局势意义非凡的中韩关系，经数年深层秘密调整后，悄然露出了不易察觉的蛛丝马迹。1986 年 9 月 20 日，第十届亚运会在韩国首都首尔隆重举行。中国代表团以 385 人的宏大规模出现在首尔亚洲运动会开幕式上，并在以后的日子参加了 20 个项目的角逐，获得 94 块金牌，奠定了其亚洲体育的霸主地位。这一重大事件，立即在金亨稷师范大学中国留学生中引起强烈的震动和反响……

时间流逝很快，转眼又进入了 1988 年。这年秋天，第 24 届夏季奥运会在首尔举行，中国奥委会派出 299 名运动员参赛，列参赛国人数第 11 位。这个信号再度暗示：中韩关系将要改变。

1989 年 3 月。一天清晨，北京火车站依然被初春的寒冷包围着。沉静中，由平壤发来的列车出站口，接站的人稀疏可数，他们耐心地等待即将到站的一批留朝学子的归来。“到了！”突然，有人指向无声息就进了站、车身还挂着一层冰雪的列车喊道。一阵蒸汽喷出，一声渐弱的喘息。机车停稳了，一群装束各异的青年男女涌下车来……

时势造运，他赶上了好时代。党的十一届三中全会后，为适应朝鲜半岛和东北亚局势的变化需要，自 1981 年起，中国每年都向朝鲜派遣一批留学生。到牛林杰回国时，已是第 9 批了。此举为将来中韩关系变化之后的交往储备了必需的人才。几年后他们陆续学成归来，国家很重视这些留学生的分配和安置，以适应悄然改变了历史走向的中、朝、韩三国关系的新态势。时势变化与人生命运相联系，时代为这批年轻人的成长创造了机遇。

1989 年，中国改革开放进入第 12 个年头，这是改善中韩关系的最佳时期，中韩建交只是一两年的事儿。为了适应建交后两国政治、经济、文化等诸多领域的合作与交往，

山东大学韩国学院新学期留学生

国家机关、央企集团、民间商团和社会投资人无不在广揽韩语人才。就在这时，赴朝留学的学子们回来了。这些“香饽饽”很抢手，被国家部委、地方政府和重要商团等一抢而空……

有资料显示，这一年回国的赴朝留学生，不少被分配到外交部、经贸部、国家旅游局和地方政府外事办等重要岗位，还有一部分进了大企业和大商团。牛林杰本来已被北京一家单位选中，同学们都羡慕他去了一个“挣钱多”的好地方，但是，他骨子里还是放不下他深爱的教育学……

泉城济南。

严冬刚过，大明湖畔的柳梢就开始吐绿。山东大学沐浴着改革的春风，凭借山东与韩国的地缘优势，校长潘承洞正在策划外语学院开设韩语系的事。本来，立足山东，由威海分校外语系开设韩语专业即可，但调查数据显示，由于近年中韩民间贸易发展迅速，全国各地报名学韩语的人数不断增长。这个苗头，被数学细胞高度发达的潘承洞校长捕捉到了，他那高速运行、计算准确的大脑立即显现出一个概念——中韩建交在即，两国往来前景不可限量，韩语人才必为当务之急。这种局面光靠威海分校应对，将是山大教学史上的重大失误！山大在济南和威海两个校区同时创建韩语系时机成熟、刻不容缓。连日来，潘承洞作为一校之长，为此忙碌不停……这个消息顺着校园传遍泉城。

历城区洪家楼5号。牛林杰下了公交车，匆忙走进山大外语学院。院长刚从潘校长那里回来，校长要求他筹建韩语系速度要快、标准要高，特别要选准选好第一个教师。为这事，他正一筹莫展之际，工作人员报告说，来了位毛遂自荐的朝语硕士生，平壤金亨稷师范大学毕业，留学6年刚回来。三天后，校方为牛林杰办妥所有手续。当他拿到红色教师工作证时，一颗悬浮已久的心终于落地了。至此，牛林杰是他们一起回国28位留学生中唯一走进校门的人。

受特殊地理位置和传统文化影响，山东大学在全国率先担当起中韩文化交流的使者，是国内最先与韩国交往的学校。经教育部特许，1988年就开始了与韩高校交流，创建“韩国学院”从此起步。此间，牛林杰作为第一个韩语老师，在授课的同时，还要参与各种国际教育合作的交流活动。

1991年是中韩建交前夜。培训教学任务加重，专科班正式招生在即，对外交流活动频繁，牛林杰就是有三头六臂也干不完这些活。这时，他接到陪同潘校长访问韩国的通知。作为中国第一位大学校长出访韩国，事先准备及随团服务必须万无一失。此行，他访问了首尔大学、成均馆大学、仁荷大学、清州大学等，并签订了多项合作交流意向书。从出发、行程到考察和交流，是一个严格的过程，来不得半点疏忽和大意。草拟计划、对外联络、行政服务、现场翻译等，都需要牛林杰参与和操作。

北京，钓鱼台国宾馆芳菲园。1992 年 8 月 24 日上午 9 时，国务委员兼外长钱其琛和韩国外务部长官李相玉并肩走进装饰一新的签字大厅，正式签署了中韩建交公报。

这一重大新闻，通过在场的上百名中外记者迅速传遍世界各地。中韩两国自此跨越了 40 多年互不承认、互不交往的历史，进入了一个新的时期。

泉城，洪家楼 5 号。潘承洞、牛林杰和同事们欢聚一堂，韩语系里欢声笑语，此起彼伏，正在庆祝这一时刻的来临……

中韩两国共处同一文化圈，经济上尽管韩国要逊色于欧美日本的发展水平，但比我国却领先很多，很多经验值得借鉴。两国文明是相互补充的关系，韩国也有新文化运动，但与我们背景不同。那是发生在日本统治前后，决定了他们新文化运动的核心是振兴教育，吸收外来文化，但对传统文化采取绝对保护的态度。现在中韩两国关系的发展状况，让我想到唐朝和新罗的关系，历史上两国关系最好的时期在盛唐。那时在山东半岛有“新罗坊”，现在还有人留在那里。这让人有种历史重现的感觉……

1992 年中韩建交当年，山东大学外语学院韩语系专科班正式招生。次年，专科班续招。第三年，本科班正式招生。然而，中韩关系的快速发展需要高层次的人才。必须把培养人才作为第一要务，于是，山东大学决定派在职教师到韩国学习，攻读博士学位，成均馆大学成为山东大学人才横向交流的首选。

牛林杰很幸运，被派到韩国成均馆大学学习，一去又是6年。成均馆大学，历史悠久，坐落于韩国首都首尔。“成均”一词源于《周礼》，“成人才之未就，均风俗之不齐”。“均”意为平均，指国民素质共同提高。1398年，李氏朝鲜设立了第一个国立高等教育机构叫成均馆。两年后，以至以后的20年间，太宗王开创了王室弟子进入成均馆大学学习的传统。它作为连接韩国古代王朝高丽时期的大学、统一新罗时期的国学、高丽时期的国子监，是最初的国家教育机关，由此成为韩国大学教育的源头。现有21个学部，千余名教授，2万余名学生。设文科、理科、医学、情报通信等近20个学科，并设一般、特殊、专门3个层面的研究生院，仅人文社会学科就有近30个专业。现在，成均馆大学成为韩国排名前三位的名牌大学。其“仁、义、礼、智”四字箴言校训，充分反映了儒家办学思想，成为“公正求实”高等教育目标的奠基石。

2000年7月的一天，一架银机由首尔国际机场腾空而起，向西飞来，牛林杰又回到了祖国的怀抱。此时，潘承洞校长已经去世，继任者是潘的学生展涛——一位当时中国最年轻的名牌大学校长。

新世纪的到来，山东大学进入了一个踌躇满志开辟新纪元的时代。在这所具有百年辉煌历史的名牌大学里，不约而同地集结起一批具有真才实学、雄心勃发的人物。这不能不说是中国改革开放的一个奇迹，它标志着一个新时代将从这里开启。

展涛，仅有37岁便出任山东大学校长，是当时最年轻的教育部所属老牌重点大学校长。他16岁被山大破格录取，先后获得学士、硕士、博士学位，相继担任山大讲师、副教授、教授、副校长、校长。展涛师从潘承洞院士学习数论专业，24岁就获得了博士学位。这一年，山东大学、山东医科大学、山东工业大学合并组建起新的山东大学。

时光流逝，日子过得很快。2002年，一个难料的机遇降临了……

新华网北京9月24日电：应蒙古人民革命党和韩国政府的邀请，中共中央政治局委员李铁映率中国共产党代表团今天上午离开北京，开始对蒙古和韩国进行友好访问。

陪同出访的有：中联部副部长张志军、中共山东省委副书记王修智等。

访韩期间，时任中国社会科学院院长的李铁映，十分关注韩国社会科学发展状况，把研究韩国国情、社情及综合情况作为重要课题，多次向陪同的中央部门和地方领导提出要求、交代任务。希望从山东开始，加强对韩综合信息的研究和开发，为国家和经济社会提供安全可靠的资料和信息，条件一旦成熟，成立专业学术机构或研究单位。

北京，中国社会科学院。深秋来临，秋色浓重。一天，李铁映把亚洲太平洋研究所所长张蕴岭叫到办公室，对他说：“这次我到韩国去，看了他们国家和地方的发展，有许多地方值得借鉴。我们需要加强对韩国的研究，看能不能在山东建一个亚太研究所的分所，与地方合作，推动山东与韩国的关系。我给山东省委副书记王修智同志交代了，那里有人等你，要尽量想办法，快把山东的对韩研究启动起来。”

张蕴岭，国际经济和国际关系问题专家。1969 年毕业于山东大学，1978 年作为中国改革开放后第一届招考研究生，考入中国社会科学院研究生院，1981 年获经济学硕士学位。他是山东人，又在山大毕业，对山东情况熟悉。这是李铁映最看重的一点。青岛、烟台、威海搞调研转了一圈。张蕴岭产生了一种感觉，在当时条件下，建立一个研究分所难度很大，于是把主意打在了母校山东大学身上。

济南，南郊宾馆。红瓦绿荫别墅楼群，高大法桐黄叶斑驳，轻风吹过，枝叶婆裟、落叶飘洒。在宁静清新的园子里，张蕴岭向王修智副书记汇报了看法，提出了建议，得到了他的认同和支持……

山东大学小型会议室里。展涛、牛林杰等一批学者先后发言，张蕴岭、王修智等洗耳恭听，频频点头、不停地插话。会议形式类似汇报、类似座谈、类似研讨，不拘形式、不落俗套。王修智作为东道主，他对李铁映和中科院的工作作风深有领教。自访韩回来后，虽百事缠身，但对中央领导交办的事丝毫不敢怠慢，回来就专题向山东省委主要领导汇报。省委很重视，责成王修智成立一个小组，调研后拿出意见提交省委常委会研究。哪知道，正按程序进行时，张蕴岭就来了。王修智身为省委主管意识形态的副书记，深知李铁映此访韩国带着他的深刻用意，深知高端智库在党和政府决策中的地位和作用。他一番诚恳朴实的发言，把大家讲得心里热乎乎的。

很快，三方达成共识：在山东大学韩语系基础上建设韩国学院。此举，既可把传统教学强化起来，又能把教学之外的社会科学项目吸纳进来，把部分专业办成具有影响力的智库，服务国家和社会。正在这时，威海分校党委书记李建军来总校向展涛汇报工作。他得知消息后，多方努力、积极争取，终于把“韩国学院”拿到了威海校区。

天时，地利，人和。“韩国学院”落户威海，决非人力所为，而是顺应了时代和规律。同在一处学校搞韩语教学，济南、威海两校区各办一个系，布局、师资和生源之间扯皮，势必分散力量、浪费资源，唯合二为一才能形成拳头、办出特色。

2003 年 7 月。一天，威海北海岸玛珈山脚鞭炮声再起：山东大学（威海）韩国学院宣告成立！时间不到一年，中国社会科学院、山东省政府、山东大学、威海市政府共同努力，一举成功。

光阴荏苒。转眼间，山大威海分校建设破土已经走过 19 个年头；牛林杰走出山东、入朝赴韩留学，已 20 个年头。中国改革开放带来的巨大变化举世共睹，中韩两国关系正常化所形成的红利国人共享。成立大会上，展涛宣布：牛林杰出任韩国学院副院长。此时，中外媒体把镜头对准了这位中国第一个韩国学院的创始人。一年之后，展涛又向牛林杰颁发了院长聘书。

自此，一个与众不同的特色学科在威海北海岸玛珈山麓，向国内外尤其是向朝鲜半岛和东北亚地区发出了时代的音符……

山大韩国学院侧重点并非语言，而是对韩国政治、经济、社会、历史、文化等进行综合研究，目标是为社会培养出一大批复合型人才。这种特色体现在办学理念、课程设置和师资配备上。至今，牛林杰和他的同事为此奋斗已走过十几个年头，教学、科研和学术成果令世人瞩目和惊叹！

十几年一路走来，在国内众多院校中，山大韩国学院脱颖而出，一举成功。这种结果，是时代趋势之必然，它饱含了党和国家领导人、有识之士和一切仁人志士的心血和智慧。同时也饱含了牛林杰半生的付出和努力。如果没有这样一批学术领军人物的执着追求，没有张蕴岭、王修智、展涛和李建军等一批社会精英的求索和搭建平台，今天中韩文化交流、合作和研究的局面很难猜测。

学生数量和质量是考评学校好坏的唯一标准。开始，韩语系每年招生只有几十人，韩国学院设立后学生数量每年增加，目前仅国内学生高达四五百人，生源由省内扩大至国内各个省份；同时，随着学校影响力的提升，来威海校区读书的韩国留学生高达四五百人。山大韩国学院坚持学生具有海外学习经历的办学思路，每年派出大批本科生赴韩国高校交流学习，比重高达同期学生数量近四成。现在，已与韩国高丽大学、外国语大学、清州大学等多所高校建立学生互换与交流制度。毕业的学生不仅会韩语，同时具有政治、经贸、人文等多学科素质，深受国家部委、社会团体及大型商团欢迎，每年毕业学生都有走进外交部、经贸部等国家机关或所属单位的。

韩国学院一直努力构建面向未来的交流“金桥”。比如，由韩国学院主办的第一届中韩青年学者论坛：“‘一带一路’背景的中韩关系”，于 2015 年 12 月在北京举行，青年们热情很高。十多年来，韩国学院成绩斐然，在国内的影响力引人注目。

2011 年 9 月，韩国学院承办的中韩专家联合研究委员会社会文化组专家会议在山大（威海）召开。韩方专家组组长金光亿、韩国前驻华大使辛正承、韩国前驻上海总领事李先镇等出席了会议。此次会议围绕 6 月在首尔举行的第一次全体会议上达成的“中韩文化交流的机制化”和“中韩历史文化的相互理解与共享”两大主题，进一步就目前中韩社会文化交流中存在的问题和深层次原因进行探讨。在此基础上，中韩专家提出了 5 项进一步加强中韩社会文化交流的具体实施方案。中韩专家联合研究项目，是 2008 年胡锦涛主席访韩时与李明博总统共同商定的元首项目，由两国专家就今后如何推进中韩关系进行研究并向政府提出建议。

韩国学院院长牛林杰（左）荣获韩国“外交部长官奖”

2013 年 10 月 25 日，韩国驻青岛总领事馆在威海金海湾国际饭店举行颁奖仪式。黄胜炫总领事代表韩国外交部，向在中韩友好交流中做出突出贡献的山东大学韩国学院院长牛林杰，颁发了“韩国外交部长官奖”的奖章和证书。

2014 年，山大聘请张蕴岭为人文社科一级教授。为了推进中韩交流，张蕴岭选择了威海，选择了韩国学院。此时的张蕴岭已年近古稀，不久就推动成立了“中韩关系研究中心”。这是国内第一家专门研究中韩关系的学术机构。“中心”召开的以中韩建交 15 周年为题的研讨会，请来了两国参与建交筹备谈判的老外交官。他们一起回顾谈判过程中有吵架、有欢笑，有斟字酌句的严肃，有饮酒欢歌的兴奋；他们既是对手又是朋友。他们对视着满头白发，脸上露出的只有笑容，中韩走到今天着实不易。

2015 年 7 月 9 日，第一届中韩关系论坛在山大（威海）举行。双方与会专家和学者分别以“中韩关系发展现状分析”“转型的含义、挑战与作为”和“自贸区框架下的经济关系重构”为主题进行研讨。同时就“中国‘一带一路’倡议与韩国战略支点国家新定位”“中国崛起与韩国的选择——对中韩关系的蕴意”“转换期韩中关系的挑战与课题”等话题进行研讨。来自北京大学、复旦大学、中国社科院、山东大学、天津师范大学和韩国国立首尔大学、延世大学、成均馆大学、仁荷大学、仁川大学、韩国济州发展研究院等高校及科研院所的专家学者参加了论坛。

30 多年前，我在政府机关工作时，曾参与山大威海分校的筹建，亲眼目睹了这所大学的发展与变化。特别是韩国学院的崛起，令人欣喜。当我走进玛珈山下的学院主楼和绿荫下的那幢小红楼时，心中对写好双边关系这个选题有了新的思考和勇气。

深秋来临。一个上午，我驱车来到韩国学院。牛林杰院长很忙，在等待的时间里，赵笃玲教授带我登上了玛珈山巅。登高望远，俯瞰校区，壮观之极。只见，黄海岸边的玛珈山东西走向，元宝状的山姿秀美，黑松茂密；宽大的山体像椅子背，连接起平缓山麓绵延向南数里，形成向阳坡连小平原的辽阔之势。远望，松林绿地掩映，楼宇舒展道路纵横，色块和线条、空间与实物，构成一幅大美校园的画卷。仔细寻找，韩国学院位于山麓西北方半坡上，为主峰和松林相拥，一派祥瑞之气升腾。

2017年底，山东大学在韩国学院基础上建立东北亚学院，下设朝韩系、日本系、政经系。今后将设俄蒙系，是国内外第一所拥有学士、硕士、博士学位的教学和研究学院。2018年秋，学院迎来了第一批本科生。由韩国学院到东北亚学院，又上了一个新台阶。

威海，不仅连着韩国，还连着东北亚、东亚，连着世界……

8 定居威海的韩国人

一见钟情的赵仁鲜夫妇。

“中韩自贸，威海先行。”《威海晚报》以此作通栏标题，开辟专版，集中时间，连续报道了一批在威海创业的韩国人。半年前我收藏了其中的两个版面，眼下，当我腾出手酝酿这一章节的采访和写作时，就翻出报纸逐人筛选，从12位配图片加文字说明的人物中择定了目标。

2015年6月5日。记者桑春磊和钱旭在这天《威海晚报》的专版上报道了6位韩国人在威海的图片和文字，其中赵仁鲜夫妇进入了我的视野。一则简明记述区区200多字，讲述了一个动人的故事，令我迫不及待地想了解其中的原委。为此，特把相关原文披露如下，作为这个故事的梗概：

> 赵仁鲜，49岁，韩国京畿道人，在威海时间10年，盛和韩国快餐店老板。
>
> 2002年，赵仁鲜和哥哥一起来威海旅游时便喜欢上了这座城市，于是便决定留在这里创业。那一年，赵仁鲜在威海开了一家工艺品加工厂，并与一名中国

女孩结了婚。2006年因工作需要，一家人回到韩国。2009年，夫妻俩又回到了威海，在高区开了一家韩国快餐店，生意不错，为此，赵仁鲜的姐姐也从韩国来到威海帮忙。如今，赵仁鲜已深深爱上了威海，打算在威海定居。

网上查询：盛和韩国快餐店位于威海高区火炬五街18-3。网评两条：（1）“挺不错，简单的韩餐，应该是韩国人开的，味道还不错，适合午餐。”（2）“冷面，炸鸡，蛋包饭都很好吃。店主人很好。带宝宝去的，给店里弄得一片狼藉，店主一点不满的情绪都没有。蛋包饭宝宝很喜欢。”网上还配发了这家店门头的图片，黄色的韩文字很突出，下面黑色的中文字却很小。我想，在中国开店招牌怎么不突出中文名，难道是为吸引这里的韩国人？由此，小店和主人的故事尤为重要，我急切采访的心情可想而知。

高区在威海市区的北海岸，位于老市区西部；由经区我住的小区到高区相距几十里，需上环山路穿里口山山脉陶家夼隧道。这条路线属过境路，为分散老市区交通压力，凡过境的车皆由此路过往。平日没事我很少走这条路，去高区机会更少，火炬路和这条街上的韩国快餐店怎么走，我心里一片茫然。

这天我一早起程，经过一番周折终于找到了赵仁鲜的盛和韩国快餐店。

高大的杨树叶子落光，枝干旺盛，主干泛青，不见斑驳痕迹。硕大老树笼罩下的火炬五街，两侧人行道兼停车坪场地开阔，遮蔽中弥漫出商街多年沉淀的商家气息：宁静和蕴涵，舒缓与张扬，成熟与活力。楼宇建筑高低错落，商家门脸千姿百态，字号招牌持重老成。按路人指点，我在老树掩护的红地砖停车坪下车，沿一排店门敞开正忙于营业准备的各式店铺前寻觅，来到我似曾熟悉的一家小店门前。

小店的确小点，可以一眼望穿。门头在网上见过，装饰是十足的韩式风格。两扇门半开，两位东北口音的服务员在整理卫生，门里一个，门外一个。

一大早，饭店不到开门时间就有人冒昧闯入，还要找老板。此时，彼此互不认识，必然各怀忌讳。这时，我最怕顶牛了。一旦顶了牛，再缓和就难了。而眼前的两个女人，此时最怕给老板添乱，为自己带来麻烦。一般人心里都明白，韩国人一般不愿意接受采访，特别是韩国女人，生人接触忌讳很多：不能问年龄，不能问家里的事儿，不能问朋友的名讳。凡此种种，常以保护隐私被拒绝。有的甚至当场翻脸，给采访人以难堪。前阵子采访时，我曾遭遇过这种尴尬。

这次，我要顺利采访，眼前这两位女士至关重要。于是，我小心翼翼，掏出报纸给她们看。报上有她们老板夫妇的照片，而且是彩色的，女人见了熟人上报的照片，喜出望外："哎妈，老板和老板娘上报纸了！啥时照的？"我借机发挥，凭三寸不烂之舌，把中韩自贸威海先行的好处说得头头是道，把她们老板为什么能上报纸和我慕名来访的意图说得清清楚楚。终于，眼前这两位被我征服了。

好，你坐这里等吧，老板和老板娘 11 点后能来。终于，两个充满警惕的员工说了实话，向我透露了真实情报。然而，我在满足所求的同时却惋惜还要再等 2 个小时。无奈之下，也只好等了。

小屋里暖融融，虽小却锃明瓦亮一尖不染。通间一分为二，里面作厨房，外面是厅面，中间隔壁上面一溜作告示栏公示了食谱。几十个品种大多是各式盖饭，有牛肉、五花肉和海鲜类的，有汤类和石锅拌饭类，除此还有各式面类，不提供炒菜，只提供韩式猪蹄作特色菜。价格 25 元到 35 元不等，猪蹄最贵 55 元。不提供高度酒，要喝的话，冰箱里有啤酒。

厅面只摆了 4 张 4 座的小方桌。为增加上座率，主人把公示食谱墙壁加装了一溜通间吧台，虽然很窄，但配上小巧的吧凳，便可一举两用，既供客人用餐，又作台面使用。

里面的厨间是这两位女工的空间。整理好卫生后，两人到里面就忙碌起来，开始准备中午向客人提供的快餐。打这时起，他们只管拉开大嗓门拖着东北腔，无视我的存在，不回避地拉起家长里短，就再也不理我了……

经过艰难的等待，终于等来了老板娘。11 时刚过，身材灵巧、脸色白皙的老板娘拎着一袋子东西急促地推门进来，我主动迎上问道："你是老板娘吧？您好……"她迟疑的目光还在我脸上不停地询问时，我又重复了早晨那一通说词，迅速打开早已准备好的报纸，指着他们夫妇的合照说：“我想拜访您家先生……”老板娘反应敏捷，善解人意，很快明白了我的来意，表现出主动配合的意愿。然而，令我失望的是，他先生今天有事不能过来了。扫兴的同时我忽然想到，采访老板娘或许效果更好。其实，说是老板娘，实际她是小店台面服务员。一进门，在应酬我的同时就开始了中午的营业。

突然，连续几个电话拨来，她应对自如、有条不紊。动作熟练麻利，处事果断温和，操作娴熟兼容。一阵工夫，客人涌进，点菜，应酬，调度，端菜，调度外卖。小店如此兴隆令我咋舌。面对这种场面，我的思绪情不自禁地开始放飞……

威海湾北岸是一片金色海湾。放眼望去，十里白沙滩横贯东西，西至小石岛，东到麻子山。一条柏油路沿海湾相背蜿蜒走去，把沙滩、海湾、礁岩、岬角统统甩在一边，还有一望无际的海。与之相对，路里的黑松树掩映不住高矗的楼群和卧伏的别墅。这种独有生态蕴涵构成这座新城的厚重底色，浩渺的黄海文化与两岸人文情怀达成默契与暗合。经过多年来的探索和发展，这里打造了威海火炬高技术产业开发区金海湾新城的品牌。每临盛夏，这里游人如织，来自世界各地，尤以对岸的韩国人为众。

北环海路 199 号。塔楼建筑风格的国际海景城，成为来此创业和生活的外国人，特别是韩国人的首选。时入隆冬数九天却不寒，二十四节气的“冬至”已过，外面的黄海却不见波涛，吹来的风也那么柔和。住在这里的人进进出出，忙碌不停……

这几天，真的忙坏了赵仁鲜。眼下，他的三个孩子一个挨一个都上了学：长女赵修贤 13 岁，于高区一中读初中；长子赵庸斌 11 岁，次子赵庸贺 9 岁，皆就读高区一小，一个五年级一个三年级。三个孩儿一台戏，吃喝拉撒家里家外，为这个家庭创造快乐也带来无尽的辛劳。

这几天，中韩自贸协定正式生效，几百种商品实现了零关税，威海与仁川的商品贸易陡然活跃。虽时值隆冬，却挡不住中韩两国商家的你来我往。正在这个节骨眼上，赵仁鲜的哥哥赵大熙带几个朋友过来了，同许多韩国人一样，来这里探亲访友，寻找商机，打打高尔夫。

十几年前，自打哥哥把弟弟领到了威海，他们一家人就与威海结了不解之缘。一路走来，先是弟弟来此安家立业；后来，哥哥被金海湾国际海景城吸引了，就过来投资买房；接着，姐姐赵恩珠也对威海情有独钟。十年前，她代母亲来威海决定弟弟婚姻大事时，就与弟妹李玉花结下深厚情缘，经多年磨砺感情益深。2005 年受亚洲金融风暴影响，赵仁鲜夫妇回韩国暂避一时，弟妹在姐姐店里帮工感情更深了。后来她们再回威海后，竟然把单身的姐姐请来威海，姐姐只好把店交由母亲打理，来到威海同弟弟一起生活。由此，足以见到这对小夫妻的仁爱和忠厚。兄妹仨，俩在威海。作为长子赵大熙威海又有房子，于是，他感情的天平自然向威海倾斜，自此，每年夏季和初冬两次跑来威海。

每临此时，赵氏三兄妹相聚威海国际海景城，其乐融融，尽享天伦。同时，本来生活和创业就辛苦的赵仁鲜和李玉花，这些日子更是辛苦有加。清晨，夫妻二人分工合作：太太忙碌一大家子的早饭，先生督导自理能力较强的三个孩子梳洗打扮、穿衣戴帽、吃喝拉撒。冬天不比夏天，天不亮就开始忙乱。孩子自小到大，长年累月，每天如此。多年走来，赵仁鲜的辛劳可想而知。家里忙完后，马上开车转一圈，把三个孩子分头送到两处学校。过去，孩子上学了他可松口气。这几天不行，接着，就急忙去陪哥哥和朋友吃早餐。再接着，白天晚上连轴转，当司机，做向导，尽地主之谊，陪哥哥考察市场，去高尔夫球场，晚上吃饭喝酒到深夜。

三个孩子怎么办？放学后去找妈妈，到小店集合，吃了晚饭待妈妈忙完了再回家。正在这个节骨眼我来小店采访。结果，白等了一上午，不过，赵仁鲜很讲礼貌。当我下午再回到小店采访他太太时，他正陪哥哥和朋友到辖区警方办理临时户口登记手续，竟然就放下手里的事，专程跑回小店来看望我。

小店老板驾车匆匆走了。老杨树遮不住午后阳光洒满了小店窗户。我望着赵仁鲜渐渐远去的影子，一股无名的情愫由心底萌动了起来。这天下午，老板娘李玉花向我披露了他与老公相识相爱和共同立业成家的过程。

2002 年春夏之交。一声汽笛响起，“金桥转”徐徐进了威海港。值中韩建交十年之后，威海、仁川之间的航行往来达到高峰。船靠码头，舱门打开，来自仁川的客人潮水般地涌向候客大厅。人流熙攘，有两个青年男子出了厅，招手叫来一辆的士钻了进去，汽车出了海港顺宽大昆明路向西跑了。转眼，来到大世界一侧的公寓楼，门口一位东北口音的大嫂把两位客人迎到了她开的家庭旅馆。于是，引发了一段中韩跨国姻缘的故事。

故事主人涉及三方。第一主人赵仁鲜；第二主人李玉花；第三主人李玉花的姨妈孙申顺，即刚才迎客的这位家庭旅馆的老板娘。

赵仁鲜，京畿道议政府市人，时年 35 岁。第一次随哥哥赵大熙来威海旅游，头天由仁川港码头登上“金桥”轮，睡了一觉，次日就进了威海湾。当他睡眼朦胧地走出船舱，站于船舷定睛远眺，半月状的威海湾突然跳在眼前，他立马眼睛一亮，为之一震：人言威海是个好地方，言不虚传。感叹过后，他一双贪婪的眼睛像一架摄像机，环威海湾沿岸类似屏障的远山和它所环抱的这座城市转动不停。

春夏之交的远山一片黛色环绕。天蓝海蓝，黛色和蓝色之间，布满了高低错落造型各异的建筑色块，于是，大自然的蓝调子融进了类似背景幕的黛色远山，立马，大色块抽象线条与这座城市各式建筑的具象色块悄无声息地构成了一幅大美图画。何况，海湾正中，还有一座翡翠般的刘公岛镶嵌于海湾的口上。

站在船舷这一刻，赵仁鲜瞬间产生了一种类似幻觉的感受。自打这一刻起，赵仁鲜脑海里产生了一些胡乱的念头，其中就有在此待下不走了的古怪想法。这种念头一闪，过后他自己也觉可笑。正是这种一闪念的潜意识，令赵仁鲜心怀憧憬，“金桥”轮一梦醒来便对威海湾一见钟情。接下来的日子更蹊跷。连日来，夜宿家庭旅馆，日游市区闹市，体察市场社情。3 日过后，因行程安排，赵仁鲜意犹未尽就直奔青岛去了，突然离开了威海。谁承想，他回国后心里还是放不下威海，月余，竟然劝说 63 岁老母亲再次回到了威海。同样，这次陪母亲来，还是入住了孙申顺的家庭旅馆。

于是，就真的出现了奇迹。一日，只一顿饭的偶然间，他遇见了心仪女子令其怦然心动。那感受，如同第一眼见到威海湾那种滋味。这女子不是别人，就是勤劳贤淑的李玉花。

李玉花，吉林延边自治州和龙市龙成镇和兴村人，2001 年高中毕业后，心怀美好梦想来威海投奔姨妈谋职。此时，威海作为改革开放前沿地带，特别是中韩建交以来，两国商贸往来呈大发展时期，国内尤其是从东三省前来创业的人越来越多。这时，李玉花来威海寻求发展不愧为正确的选择。

李玉花年方 21 岁，正当青春妙龄。当她首次向母亲提出要求后，温厚善良的娘亲数日里夜不能寐、日不能食，听说威海是中韩交往最热闹的地方，朋友中很多人纷纷南下威海寻求发展机遇，自己也动心了，想到威海谋职。这

《威海晚报》报道赵仁鲜夫妇（图片）

时女儿也想跑去威海发展，有些放心不下一家人未来的前程。思来想去，她拨通了远在威海的妹子孙申顺的电话。听姐姐一番诉说之后，只听对方传来那泼辣的声音：“姐呀，你放心吧，威海真的是个好地方，叫玉花先来，你与姐夫后面再来，有我在你还不放心吗?”

二人是一奶同胞，性情差别却大。姐姐过于谨慎，办事思前想后；妹妹一向大胆敢闯，年轻在村里就思想解放、敢于追求。有一天，她听说威海与仁川通航了，就串联几人来了，跑单帮往返威海、仁川之间做生意。几年下来，攒了几个钱，就在离“金桥”轮码头不远的大世界公寓楼买下两套公寓，一套住，一套办起家庭旅馆，专为韩国来威海的朋友提供出租服务。正在这时，她一向喜欢的外甥女玉花来了，就托熟人，在威海卫大厦附近一家韩国人开的“又来”餐厅给找了份工作。

于是，一条跨国姻缘红线，由威海至仁川越浩瀚黄海悄然架起了一道“鹊桥”……

威海“又来”餐厅。此时的李玉花，像一只春天的燕子，在追求人生梦想的天空自由飞翔。由长白山脚下延边朝鲜族成长，来黄海之滨正崛起的威海创业。这种人生空间的飞跃，令情窦初开的她，每天都生活在一个童话般的世界里。平日里，坚守岗位、勤奋工作，她那吃苦耐劳、认真负责的精神受大家一致好评。很快，由普通服务员升为行政管理人员。工作进步不忘亲情，她离姨妈家咫尺之隔，星期天节假日像孩子回家那样，回到姨妈身旁帮她一把。单纯，快乐，无忧，日子过得飞快，不觉来威海一年了……

京畿道议政府市赵氏一家人。母亲年过六旬独身度日，三个孩子中，长子赵大熙成了家，女儿赵恩珠甘当丁克族，小儿子赵仁鲜年届35岁尚未谈婚论嫁，成了母亲一块心病。一天，听说哥哥要到威海旅游，赵仁鲜一定要跟着来，于是，哥哥通过朋友联系威海的孙申顺，就有了这个故事开始的镜头。然而，令老板娘孙申顺不解，赵氏兄弟刚走，一个月后小儿子带着母亲又回来了。

威海大世界公寓楼孙申顺家中。星期天，李玉花休假回到姨妈家里。姨妈说，仁川的朋友又来了，还带来老人，今天咱俩张罗请人家吃顿饭。她在“又来”餐厅干了一年，对饭菜和招待韩国客人略知一二，就打正手帮姨妈操持起来。一阵忙乱，一桌丰盛的“三合一”（东北菜、威海菜、韩国菜）大餐端上了桌，姨妈请来赵氏母子入席了。于是，一个戏剧性情节出现了。

宾主落座，依礼而行；长辈陪客，外甥女端茶斟酒现场服务。当落落大方、不卑不亢进退有序的李玉花出现时，赵仁鲜见到的第一眼，怦然心动，一股埋藏心底的爱意猛然涌动起来，那种感觉像“金桥”轮一觉醒来见到威海湾时的激动。

酒过三巡气氛活跃，赵氏母子酒足饭饱。突然，赵仁鲜竟然主动向李玉花表达爱意，表现了一个男人的真实与诚挚。这时，一点没有思想准备的李玉花心跳得快蹦出来了！她白皙的脸庞刷地一下红到了耳根子……

这一幕，令母亲和姨妈孙申顺措手不及。母亲深为儿子的婚事着急，但怎么也想不到他竟对一面之识的中国姑娘一见钟情，成了此行威海的最大收获与成果。姨妈深知玉花是个好闺女，将来在威海选个好女婿没问题，但怎么也不敢往眼前的赵仁鲜身上想，这种跨国婚姻并非一般姻缘。

然而，爱情可以超越一切。赵仁鲜年龄老大不小，只忙生意不顾爱情，一般中国女孩儿见了会躲开他。而此时李玉花的心，已被他那成熟的男人气质征服了；谁曾想到，一向对女孩儿冷漠的赵仁鲜竟一反常态，对清新秀丽、温文尔雅的李玉花一见倾情。而且，这种迟来的爱慕竟然如此直白。或许，这就是千里姻缘一线牵。

接下来的故事，李玉花向我作了坦率的说明。

跨越黄海，两岸通起了一条热线。那时，电话不能上网，李玉花每晚下班后，深夜跑到“又来”餐厅一旁的网吧上网。一接上火，缠缠绵绵、情丝不断，两人有说不完的爱慕和思念。

每天如此，天天不落。

苍天作证，大海作证。

三个月过后，赵仁鲜陪姐姐赵恩珠来到威海，同已在威海荣成的一家韩资电子厂工作的玉花父母见了面，于是，赵李二人的终身大事终于尘埃落定。

此后，李玉花用半年时间，五进北京，二赴吉林，跑大使馆，跑省府机关，最终办下了登记手续和签证。年底，一对经中韩两国政府注册的新人回到女方老家举办了婚礼。2003 年 1 月，他们双双由威海乘“金桥”轮回韩国男方家举行婚礼。双方婚礼都没有大操大办，只是家人亲戚几十人相聚以贺。数月后，小两口回到了威海。自此，侨乡北竹岛公寓楼里多了一户韩国人家。不久，这座公寓里传出一声婴儿的啼哭……

至此，这个故事讲得差不多了。中午时分，我又拨通了李玉花女士的电话说我想见见她先生的哥哥赵大熙。电话里传来她那温柔的声音：时间来不及了，昨天一起来的朋友走了，他哥俩喝酒到深夜，都醉了，现在马上要乘车去机场。

次日下午，我又来到高区火炬五街。小店里，我采访了这个故事的主人翁赵仁鲜。他那生硬的中国话很难沟通，太太一边忙活客人的事，一边为我俩做翻译。此时，他们夫妇表现了一种善良与默契，令我心生敬意——他们这种“男耕女织”的平凡生活里，透出了黄海两岸一户中韩普通人家的真实写照。

生活在居民小区中的李青熙。

2014 年 2 月，南京禄口国际机场。

春节刚过，暖意融融，机场迎来了节后客流高峰。一天，韩国首尔飞抵的国际航班徐徐入港，熙攘人流中有一对父子匆忙走出机场，要来出租车，上了车朝明孝陵方向飞驰而去。

明孝陵，是中国明皇陵之首，代表了明初建筑和石刻艺术的最高成就，直接影响明清两代 500 余年 20 多座帝王陵寝的形制。其后历代分布于北京、湖北、辽宁、河北等地的明清皇家陵寝，均按明孝陵的规制和模式营建。因此，南京明孝陵在中国帝陵发展史上有着特殊的地位，故而曾有“明清皇家第一陵”之美誉。

一上车，来不及欣赏六朝古都之新姿，父亲李相镇就以教授讲学口吻对即将赴山东大学（威海）留学的儿子李青熙，讲起明孝陵的学术价值和历史影响。然而，面对父亲良苦用心和苦口婆心，儿子的精神头却总是提不起来。

车在疾驰向前。

父亲讲述不停。

明孝陵选址很讲究。它坐落于南京市玄武区紫金山南麓独龙阜玩珠峰下的钟山风景名胜区内，东毗中山陵，南临梅花山，是明太祖朱元璋与其皇后的合葬陵墓。因皇后马氏谥号“孝慈高皇后”，且奉行“以孝治天下”，故名孝陵。其占地面积达170余万平方米，是中国规模最大帝王陵寝之一。

工程浩繁，历时25年之久。始建于明洪武十四年(1381年)，至明永乐三年（1405年）建成，先后调用军工10万之众。承唐宋帝陵“依山为陵”之旧制，又创方坟为圜丘新制。将人文与自然和谐统一，达到天人合一的完美高度，成为中国传统建筑艺术与环境美学相结合的优秀典范。

这座古建筑的历史文化价值极高。1961年3月，明孝陵被中国政府列为首批全国重点文物保护单位；2003年7月，根据世界文化遗产遴选标准，被列为世界文化遗产；2006年12月，被列为首批国家重点风景名胜区和首批国家AAAAA级旅游景区。

……

李相镇，文化学者，1953年生于京畿道高阳市，为韩国成均馆大学中国古代文学著名教授。作为父亲他有难以言表的苦衷。1988年生育双胞胎儿子，长子李青熙，次子李龙熙，他喜出望外，一心要把两个儿子教成读书人，以实现其父业子承的夙愿。然而事与愿违，随着儿子的成长，他预感到自己的梦想最终可能会成为泡影。

因天性使然，兄弟性情迥然不同。老大情格温和却灵性一般，老二悟性虽好却自幼不爱读书，总之，很难把他们培养为真正读书人。这对已成为著名教授的李相镇，不能说不是一块心病。并且，随年龄增长，小儿子许多理念与他严重分歧，父亲教他往东，他偏往西，在读书择业上小儿子根本不听老子的。最终，高中毕业后自己跑到日本学了两年动漫实用技能，回来后跑到首尔搞动漫专业设计。无奈之下，只有把最后希望放在大儿子李青熙身上。李青熙，自幼循规蹈矩，尊重父亲教诲，然而读书平平，不是做学问的料。尽管如此，作为父亲，他对儿子始终坚持初心，没有降低已有的期望值。

老子尽心尽力忘我投入，儿子学业不见长进，李相镇的心在滴血。无论如何，拼上这把老骨头也得让儿子读书成才。于是，他施尽各种办法——鼓励，感情倾斜，物质保障，亲自定期讲授和指导……只要高考达到本科分数线，他就有办法让儿子进入国内名校。

结果，儿子还是不争气，高考最终失败！

万般无奈，心灰意冷。

痛定思痛，蓄势待发。

父子连心。面对失败，李青熙深知父亲苦衷，一番痛苦之后作出新选择。2010 年，李相镇一家面临新的考验。按韩国兵役法规定，这一年，他两个儿子要出一个去服兵役。孰去孰留，两个儿子之间，李相镇权衡再三，最终他尊重了李青熙的选择。这一年，老大走了，到了首尔防区的陆军某部去当了两年兵。

有一种撤退是为进攻；有一种松手是欲擒故纵。欲速则不达。儿子考场失败之后再去沙场磨砺，清醒头脑以利再战，或许效果比再死啃两年书本更好。李相镇告诫儿子，这两年不许扔掉书本，走曲线求学之路，带着目标读书练兵，最终还是吃学中文成才这碗饭。

李相镇与儿子达成协议，变成另一种方式追求家族理想之梦。父子双双努力不止。两年时光，瞬间即逝。李青熙脱了军服又走进了韩国名校湖南大学中文系。那是一所国家政府扶持和韩国教育部批准的综合性大学，位于光州广域市，创建于 1978 年，如今已跻身韩国“教育十大名校”行列。李相镇经过不断努力，把儿子送到这里读了一个学期中文系，接着，又送李青熙进了北汉山脚下一所私立的国民大学，学了一学期中文课。在韩国读中文是为了到中国学中文，这是李相镇的真实意图。慢慢地，李青熙就走上了这条路，2012 年，他第一次走进中国广州暨南大学再读一年中文系。总之，不达目的，李家父子是不肯罢休的。

临时就读，目的是要考取中国留学生，为摘取硕士和博士桂冠继续奋斗。经过反复筛选最终选定了山东大学威海校区，经过测评，李青熙如愿以偿，获准进入这所位于威海北海岸玛珈山下的名牌大学。于是，就有了上面父子同游明孝陵、老子对儿子进行学前启蒙教育的场面。

次日，父子二人即沿长江南下赶到了安徽省马鞍山市。不去威海入学来此做甚？这其中包含着李相镇对儿子求学中国的苦心。来威海入学报到之前，陪儿子走走中国名胜古迹、观光赏景只是一种鞭策，是出于对儿子教育的考量。学中文必须得懂古文和名人，李白是唐朝诗仙，流芳百世，任何人研究中国古代文学不可逾越过去。于是，他不辞辛苦，护送其子到威海入学不是目的，真正意图是想陪儿子追寻李白在中国文化史上的足迹。这种教学方法，更有实际效果。

采石矶，与南京燕子矶、岳阳城陵矶并称“长江三大名矶”，位于安徽省马鞍山市西南 5 公里处的长江东岸，南接芜湖、北连南京，峭壁千寻，突兀江流。因其历史悠久、名胜众多，采石矶素有“千古一秀”之美誉。当年李白时常光顾此地，泼墨挥毫，饮酒赋诗，留下千古名句。相传，他醉酒后跳江捉月，驾鲸升天，溺死于此，采石矶由此名扬海外。我孤陋寡闻，对这个典故竟浑然不知，却是已在山大威海校区读书近两年的韩国留学生李青熙告诉我的。

初冬一天，我来到了山大（威海）文学大楼，由许东老师安排，在一间教室里我见到了这位来自韩国一书香门第的年轻人：高高个头，紫棠色脸孔，一对黑亮的眸子，给人以沉稳持重之印象。

据我这些天采访韩国留学生的感觉，他属于留学生几种成分中的一种，人数少之又少。绝大多数是应届入学在读生，年龄尚幼、涉世不深，举足学生气、张口学生腔。进出文学大楼之际，大量韩国学生进进出出，满楼尽是学生气十足的孩子。另一种是职业型留学生，换言之即成熟型学生。这种类型中不少人来自韩国，其中夫妻同学有一定数量，主要是来自国家政府部门公务员，目的是熟通中国语言和文化。

采访这类留学生我感受良多。不妨节外生枝，在讲述李青熙故事中，简要穿插几个与李青熙同时入学的这类留学生的小故事。

故事一：有一对夫妻，妻子安美珍是韩国大邱人，曾在广州岭南大学读过中文，现在是韩国观光文化部官员，负责向中国推介旅游和文化市场，被派往山大（威海）来留学。她先生是一名企业职员，为陪太太就读请长假两年，来到威海，成为妻子的伴读生。据他太太说，开始听课，只是瞎子听雷——闻其声而不知其意，现在行了，可以听懂老师用汉语讲课了。

故事二：另一对夫妻。先生是法务部官员，太太是家庭妇女，专门过来陪读，参加听课学习中文。这两对夫妻住一个小区，与当地老百姓生活在一起。久了，慢慢适应了当地风俗和生活习惯。陪读的太太说，她很喜欢中国文化，已经融入了威海的生活。每临星期天和节假日，同这里的居民一样，到附近超市选购食材回家做饭。他们很喜欢这里的火锅，开始在几家火锅店轮流吃，现在，也同当地人那样，买原料回家自己做。这里的辣白菜很地道，比在韩国买的好吃，现在专门由张村一家店定时送货上门，每周吃 5 斤。

故事三：有名叫金良贤的女硕士研究生也是公务员，来自京畿道厅，以经济投资师身份从事行政工作多年。为加强中韩地方政府间的合作，京畿道厅与中国山东、辽宁、河北和广东等省结为友好省道，每年与这几个省互派公务员挂职培训学习，早在 2010 年金良贤就曾赴广东行政学院培训学习一个月。这次，她来到山大（威海）传媒学院攻读新闻专业硕士学位，经过两年多的努力，各科学分都完成了，只待明年春季毕业取得学位了。同其他成熟型留学生一样，金良贤也租住在附近的居民区里，这种生活方式本身，为韩国学者了解中国文化和地方风情提供了便利，为未来中韩两国经济和文化交流奠定了基础。

我之所以重点采访李青熙，是因为作为求学者他本身就是个传奇。论出身，他具有十分典型意义；论追求，他高考失败后，一心望子成龙的父亲不言败，即使从戎了也不放弃理想和追求，是人性化最基本的东西，具有普遍意义。加之他在年龄、经历和求学态度等方面具有鲜明个性，与其他留学生群体形成对照，这引起了我极大兴趣。在许东老师介绍不同留学生群体中，一经发现了李青熙，便对他传奇求学的经历产生了一种复杂心情。理解、同情、关爱、好奇——受诸多心理因素驱使，在搞清他学习和生活规律的同时，对他未来求学前景非常关注。简言之，到头来，就是想知道他能不能让父辈的夙愿得以实现。

那天上午，到了吃饭的时候，我向他提出一个可能他不情愿的请求，即除校园之外，请他陪我去他经常光顾的地方看看，之后，选择他熟悉的地方我俩共进午餐。稍加思索，他便答应了。瞬时，我们之间的距离被拉近了。于是，向许东老师打过招呼后，我俩就动身了。

作为局外人，大多数人对大学校园生活不熟悉，尤其一个外国留学生怎样在威海度过每一天。为此，特披露李青熙所讲述的若干生活细节。

一天作息：早7点15分起床；洗刷；早餐到学校餐厅买3个鸡蛋；8点开始上课，4节：语法，口语，古代汉语，古代文学史。每节课50分钟，间休10分钟。讲课老师不固定，一讲一节课；中午12点下课，12点半午饭，在学校餐厅就餐，自助餐和零售餐任选，一般吃一份蛋炒饭，7～8元；午间两个小时，回公寓休息；下午一般两节课，16点下课后，到校园图书馆看书，一般每周2～3次，余下几天回公寓休息，通常是上网或看电视；晚饭，一般每周3天左右到学校餐厅或吃自助餐或吃蛋炒饭；3天左右到外面吃，一般三四人随机结伴，韩国同学为主，亦有中国同学，到相对固定的几家餐馆去，常去的地方有高区日美鲜烤肉店、西海岸韩餐厅、市区威高麦当劳等。结算实行AA制，人均消费30元到100元之间。烤肉便宜，烤鸡稍贵，喝啤酒，多数消费30元左右。100元上下的标准控制在每月或每学期一次，其时餐后一般要进歌厅，到麦克小熊喝啤酒，每人消费200元左右。

周六、周日两天睡觉到上午 11 点。起床后到学校吃午餐，下午到学校附近的乐咖啡厅读书练听力，每次消费 15 元。晚 6 点回学校餐厅吃饭，之后回公寓休息。

小长假作息同星期天。有时外出旅游休闲，通过旅行社到文登汤泊温泉洗浴休息，每次消费 150 元。去年清明小长假 3 天，结伴 4 人同行，其中 3 个韩国同学、1 个中国福州同学，由烟台飞抵北京，游览了故宫、颐和园、天安门广场等名胜。

这样算来，一年下来，上述消费平均每月 1000 元。

车出校园大门，经李青熙指引，穿过文化路大街即进入恒瑞商业街 31-1，瞬时来到了日美鲜烤肉店。这是一家典型的韩式餐厅，门头上黑字韩文点缀红字中文，虽显醒目，却湮没于商街两侧各式中韩风格的商铺店家之中。时值午时，因已入冬，街面显得有些萧条。这家店铺明显不同，就餐客人陆续进入，在通道两边择位入座。一边是榻榻米，一边是方桌加木凳，我俩选张方桌相向坐下，服务员就递过了菜单。“小伙子，你熟悉这里的菜你来点。”我把菜谱递给他，他拿过菜谱不用翻看，上来就点了那份烤肉。

因开车不能陪他喝酒，我建议他喝瓶啤酒。他那幽黑眸子直视着我，意思是“这样好吗”，但稍加迟疑就点了头。刹间，我感受到了一种诚挚。边吃我边为他斟酒，恍惚之间，宛若我与他是学友相聚于此间，又似长辈陪孩子吃饭，也似初交朋友之间的一次小酌。其实，论年龄我长于其父，算作长辈与孩子相处更为贴切。于是，我眼盯着他吃完喝完，心中升起一股掩饰不住父辈所特有爱怜与呵护之感。

“再去哪里?”走出烤肉店他用生硬中国话问我。“去你平日读书的咖啡店吧”，我说。于是，我们去了国际海水浴场附近的沈阳路1号。

冬时国际海水浴场风平浪静，蔚蓝色的天映衬着蔚蓝色的海。沈阳路最靠近海一侧有栋三层红瓦顶楼房，首层就是那家叫乐咖啡的小店。一进门，服务生就熟悉地招待这位常来读书的客人。小店面可拥十几个吧位，里面几位欧美客人已位占先机。这时，他面对落地窗可眺大海的吧台，服务生急忙趋前，面带微笑说：“先生，对不起，你的位子客人已占了，请再选个位子吧。”他目视着我，好像在问“要喝杯吗”，我急忙对服务生说：“不用了，今天我们只是转转。”

下午他有课不能过多占他工夫。但我不去看看他住所好像缺了点什么。我提出这个要求后，他丝毫没有犹豫，用手指着国际海水浴场东侧的玛珈山说，绕过这座山到吉林路，校园东大门就到了。

车停东大门南侧停车处。穿过宽大的吉林路，与校园东大门相对滨州北街，李青熙的临时居所就在这条街的悦海小区。这个小区是高区第一批住宅小区，虽从设计可见年代已久，但建筑外墙却是经过重新保温加厚的，粉饰一新的楼宇再显新姿。

走进一栋楼最里面的楼梯口，他指着上面说就住在六楼。这时我没停下的意思，继续往上走，他轻声地问我："还上去吗?"我略有迟疑，明白了他的意思是不上去了。但走到了门口，单就写作不看也罢，然而，作为一个长辈来到了孩子家门而不入，恐怕也不好。

我轻声说我想看看。他没再说什么，就领了我上去。我心里明白，初次相识，韩国人一般不会领你进家门。此时，彼此之间，我们已超出了采访与被采访者的界限，这种感受已经尽在不言中了。

打开房门，一间偌大的房间很简单，完全不是我想象的样子。屋内空空荡荡，只一张榻榻米，里面没有收拾，显得凌乱。于是，我明白了他为什么说不看也可以的意思。此时，我像对自己孩子那样轻声地说："没有工夫拾掇，这不要紧，有了时间把家整理一下。"他听了，默默地点点头。我说："好了，你休息会儿吧，下午还要上课。"他说不用了，就陪我下了楼。原以为他要回校园就没有阻止，结果，送我上了车他深情地望着我，然后转身回去了。望他走远的身影，我心里生出一片无名涟漪。突然，脑海里闪现出刚才路上与他一段对话情景。

"小伙子，将来你可以子承父业，走学者的路子。"他沉默一阵后说："总上学，我哪里有钱成家?"当时，我没有反应过来。事后想，他的话不无道理。

三十而立。两年之后，他拿什么去立?

车上，我眼前不断闪现李青熙那双而黝黑而又略显忧虑的眸子。

工业园中的韩国老板金秉助。

一座古朴城镇隐蔽于青山绿水间。

6 月天，阳光和煦遍地黄花盛开。近景有大片油菜花连着绿色田苗；中景有两侧群山环抱，弯曲的柏油路穿行其间；再远处，灰调子大屋顶建筑飞檐斗拱，层出不穷，渐行渐远；接着，与天边的远山连成了一片灰调子……

午后，当我再次走进乳山金岭工业园韩资公司金秉助老板办公室时，门口一侧摆放的一幅大幅风光彩照映入眼帘。“这是老板的家乡义城郡?”我指着令我驻足凝视良久的图片，问走过来的全英善女士。“怎么样？漂亮吧?”她的回答中带着对家乡美景的自豪感。此时，里面出来的金老板也盯着家乡照片喜形于色。

走进办公室，可见它既简朴而又多重功能。两张办公桌相距摆放，韩国老板竟然没有国内老板那样气派，简单到与普通办公桌没什么区别，椅背上搭着备用外衣；靠墙的地方摆一组简易沙发，可以会客；另一张桌子旁边摆着一排样品架，上面挂有各式女包样品，不敢说琳琅满目，但数量和花色可见一斑。最醒目的是，在老板办公桌一侧墙面上挂了两个精致镜框。一个里面镶着一组人物彩照：七八人一溜摆开，老板居中，两侧是中央台经济频道记者和威海电视台陪同人员。下角印有中央电视台英文字母和经济频道，落款：2012 年 9 月 25 日采访留影。另一个镶着一张荣誉证书：授予金秉助先生乳山市荣誉市民。落款：乳山市人民政府，2002 年 1 月。

23 年光阴掠过。金老板由壮年到老年，办公设施亦失去当年的光彩，四周墙壁和天花板斑驳脱落，唯有墙上的镜框光彩夺目。在简易会客区，我与老板相向对坐，一侧的翻译全英善女士端来香气扑鼻的热咖啡……

我想知道金老板的出身和家庭。没有寒暄和客套，上来便单刀直入、直奔主题。翻译向金秉助说明我提问要点后，他友善地露出了会意的微笑。

“1944 年，我们老板出生在庆尚北道义城郡首富的大户人家，自幼接受良好的家庭熏陶和学校教育。”当翻译向我介绍这一情况时，只见金秉助露出了与欣赏家乡照片时一样的神情，向翻译讲了一阵子韩国话。接着翻译对我说，他很幸运，出生在一个韩国公认的好地方，这里自古人才辈出，他打比方说就像山东曲阜一样是出圣贤的地方。韩国自实行民主宪政以来，大部分总统出身于义城这块宝地。如朴正熙、卢泰愚、全斗焕、金泳三和朴槿惠等，他们祖籍皆是义城郡。

在义城这方土地上，历来人们追求读书和道德修行，金秉助自幼受爷爷教导，把读书做人奉为信条。1967 年大学毕业后，按兵役法规定，他在“三八线”附近的江原道陆军服役两年。大学优良成绩加上爱国的忠厚品格，入伍后便被任命为少队长，管理 40 个军人。退伍时，因其特别优秀，被军方授予一颗“军官戒指”，这成为他人生的荣耀和骄傲。我的目光被他手上那颗硕大的绿宝石戒指所吸引。

近半个世纪里，那颗象征国家荣誉的绿宝石戒指荣光依旧。我接过它，手里那份沉甸甸感受，让我体会到一个老军人此时的心情。爱国爱他人，是老人人生成功的秘笈。我脑海里，立即浮现出在公司公开场所张贴那份告示——即“公司四大精神”：（一）热爱国家；（二）仁、义、礼、智、信；（三）开拓、进取；（四）生产世界一流产品。

老人深感荣幸。

我被他的这种爱国精神所感染。这颗“军官戒指”不是一般人所能得到的。据全英善女士透露，来乳山市投资创业的韩国退役军人约有200人，但得过“军官戒指”的人只有他和另外一人。本来，金秉助可以留在军队做职业军官，但为了创业，他选择了走出军营。这一年是1969年，他年仅25岁。此时，以他的出身、经历和学历，可以从政做镇级公务员，也可以教学当老师，但最终他选择了做外贸。通过考试，他取得了贸易师资格并拿到了会计证，由此，走进了首尔，在一家做箱包出口生意的大公司一干十年，职务做到了部长，成为公司高管。他十年如一，做人正派，做事勤奋。每天早上6：30准时到岗，成年累月，天天如此。和美国人、日本人做箱包生意，关系错综复杂，产品质量要求很严、变化很快，面对此境，他坦诚做人、认真做事，从不弄虚作假，从不马虎敷衍。

初进首尔时，业余时间还兼做家庭英语老师，被一大户人家选为如意郎君。出身山区小镇的他，能娶首尔富家小姐，对于义城老家而言，如同孩子博取了功名一样光宗耀祖。爷爷一高兴，竟掏钱（当时折合人民币 5 万元）在汉江之滨买了一栋 500 平方米的三层小楼给孙子结婚，于是在首尔轰动一时，传为佳话。

成家立业是检验一个好男人的标志。金秉助正瞄准这个目标在努力。1979 年，他放弃了公司高管职位，自己创办了一家贸易公司。然而，成功不是那么容易。成功需要探索和机遇。

机遇终于来了。正当他往返于韩国和美国之间，为了公司、为了家庭疲于奔命的时候，赶上了 1992 年中韩正式建交这个重大机遇。当时他正在由美国飞回韩国的飞机上，当他半倚于椅背半闭着眼睛听到两个耳机里传来这一重大新闻时，腾地起身，与同机友人用英语热聊这件震撼全机乘客的大事件。

飞越浩瀚的太平洋，金秉助周身热血沸腾。但他头脑很清晰——同是下订单做生意，跑美国怎比得上去中国！未来中国商机无限，今天是他盼望已久的好日子！

抢占商机兵贵神速。他手里正握着一批明年箱包生产的大单，下了飞机，他毫不犹豫，在中韩交往尚未建立正常出入境手续的大环境下，经过一个月紧张准备，金秋十月的一天，金秉助一行三人，便转道香港，直飞山东而来……

青岛流亭国际机场。刚刚投放使用的国际候机大厅人流熙攘，金秉助一行匆忙走出机场大厅，来到出租车通道，上了一辆的士，出了机场向北直奔威海市的乳山。

乳山当时还是个县。1987年，他们与荣成县、文登县一起由烟台市分出来，并入新的威海市。乳山是威海西大门，北连烟台、西接青岛、东与文登接壤，在威海地区对外开放大格局中举足轻重。因地缘和历史等原因所致，乳山与威海另几个县市比，经济基础相对薄弱。历史上，文荣威三地则为令人瞩目的富庶之乡，新威海把这几家划在一起属强强联合，乳山虽相对较弱，但加入其中对日后发展亦是一种机遇。

1988年初，新威海第一个春节。中共中央办公厅一位领导来威海考察与韩国一海之隔地区的对外开放，威海市委把接待的第一站安排在乳山。当时，我以市委办公室工作人员身份参与了这次接待任务，深明市里领导对乳山的厚望。通过对外开放和招商引资加快发展，是乳山人的重大历史机遇。面对压力和机遇，乳山新一届党委和政府没有缩手缩脚，而是把握机会、乘势而上，瞄准国际市场急起直追，大做招商引资这篇文章。

正在这时，金秉助经韩国朋友介绍和引荐，带着订单，来乳山考察投资环境。对乳山人而言，从官方到民间对他们到来的重视程度可想而知。这个过程不必赘述，凡是打那个时代过来的人不言自明。1992年，我国改革开放已经走过了十几个年头，正是最活跃和显现成果的时期。特别是中韩建交，大大激发了威海当然也包括乳山对韩招商引资的积极性和主动性。

时隔 20 多年之后，金秉助经历了太多的事情。上了年纪，许多事情他已经模糊，只记得在乳山住了一天一夜。我问他“住在哪儿”，他说住在松源宾馆。

仓促来，仓促走。离开威海后，金秉助又跑到沈阳去放了一批订单。两地相比较，最终他选择了乳山，虽然这里还只是个县城。

1993 年 2 月 28 日。一声汽笛长鸣，“金桥”轮徐徐驶入威海港。金秉助第一次通过这座“金桥”走进了威海，这里成了他创业的第二故乡，在此一待就是 23 年。

斗转星移，人生有几个 23 年？决心已定，在威海扎根。他请来名叫韩风锡的朋友，负责全部订单产品生产加工，自此，实现自己拥有生产工厂的人生梦想，将在这里实现。

夏村是胶东传统名镇。镇中的东里村创建于清康熙年间，沐浴改革开放的春风，老镇老村呈现出勃勃生机。凑巧，金秉助来乳山建厂这年，正赶上乳山撤县改市之际，夏村镇乘势而上招商引资大办工业。东里村地处乳山市规划开发金岭工业园的腹地，镇里市里的人成天靠在这里，为金秉助筹建箱包厂房忙碌。23 年走过，金秉助与东里村结下不解之缘，成了这里的忠实的“村民”。谁曾想到，他来中国的 23 个春节，都是在东里村度过的！闻此，我心里不禁一震：是什么力量，能让一个远离家乡的韩国人有如此情怀？

韩国企业家金秉助

一衣带水，亘古至今。最终，我找到了答案，大情所致：是中韩两国传统文化的融通。采访那天，在我与他中间的茶几上摆了几份为我准备的资料，交谈中我随意翻看，突然有一本类似资料汇编的陈旧印刷物吸引了我的眼球。于是，我顺手把它拿了起来……

“那是爷爷留给我的传家宝。”金秉助见我停下手中记录、单独把这本书拿出来，不等我问就说出了书的由来。听他这么一说，我暂停了问询，认真翻看了起来。

大 32 开版本，书虽已变黄却保存完好，板板正正，是精心存放过来的。继善、孝行、廉意、勤学、金言，做人修炼的基本和开始。这是书封皮最顶端两行小字，算是对本书核心内容的提炼。留有空间之后，印有书目分类提示

——“教养丛书”；下面是书名：《明心宝鉴》，书名前加了两个小一点的字——“译解”。再下面，是书目分类：“古事成语·纸榜书式·三纲五伦·朱子十悔训”。页底写着印制时间和编者：“1985.9；裕林堂编辑部”。

翻开扉页，里面有金秉助的爷爷在这本书出版次年即1986年2月22日，给3个儿子题写的训示：你们要孝敬父母，并依序记下儿子名字：金保铉、金志铉、金世铉，然而，后面落款只有时间——1986.2.22，却没留下自己的大名。或许这是韩国的文化现象。

据金秉助先生称，这本书中的思想文化，出自高丽忠烈王时代，即高丽王朝第25任君主时代（1274～1308年）。此时，正是中国元朝初期。其实，自唐代之后，中国传统文化已在朝鲜半岛广泛传播，成为当时社会主流文化。

再细读目录，基本是中国传统文化集锦，尤其“三纲五伦”内容表述完全是中国化的，而“朱子十悔训”表述方式也是典型中国式顺口溜：不孝父母死后悔，不亲宗族疏后悔，少不勤学老后悔，安不思难败后悔，富不节用贫后悔，春不耕种秋后悔，不治垣墙盗后悔，醉中妄言醒后悔，不接宾客去后悔。读罢十悔训，突然我想到公司门庭处张贴的“四大精神”，其第二条“仁、义、礼、智、信”正是这本书通篇统摄思想和文化的底色。

这种理念已经融入他的血液之中，成为他做人做事的最高追求。他看到眼前这个中国作家如此认真地记录他书中的警言名句，那张善良脸庞露出了惬意的微笑。那枚标志国家最高荣誉的“军官戒指”他一直戴着；走进乳山23年他竟然在这里过了23个春节。为什么？因为“仁、义、礼、智、信”是他忠实的信条。

大爱无疆，大道无垠。
情怀家国，信义乳山。

中国则被他视为第二故乡。在他骨子里，爱中国就是爱自己的祖国和家乡。这就是金秉助的诠释和境界。

金秉助从小生长在一个传统家庭，自幼受爱国教育熏陶。受中韩严重对抗年代影响，他曾经长期为中国人喜欢赤色而感到害怕。第一次来中国时，见了红旗飘扬的场景就恐惧，但在以后的日子里，他为乳山市自上而下的创业精神所感动。特别是多年不顾疲劳、连续频频往返韩国招商引资的各级官员，令他彻底改变了对中国人的印象。在他心目中，乳山有一大批人如此敬业，这才是真正爱国的精神。由此，他对中国由芥蒂转为热爱，自觉把自己当成乳山人。

既然来投资，就把钱埋在乳山沃土里。同他一起来这里投资的韩国人，或租赁土地自己建厂，或连厂房也是租赁的，多数人赚了钱说走就走。相反，金秉助头三年租赁东里村厂房是为尽快投产，按约完成美国订单，一旦资金回笼，他马上投资在金岭工业园征用土地建设厂房，几年后再续征地以扩大生产规模。刚进乳山时，临时租房住，第二年就在东里村买了 4 套公寓，以后不断更新提档，至今已购换了 3 次住房。

为了传承在中国的事业，他把小儿子送到中国海洋大学读中文。一毕业就来乳山安家，儿媳和孙子都搬过来，一家人在乳山定居并创业。

年年大年的初一，金秉助都要走进东里村，来到村支书刘乐广家里，给老人拜年，同刘家人一起吃年饭，喝几盅洗去一年的疲劳。他给村里的老人拜年，从自己 60 岁上开始，已经拜到 80 岁了，还年年不落；同兄弟喝酒，从以前热炕头小饭桌喝，一直喝到今天大客厅高桌大椅子……

最初几年里，乳山人到韩国招商，人生地不熟困难重重。金秉助自告奋勇当向导，一年多次，或陪团前往，或提前回国打前站、作准备；连续 10 年，不计其数地往返于黄海的东西两岸之间。每次，他都自费购买往返机票，在韩国费用也自己掏腰包。其间随团吃住，过家门而不入。乳山市政府被深深感动了，十几年前就授予他“荣誉市民”称号。改革开放以来，这个称号对外国友人并不陌生，多数都把它作为一纸公文压在办公桌或行李箱当通行证，用时找出来，不用则置于脑后。金秉助则不然，他对这个荣誉，看得如同那枚“军官戒指”一样神圣，把它挂在办公桌一侧墙上，以鞭策自己要做个合格的乳山人。

其实，在他心中这就是爱国。一些慕名想来乳山投资的韩国朋友和同乡，在拿不定主意时，多数人都是受金秉助的人格影响和带动，便义无反顾地走进了乳山。如今，在乳山金岭工作园里，与金秉助的湖林公司一街之隔的是韩美工业公司，老板金吉珠十几年前来乳山考察，在举棋不定时，就是听了金秉助一句话就拍板决定在此投资建厂。

扎根乳山的头盔生产商金吉珠。

一街相隔，两家韩资工厂相对。老骥伏枥，金秉助与金吉珠老哥俩志在乳山成为佳话……

2000 年秋天。韩国安山市天高云淡，山青城碧。此地属京畿道辖区，是一座新兴田园工业城市，位列韩国十大城市之一。基于自身基础，乳山市经过多年连续对韩招商，已把主要目标对准了工业领域，他们一旦发现目标就迅速动作起来。据信息资料显示，作为最佳目标，安山市进入了他们的视野，此时，一种招商预案机制紧急启动：金秉助凭一种自觉担当精神，以乳山市工作人员的身份，陪同经贸委主任高菲一行飞越黄海，先期抵达目的地安山……

经过紧张筹备，中韩招商洽谈会在安山市工商会的会议大厅如期举行。中方代表：乳山市委书记赵熙殿一行；韩方代表：安山市工商会。高菲主任介绍招商引资条件和优惠政策后，赵熙殿书记讲了一番话，当即引起韩方极大兴致，不少人当场跃跃欲试，主动找中方洽谈投资意向。此时的金秉助最为忙碌，他穿梭于人流之中，为有意者穿针引线、当红娘，用现身说法解难释疑。半晌之后，他口干舌燥，正欲喝杯咖啡，这时就有人走过来，表达了自己举棋不定的心情，请金秉助先生帮他拿个主意。

此人是韩国出名的头盔生产商金吉珠。早在1986年设安山市时，他借力兴业，抓住机会，白手起家办摩托车头盔生产工厂，一路走来产品生产已经形成气候。不仅打进了欧美市场的高端商品行列，而且在日本市场中端商品中占有量高达40%，生产企业发展到3个厂，还创办起新产品开发研究院。为了扩大规模，他早已把目光转向中国山东半岛，此前，烟台市工业局有位局长曾多次找他去投资。今天听了乳山的推介，他动心了，但这两个城市到底去哪里？举棋不定之际，就来找金秉助为他当参谋。谁曾想到，金秉助与金吉珠居然一见如故，从此这两个同龄人结下不解之缘。

十多年过去了。如今，在乳山经济技术开发区金岭工业园，一间具有国际影响的摩托车头盔生产厂产量已突破60万顶大关。头盔是保护头部的装具。其属性决定它生产方式很传统，由此布局标准厂房成兵营型模式，一排连着一排，占地规模120亩。厂区由两部分分期建成。

2016年1月13日一大早，我驾车一小时，沿威青高速直抵乳山。进了夏村，作家辛明路老师陪我来到厦门路三号韩美工业公司。

一色的水泥厂房和道路，远处空闲地里有枯黄茅草，空旷，荒漠，找不到问路人，我们只好原路返回再去向门卫打听。门岗的师傅领我们重新来到这片厂区，在他指点下，终于找到了两天前电话预约的王女士。

王蕊女士说一口流利的韩语，是公司主管新产品开发的经理。几天前电话预约时，她态度非常和蔼，不像有些公司听说是采访，老板就躲躲闪闪甚至拒绝。她办公的地方，实际是个样品陈列室，很开阔，各式摩托车头盔琳琅满目，几张电脑桌前的人各忙各的事。这时，她正在用韩语与别人通话，见我们走来，她第一句话就说："对不起，老板昨天临时有急事回国了。"

"不要紧，那就采访你吧。"顿觉失望的同时，我迅速本能地作出反应。可能她早有思想准备，放下手里的事，就领我们来到另一间办公室接受采访。随着采访的深入，我脑海里慢慢浮现出一位韩国企业家的形象。越深入，我的这种感受就越强烈，并对金吉珠和他的工厂有了一种全新的认识。

与金秉助先生比，金吉珠是一位具有鲜明个性的人。为人坦率、豪放、好心眼，这是他做人的本色和基调。由出身决定，他是一个操作型经营者，凡事亲力亲为，每天上下午必定要亲临生产一线，同工人一起研究解决实际问题。十多年来，除回国或有事外出，凡在工厂则天天如是。

闻知此情，令我震惊。没想到竟然有这样一位韩资企业老板，能把一个外资传统生产型工厂办到这种境界：现有工人 260 多人，除少数专业人员外，从后勤到一线专业骨干全部是乳山市当地人。在目前全球经济不景气的情况下，工厂内部很和谐，工人以厂为家、把工作当饭碗，做到老板在场和不在场一个样。经过十多年磨砺，现在，从产品研发、生产到销售，完全进入成熟期。外人一旦深入其内，立刻会被那种有序而成规模的生产流水线所感染。这里没有表面的浮光掠影和人浮于事，只有默默无闻、默契合作的生产流程和劳动场面。

人心换人心。金吉珠来乳山办厂的长期表现，没有让跟着他干的工人们失望，大家从这里都得到了自己应有的回报。据有关信息显示，中韩刚建交十年前后，韩资企业大量涌入威海，不少韩商趁机钻空子捞一把，除钻优惠政策的空子外，就是克扣、拖欠工人工资，能抠一分是一分，有的甚至不开工资，偷偷卷铺盖走人……相比之下，乳山的金秉助、金吉珠两位老板真是难能可贵。为了深入挖掘，我专门采访了曾经先后赴韩国作过研修生的女经理勇利利和维修师姜善乐。

勇利利 1981 年生于乳山夏村镇打磨村。1999 年由职专毕业后到三角轮胎厂招待所当过两年服务员，2002 年韩美公司招工时应招回家门口，进了这家韩资企业。从此，她得到了未曾想到的东西，至今说到公司带给自己的好运时，脸上依然洋溢出幸福和自豪。2004 年，她作为第一批挑选的 6 人之一，赴韩国在老板的公司做了两年研修生。一般农村孩子出国当研修生，需要向中介组织交一笔巨额保证金，这笔钱普通人家拿不起。只因有了韩美公司，这 6 个农家孩子就很幸运，既不用交保证金也不必担风险，一切由公司打理。那一天，中方经理崔明淑带领他们从烟台莱山机场起飞，一小时后就到了仁川。

眼前的勇利利已是主持一个部门的经理，她体态丰盈，打扮朴素，通身却流露出一种自信和成熟。十几年职场生涯摔打，没有沾染媚俗东西，依然那样坦然与诚实。虽已过而立之年，说起做研修生的事，还有些少女时代的神情流露……

“两年里，我们6人小团队在韩国充满快乐与正能量，很团结，没有要小聪明和闹叽叽的。你只要勤奋学习工作，一切待遇与韩国公司员工一样，而且在韩国的费用由老板全包。重要节日还给改善伙食、组织旅游，老板待我们很好。”说到这里，她再次洋溢出由衷的满足。我问她那两年收入多少，她坦言：老板真够意思，按韩国研修生待遇给我们。两年下来，一般的是20万元，最多的24万元。这个数，在十几年前是个天文数字，令多少人心动。金吉珠老板真是不错。

姜善乐是徐家镇西峒岭村人，1980年初中毕业后离村谋职学会了钣金活和电气焊手艺，成家后在海阳所镇常家庄居住。韩美公司建厂时，他凭一手技术活进厂搞维修和安装。姜师傅老实巴交又有手艺，随着第一批研修生回国后，厂技术力量不断壮大，金吉珠开始实施把韩国工厂向中国转移，以改变这里初期只生产零部件不能组装成品的局面。黄海两岸“韩美人”交流日益密切，姜善乐就忙得不亦乐乎，连续多年乘飞机往返于中韩之间，每次三个月。凭多年积累，姜师傅技术很全面，具有钳工、钣金、电气焊、组装等多种技术专长，走出国门后尽显大国工匠的风采。然而每次出国，他从不摆师傅架子，而是与当地工人一样，勤劳朴实，诚实对老板和公司负责。回国后还是那样默默无闻地工作。他只说一句话：十几年里老板对咱中国工人不薄，咱也不能对不起人家。语言朴实无华，却很能打动人。

一句大实话饱含了中韩两国人民的情分。

金吉珠和金秉助不愧为一代有抱负的投资人。

2014年农历六月十六，乳山市胜利街72号。傍晚时分，东方大厦张灯结彩，宾客盈门。19时许，一场盛大招待会在此举办。今天是个好日子——金吉珠先生70岁生日，韩国的亲人和朋友30多人专程过来为他祝福。主持人宣布招待会开始后，精神焕发的金先生健步走上舞台，接着，他儿子儿媳和孙子等全家人，簇拥着他90多岁身着民族盛装的老母亲突然出现在众人面前，同时，服务生推出7层生日大蛋糕。大厅里一片唏嘘，掌声雷鸣……公司的全体员工，老板的亲友，前来祝贺的乳山市领导，为公司庆典和老板生日送来一份深情的祝福。

热烈舒缓的气氛里弥漫出一种朴素和谐的真情。很遗憾，在我来乳山采访的前一天，金吉珠临时有急事飞回韩国了，使我失去了采访他的机会。

金吉珠和金秉助的两个公司一街之隔。如今，两个老板之间来往不来往？回威海的路上，带着这份好奇，我拨通了韩美公司电话。这时，只听对方说：回国前那天晚上，两个人还在一起吃饭。于是我想起采访时谁说了一句话：现在，老板与上面的领导联系少了，一旦遇到什么临时应急事务，两个老板会自动凑在一起商量商量。

我想这是为什么？兴许是因为中国反腐败强调“八项规定”，中方公务人员为了避嫌不方便与外资老板来往？

上述四个故事，鲜活的四个韩国家庭，在我完成了与他们灵魂的对话之后，就深深嵌入了我的心底……

9　仁川亚运会圣火

威海市环翠区统一路角山巷6号。

红瓦淡墙三层小楼的市档案馆，建在巷子深处的半坡上，很静，它与周边高矗的那些庞然大物相比有些平淡，却表现了一种承载历史的厚重。初春一天，我来到这里，在管理人员陪同下，穿过幽静深邃的楼道，走进了埋在楼群深处的馆藏库。里面，陈列摆放着近现代以来发生在威海并与国际大事件相关的各种实物、文本。

仁川亚运圣火燃烧盆
（现存威海市档案馆）

在实物区里，有一个物件足以记录和见证中韩两国人民的友谊，这就是2014年在韩国仁川举办的第十七届亚运会（中国·威海站）火炬点燃盆。屋子里很静，我环绕它凝视良久，放飞思绪。这件可称为文物的火炬盆，其特定尺寸、造型、用料与结构，凝结了威海人的智慧、精神、创造和追求。

燃烧后的火炬盆已经充分氧化。盆体铮明瓦亮呈紫铜色，与白色调配以浅蓝图案的箱式底座浑然一体……

仁川亚运会已过，赛事已如云烟散去；睹物思景、追寻本来，心底涌动起一种难以言表的情绪。突然，眼前的火炬盆仿佛燃烧起一堆金色火焰。瞬间，那盆象征奥林匹克精神的火种，燃起中韩两国人民友谊长存的燎原火焰……

2013 年冬天步步逼近；2014 年仁川亚运会进入倒计时。

时令小雪，威海大水泊机场已被阵阵袭来的寒气包围。11 月 17 日傍晚，机场华灯初上，韩国出发大厅暖意融融，人流缓缓登上了国际航班……一阵急促引擎声尖叫过后，一架迅跑中的银机骤然腾空而起，掠过黄海上空，直奔对岸仁川方向而去。

18～22 日，中韩自贸区第八轮谈判将在韩国仁川举行。根据日程安排，威海市委书记、市人大常委会主任孙述涛出席“中韩 FTA：机遇与挑战论坛”。这是韩国产业通商资源部与中国商务部联合主办的、旨在推进中韩自由贸易协定（FTA）谈判进程的官方论坛。

黄海之滨的高空暖流，经不住大西北滚滚而来的寒流压迫，不战自退、远远逃遁。清冷的夜空星光闪烁，夜色笼罩下的黄海海面与碧空连在了一起。飞机不停地向高空攀升，越高越把视野里的天与海连成了一片。放眼望去漫无边际、浩瀚无垠，已把灯火阑珊的一片威海夜景甩远了……

一张夜幕张开，黑暗中只有机翼下的信号灯一闪一闪，飞机不停地向东飞去。此行韩国，威海作为中韩双方唯一的城市代表，身负使命，星夜兼程，参加两国经贸关系发展史上的重大活动，威海代表将在开幕式上发表“中韩（威海）经济合作示范区——中韩自贸区建设先行先试区”的主题演讲。同时，此行还有一项使命，就是拜访仁川亚组委，以回应和敲定即将开幕的亚运会火炬传递在威海设站事宜。这不单是个赛事问题，它更是关系威海与仁川深层合作的问题。于是，带着一种使命和责任，市委书记星夜飞向仁川。

由于地缘关系，威海是一个经历特殊的城市。特别是近现代以来，凡发生在这里的故事都与国际大事件相联系。100 年以前，在西方人的眼中这里是他们垂涎三尺的宝地。一个历史时期里，威海多次出现过重大发展机遇，然而，不幸的是这种机遇却又屡屡与威海失之交臂，由此，这里长期被人为地边缘化而封闭起来，使一个本来已经具有深厚国际影响的城市与世隔绝长达半个世纪之久。很长一个时期内，在国际上许多人都知道青岛、烟台等城市，而与之近在咫尺的威海却鲜为人知。

威海改变自己处境的条件和机会，终于来了。

1987 年，经国务院批准重新调整了威海区划，历史又向威海招手了。这是中华人民共和国成立以来，威海再次出现的重大机遇。重塑威海形象，使它真正融入世界发展潮流，并经过持续努力跻身先进行列，是摆在市委、政府和全市人民面前的首要任务。

威海有这个基础和条件。基础就是自然禀赋，条件是走过的历史及眼前的精神与物质现状。为此，市里的党政要员超常发挥、苦苦追寻。或不露声色深入民间调研，或走出国门考察，或穿越历史隧道鉴古而知今……

威海人很精明。在前人改革开放几十年打下的基础上，一面不惜血本不断提升城市软实力和硬环境，一面不断寻求新机遇全面包装这座古老而青春焕发的城市，并寻求多种途径把威海推向世界。为此，他们始终保持高度敏感，决不放过任何机会或缘分。

中韩建交后的20世纪末，这一时期，可谓中韩友好关系进展最好的十几年。其间最能触及两国人民敏感神经的两件大事，威海人是决不会轻易放过的：一是中韩自贸区谈判，二是第十七届仁川亚运会。这两件事几乎是同时发起，同程进行，同步收官，历时七八年，最终同时受到中韩两国人民的高度关注和赞赏。这两件大事，都与威海和仁川密切相关，通过努力最终促进了中韩友谊和交往的加深。

随着中韩两国经济和文化交往的不断深入，中韩自贸区谈判进入关键阶段，同时仁川亚运会筹备也走进了开幕之年。正在这个节骨眼上，每两个月进行一次的中韩自贸区谈判第八轮适逢于仁川举行，仁川亚组委为即将开幕的亚运会紧锣密鼓，忙碌不停，与之相关信息频频传来。于是，威海与仁川之间、追求与目标之间形成正向态势，其结果是，仁川亚运会把威海和仁川之间的距离拉近了一大步。然而，威海—仁川自贸先行先试区和亚运会火炬在威海传递的成功，决然不仅仅是鲜花、美酒和掌声，其背后经历了一个漫长艰辛的历程……

溯源，中韩双方启动政府主导的中韩自贸区官产学联合研究，这一重要信息是在2006年11月发布的，而仁川亚运会的申办和筹备早在2005年就开始的。2007年4月，第二十六次OCA大会（亚洲奥林匹克理事会）在科威特城召开，大会以两天的日程听取了申办城市韩国仁川和印度新德里的最后陈述，最终经过激烈的争夺，韩国仁川击败了印度新德里，获得2014年亚运会举办权，成为韩国继1986年汉城亚运会、2002年釜山亚运会之后第三座承办亚洲盛大体育赛事的城市。

仁川位居黄海东岸，为韩国第二（仅次于釜山）大贸易港口城市，是韩国广域市（直辖市），人口274万，位居国内第三位。东与首尔相距仅28公里，已属首尔经济圈范围。自古代开始，仁川同中国就有密切海上贸易往来，特别是与威海有千丝万缕的海上联系。这种历史形成的地域文化很难断绝，早在中韩建交前的1990年威海与仁川就开通了第一条海运航班“金桥”轮。历任当政者始终把目光紧盯仁川，抓住机会，不断增强两地交往并不断向纵深推进。

2007年，仁川获得亚运会经办权的信息很快受到威海人的关注。随着时间的推移，锲而不舍的威海人主动把已经启动的中韩自贸区官产学联合研究这一课题拿到手上，试图从这二者之间寻找机遇，以深入探索威海仁川之间的深层合作。多年前这种探索虽然很渺茫，但这种孜孜以求的精神是难能可贵的。

今天这样说可能有牵强附会之嫌。但后来这两件事发展的结果，不能排除威海人在寻求中韩合作新高地过程中的缜密思考与行动。在今天，如果硬说这件事一开始就有谁去一手策划和操作也未免有些夸大其词。然而，事实真相就是这样走过来的。正是威海人把这两件事联系起来，进而创造出一个奇迹。

特别值得一提的是，正在威海官方积极争取与仁川亚组委深度合作时，市旅游局赴韩国首尔对威海知名度做随机抽样调查。调查了100个人，竟然没有一人知道这个世界上还有个威海。这个严酷事实令威海的领导坐不住了，于是决定通过仁川亚运会加大对威海宣传的力度。这是摆在威海人面前的重要议题。

曾几何时，国内各级政府到处设立办事处成为一种时尚，凡像样的城市不仅国内设，还要跑到国外去设。但是，多如牛毛的各类办事处真正起作用的可谓凤毛麟角。然而，威海驻韩办事处办得很正经。经几代人努力，机制成熟，运行有序，真的起到了咨询中心、信息中心、研究中心的作用。换言之，它是威海市关于中韩关系问题研究的智库，在对韩交往的许多重要问题上，为市领导决策提供了依据、建议。

通过亚运会契机加强与仁川的合作，以此来争取仁川当局对威海与仁川自贸区先行先试的战略合作予以重视——当驻韩办在多年收集信息资料并经过综合加工提出此项建议与对策后，马上引起决策者的重视，并借此次仁川之行，迅速付诸行动。

17日晚，威海代表刚一抵达仁川，就连夜会见了韩国商界朋友，就许多具体问题达成一致。18日上午，在仁川亚运会组委会，拜会了组委会秘书长权庆相，就如何加强2014年亚运会宣传，特别是加强对威海的宣传等事宜进行磋商。由此，双方就仁川亚运会合作问题展开了实际行动。

早在2012年8月27日，中韩自贸区第三轮谈判就在威海举行。双方130多名代表就货物贸易、服务贸易和投资领域的谈判模式、谈判范围和领域等问题深入交换了意见。此举，立即引起了隔海近在咫尺的仁川市当局的高度关注和重视，于是，他们迅速作出反应：事隔四天之后，便由2014年仁川亚运会组委会委员长金荣秀率领一行人前来访问威海，寻求与威海合作的方式和意向，威海市市长张惠会见了他们，双方签署了合作协议。对此，威海新闻网发表消息报道称：

> 8月31日，威海市与2014年仁川亚组委合作协议签字仪式举行。2014年仁川亚运会组委会委员长金荣

秀，威海市委副书记、市长张惠分别代表各方签字。副市长张波出席签字仪式。

仁川2013年将举办室内武术大会，2014年将承办亚运会。根据协议内容，届时我市将对活动宣传、旅游活动给予积极协助，同时每年可参加“仁川观光休闲体育博览会”。

签字仪式前，张惠会见了金荣秀一行。张惠说：威海是中国距离韩国最近的城市，也是中韩海上通航最早的城市，为促进中韩两国交流合作做出了积极贡献。当前，中韩自贸区建设正在有序推进，两国间自由贸易协定第三轮谈判不久前在威海举行。作为中韩地方经济合作示范区之一，威海在中韩合作交流中的独特优势和特殊作用得到了各方肯定。目前，威海与仁川已经签订了经济合作框架协议，两市的交流合作迎来更大机遇，威海将尽最大努力，为仁川的武术大会和亚运会提供协助，开展各方面的交流合作。希望金荣秀先生在威海多走走、多看看，增进了解，加强交流，实现互利共赢。

金荣秀说：威海是一座美丽时尚的城市。仁川与威海地缘相近，交通便利，希望威海市在武术大会和亚运会期间，鼓励威海市民前去观看，仁川亚组委将全力做好各项服务。

时光飞逝。仁川亚运会开幕在即，各项准备加快推进。

冥冥之中，总有一种无形的力量牵引着黄海东西岸之间的两座城市……

无形力量是什么？两岸民生福祉，彼此历史人脉资源，两地有识之士共举大义……孙述涛一行访问仁川返回不到两周时间，即 2013 年12 月上旬，仁川市政府代表团就回访了威海，并签署了威海与仁川亚组委战略合作备忘录。

威海与仁川地缘相近、人缘相亲，经贸文化往来日益密切，互动交流不断加深，合作潜力巨大。多年来，威海致力于中韩经贸合作桥头堡的建设。在此基础上，以第十七届亚运会为契机，双方又通过加强口岸物流等方面合作，举办更多的展会等贸易促进活动，共同建设韩国食品日用品集散地，推动更多的威海优势产品通过仁川进入国际市场。采取多种方式，促进旅游业合作，并进一步加强文化、体育、教育等方面的交流合作。

自 2012 年始，仁川方面多次派员来到威海，目的是为了推销2014 年仁川亚运会。对此，威海方面的回应诉求目标性越来越明确，即通过仁川亚运会来宣传威海城市形象，说白了就是借机破解这么多韩国人不知道威海的尴尬。基于这一诉求，威海决策者当机立断，明确提出把争取仁川亚运会火炬传递在威海设站的任务交给市外宣部门承办，要求从条款谈判到整体形象包装宣传一竿子插到底。

新春之际，一个精干工作小组在市外宣办成立，由毕晟磊、车田民组成，吃了过年饺子，他们就身负使命，飞抵仁川同亚组委接头交涉……在一个晴空万里的日子，威海机场一架银机飞向仁川。一小时瞬时即过……有两个威海人，在“驻韩办”工作人员陪同下，直奔仁川亚组委去了。

崛起中的“松岛新城”，以超常“智慧互联”的现代手段展示出仁川亚运会的独有魅力。小组成员无暇欣赏这种扑面而来的诱惑，直奔此行主题，与仁川亚组委主管火炬传递的人员接上头，找一个僻静地方，窝起来一谈就是两天……

2016年3月一天，我赶到高区文化中路66号市广播电视台大楼，采访当年赴韩工作小组成员毕晟磊。

早在1992年起，市里外宣工作的重点就开始转向了对韩宣传。由此，2014年仁川亚运会火炬传递的繁杂事务，自然就与对外宣传扭到了一起。历史的机遇把威海人推向了风口浪尖。他们已经没有退路了，只有为此去拼搏。

从合作协议谈判到合同落地，绝非易事。尽管事先对谈判的难度有思想准备，但真正坐在谈判桌前，才发现现实比想象更为艰难。由于价值观和文化上的差异，仁川亚组委组织架构、运作模式甚至思维模式，都与国内完全不同。他们的工作人员都是临时招募的市场营销方面的专业人士，在他们眼里，与威海的合作和与其他赞助商、冠名企业的合作是一回事……

首轮谈判在仁川亚组委的遭遇，让一腔热情的谈判人员领略到初进仁川时的困境……

这是一个准备让裁判员下榻的酒店。房间面朝大海，屋子里很静。经过一天的较量之后，谈判双方出现了较大的分歧。威海方用了大半天时间讲合作，讲友谊，讲威海城市优势和双方合作前景，讲城市政府与企业赞助商的区别，讲得口干舌燥，最终对方还是把威海当成了一个赞助商：你到底能出多少赞助费？根本不考虑威海城市宣传的需要。

你们除了能让我们享受到赞助商应有的待遇外，还能组织多少媒体到现场报道？发稿量能否保障？场馆给我们多少广告牌和大屏？威海企业可否通过这些资源宣传自身？等等。当威海方面提出问题后，对方居然无言以对，谁也不敢表态。

于是，谈判出现僵局，双方只好收兵。

初次会谈失败，威海方为此而心焦。

最心焦的是坐镇指挥的威海幕后决策者。火炬传递是一项社会文化活动，我们靠制度优势，可以动员全社会力量来参与，最终效果无法用多少钱来计算。我们可以利用这种优势以最小成本做出最大轰动效应，而韩国方面应在网络、平面广告和媒体等方面，达到与我们有对应效果的社会力量投入，不能完全以取费标准来衡量轰动效应的投入。说白了，双方都应尽最大努力发动全社会力量参与，而不应单凭从地方财政支出的额度来考量。

威海代表无论怎么说，人家也听不进去，这明显是价值取向的分歧。细想，仁川亚组委要钱干什么？也是为了办好亚运会，这明显是价值取向的差异。这样想开，中方代表释然了，便自行调整思维以利再谈。

“好事多磨”“欲速则不达”，是千古不变的定律和规则。

沉默或许是一种无言的呐喊。终于，一个月过后，仁川方面主动找上门了。

这次面对面地谈，双方目的性更明确。

围绕赞助形式、赞助费用、赞助权益和城市宣传特色菜单及如何落地等问题，双方你来我往，友好磋商。最终，双方认为，威海作为仁川亚运会火炬传递城市，它所适用的赞助权益与普通赞助商和企业赞助商不同：威海强调城市宣传的受众面和影响力，特色权益项目如何落地，投资的性价比，等等，不能用适用企业赞助商的办法来套用火炬传递城市的权益。对此，韩方不便答复，只好回去再商量。

时间越来越紧迫。火炬传递是有时限的，一旦双方达成一致，在双方协商期间，凡应当做的事决不能停下来，必须往前赶。《借力仁川亚运会加强对韩宣传工作方案》这一框架性文件，就是在这个时候出自威海工作小组之手的。正是这个文件，对日后的火炬传递起到全面指导和统摄作用。

功到自然成。这个过程虽然曲折，但事情的进展朝着有利于威海的方向发展。包括其间因仁川市市长在选举中的易职，一度使双方紧张进行的事项戛然而止……经过努力、结局圆满，这或许是为威海务实执着的精神所打动。

此时，接到国家体育总局外联司向山东省体育局发来的函，函件指出：日前，亚奥理事会和仁川亚组委分别来函告，仁川亚运会火炬将于 2014 年 8 月 13 日在威海市传递。为此，函件强调：仁川亚运会作为今年亚洲奥林匹克运动的重大活动，亚奥理事会高度重视。仁川亚运会火炬传递活动在中国举行，充分体现了亚奥理事会和仁川亚组委对中国的重视，同时也是展示威海体育运动发展水平及提升城市国际知名度的良好机会。山东省体育局协助与威海市联系，落实仁川亚运会火炬传递的安排及活动方案，确保活动顺利举办。

此时，离亚奥理事会批准和发布的火炬传递时间仅有 10 天！

于是，启动全部行动预案。市长挂帅，宣传部长靠上去调度，凡涉及部门主要领导出面。按照惯例，干这种事儿要层层发动，这次时间不允许，干脆召开实战桌面推演会议一次性解决。全市范围内，迅速打响了一场仁川亚运会火炬传递的攻坚战……

8 月 3 日下午。突然，一阵急促的电话铃声，打破了奈古山西侧市燃气公司办公楼里的一片宁静。话筒里传出了急切的声音：市建委紧急通知，请公司经理马上到建委会议室开会，不准别人代替！接电话的人想问开什么会，话筒里就传出一阵“嘟嘟”的忙音……

紧急专题会按时举行。第十七届亚运会（中国·威海站）火炬传递活动组委会成员单位、市建委分管主任车学辉开门见山，言简意赅，向燃气公司经理及与会专业人员交代了一项特殊任务：昨天，市里亚运会火炬传递组委会办公室领导，代表组委会向建委系统下达任务，要求我们一周内研制成功火炬传递仪式上要用的火炬点燃盆。经主任办公会议定：这项任务交给市燃气公司负责，由刘一斌经理亲自挂帅。当场，他向大家展示了火炬燃烧盆效果图和标准尺寸。这份图纸是市有关部门在网上搜集的，供我们有关人员参考。会议要求燃气公司尽快拿出样品送审。会议反复强调：一个小小燃烧盆既有政治意义，也有一笔经济账可算，自己研制要比购买节省一大笔经费。大家务必重视，限期完成，保证不出问题。只许打胜仗，不许打败仗。

军人出身的刘一斌总有一股不服输的劲头，此时，心里更是憋着一股气，对组委会领导和工作机构流露出一种深深的敬意……

当天夜晚。一向寂静的公司会议室灯火通明，一场专业技术论证会讨论到深夜。仅凭一张第十六届广州亚运会火炬盆图片，一无资料，二无数据和图纸，与会技术人员只能坐而论道，空泛议论。最终，成立了以公司分管领导为首的技术研发小组，并初步确定了火炬盆“可移动式、外观形象、火焰效果和运输安全”的设计四要素。

三天后，以液化气点火燃烧为原理设计制作的火炬盆样品成型。按效果图造型、结构和尺寸，用不锈钢板焊接包装，表面喷绘指定色彩和图案，内胆装液化气钢瓶，大理石顶盖装仿古喷漆火盆，下面安上点火喷头装置。

听说审定火炬盆样品，有关专家和领导来到现场。外观效果和结构没有问题，点火一试，毛病暴露无遗。点火装置有问题：一是火焰太小，二是火苗太白，现场使用不达标，要求重新设计改进。连夜改造，通宵达旦。放大火炬盆，改一个点火喷头为多个喷头，装置可调节火焰开关，且具防风效能。

再审，有关专家领导再次来到现场。旧的问题解决了，新的问题产生了。火头增多，火焰巨大，随之而来的问题是盆体瞬间烧红了，既不美观，又有安全隐患。

一次一次改进，连续几个不眠之夜。关键时刻，刘一斌冲上去。他以军人骨气和当年学过的钳工技术，不厌其烦地改，终于使火炬盆达到炉火纯青的境地，最后试火得到专家和领导的一致认可。

8 月 12 日，风和日丽，阳光普照。当天一早，威海燃气公司密切配合市组委会专业人员，顺利完成火炬盆的护送、安装和调试，使火炬点燃达到最佳效果。

熊熊火焰，燃起一盆。火势强劲，火色红艳。中外媒体把镜头齐聚这一画面。高端，大气，特色，环保，实用，经济。区区一燃烧火盆为威海百姓省了近百万元！为表彰市燃气公司为仁川亚运会火炬传递、增进中韩人民之间友谊做出的贡献，第十七届亚运会（中国·威海站）火炬传递活动组委会决定，将众多火炬盆中的一只赠予他们，以作永久纪念。

市机关办公楼 1 号楼。

火炬传递活动组委会办公室。工作人员忙碌不停，电话声声，来人不断。领导坐镇调度、忙碌不堪……突然，电话响了。“喂，你好!”对方传来一阵熟悉的嗓音：“有件事通报一下。火炬传递摄像准备找谁做?”此言一语中的，现场摄像事关大局，这次选择制片人一定要慎重。

在采访中，不经意间我听到了这个话题，知道了威海竟然有一个“昆嵛影视”的影像公司，制片人叫张毅。这个名字并不陌生，近两年，只要《精彩威海》栏目播放仁川亚运会火炬传递我就逢播必看，一看到底，每次会因其画面精彩而感动。在我心里，压根没想到威海能拍出这样的片子！这种巨大心理反差驱使，我渴望尽快采访这位神秘的制片人。

菊花顶生活区建设街 58 号。

一座挺拔的楼宇上方镶嵌着“昆嵛影视”四个醒目大字，我的第一感受是气势不凡。电话预约时，能听出这座楼的主人那口浓郁奔放的石岛乡音。在我闯进他宽大的写字间时，他一身荣成人的气息令我感到似曾相识，于是，一下子缩短了相互间的距离。接下来，这次采访是在轻松和愉快的气氛中进行的……

1962 年，张毅出生于荣成县石岛街，自幼受海洋文化熏陶，经过几十年探索和拼搏，他走出了自己的人生成功之路。贫穷的年代里他读了几年书，后来进了当地一家小企业，因多才多艺被选送县广播站，又打拼了几年，遇上了开放搞活的年代，他不失时机下海做起广告代理商，接着闯文登，抢占威海滩，开始了他人生目标的全新追求。这时，正值威海的发展机遇期，他借势而上并站稳了脚跟。随后，他骨子里的海洋文化基因迅速扩张，一发不可收拾。

面对眼前这位身躯发胖、脸膛暗红的荣成汉子，我单刀直入向他发问：昆嵛影视这么牛，你们与别人有什么不同？张毅不假思索地对我说：简单地说，就是用拍电影的机子拍电视。“设备先进！”我自语道。“不光设备，还有人才！还有严格操作！”我搞过多年摄影创作，当然深谙其道。于是接他的话茬，我归纳重复了他能制胜的三条法宝：设备，人才，操作。这三条谁都这么说但有谁像他这样做？

张毅是用实力说话，一般人谁敢与他比。设备，多年前就投资1000多万元进口世界一流大牌摄影机；人才，多年前，张毅就把中国著名摄影大师贺震黎聘请来当顾问，关键时候贺震黎亲自上阵操刀；策划与制作，张毅对重点项目亲自策划并到一线指挥；同时，多角度聘用影视顾问，设立专职文字编辑。对于影视制作而言，这是实力也是势力。

土里埋不住金子。近几年，威海因海而生的各种世界性体育赛事频现，由此，刺激影视市场不断转型升级，一批具有时代影响的影视纪录片应运而生，于是，张毅的影视制作公司便脱颖而出了。

这一天，受人之嘱，有人走进菊花顶建设街58号与张毅见面，说了一番话，张毅坐不住了，心情复杂起来。面对新商机和政府买单，他自感责任重大、压力在肩。这天夜里，他辗转反侧，久不能寐，如何跨越新机遇他想了很多很多……

次日，一场规模宏大的拍摄计划在张毅执导下，像一张无形网络迅速铺开。

首先，面向国内招租一流设备和专业航拍器材。投资20万元，包租济南高翔通航专业飞机航拍两天。租赁北京大型专业跟拍车，配以军用陀螺仪，以提高拍摄的稳定性。在张毅眼里，只要有了专业跟拍车和陀螺仪，他手里的美国战美大炮摄影机才能发挥出特有的价值和作用！国际一流设备，由国内一流摄影师贺震黎亲自操作，张毅自信地对我说：不出好片子才怪了！

重要拍摄点，如刘公岛、成山头、赤山法华院、韩乐坊、威高、金猴等景点，对展示城市形象，向韩国朋友推介宣传具有重要意义。为此，导演和主创人员亲临现场，熟悉地形，选择角度，寻找灵感，在火炬传递前两天，即8月10日开始投入航拍，争取把最具震撼力的镜头先拿到手。

威海湾上空。仲夏在即，飞机轰鸣，低空盘旋，空中俯拍，如画景致尽收荧屏。但见：天碧海蓝山青，海湾，岬角，松涛，沙滩，一望无际，游人如织。张毅先下手为强，抢先航拍一天，为中韩火炬传递这部具有历史意义的纪录片积累最美镜头。

8月12日。下午3时许，象征和平、友谊和希望的仁川亚运会圣火点火仪式在威海幸福门广场正式启动。这是亚运史上主办国首次跨越国境搞火炬传递。此时，威海作为中国唯一传递城市成为全国乃至亚洲瞩目的焦点。

这时，大型摄影车早已占据了显要位置，巨大摇臂吊装的“战美大炮”已悄无声息地开始了大俯角地拍摄。“威海—仁川友好合作共赢”“传递亚运圣火，发展中韩友谊”“蓝色休闲之都，世界宜居城市”等醒目彩帜统统拍下了。

火炬台中央，威海人突击制作的火炬点燃盆，醒目地占据最抢眼球的位置。它是威海人大胆创新的成果，荧屏画面放大的特写镜头定格了。这时，摇臂“大炮”摄影机徐徐移动，盯着首先走来的两名仁川火炬手。他们手持火种灯，缓慢走上圣火台，引燃了仁川亚组委会秘书长权庆相手中的火炬。紧接着，权庆相走上前，缓慢将火炬伸进圣火盆，刹那间，橘红的圣火在盆中熊熊燃起。

由此，火炬传递活动正式开始。首棒火炬手登上圣火台，从市长张惠女士手中接过火炬，现场掌声四起！跟拍车悄悄撤出，摇臂“大炮”紧盯首棒火炬手移动拍摄……

第一棒火炬手向密集人群展示火炬，起跑离开幸福门广场。百米之外，第二棒火炬手翘首以待。相交，击掌，握手。一支火炬，点燃了另一支火炬……

一路精彩，一路激情燃烧。50名火炬手，一次次传承出中韩友谊的精彩……

传递圣火的选手

山东省道德模范、美德威海代表吕明玉；

山东新北洋公司负责人丛强滋；

威海热电集团职工陈鑫；

大学生张子泓；

……

体育界，教育界，企业界，科技界，产业工人，各界代表。数名韩国火炬手与中国火炬手竞技接力。驻威韩企代表、三星电子（山东）数码打印机公司的郑志镐，作为第四十六棒火炬手，他从容接过金猴集团员工赵丽红手中熊熊燃烧的火炬。“威海与仁川多年结下深厚友谊，在亚运火炬照耀下携手共创未来。”——郑志镐一路下来，气喘吁吁地向身边记者表达内心情感。

十里海滨大道，花团锦簇，人头攒动。外侧，黑松绿树海岸公园；里面，摩天大楼栉比鳞次。万巷皆空，数万市民拥簇大道两旁。机关干部，群众团体，街道居民，在校师生……开放，包容，勇敢，前卫。海洋文化作底色，人格自信、张扬的威海人底气更足了。花环，气球，彩旗……时临盛夏，色彩斑斓，人流如潮，盛况空前。“威海加油！仁川加油！”——韩国朋友成美英和她的一双儿女，在拥挤的人群中发出了生硬中国话的呐喊声。挽手，合影，签名，呐喊。一支由30多名青少年组成的中韩青少年国际交流团，舞动出两国友好的青春气息。

圣火传递街景

舞蹈队，秧歌队，舞龙队，表演队。古稀老人打鼓，半老大妈舞狮，少年小子打少林棍，街道居民表演。“来威海三年了，我开始喜欢上这座城市!”——一位韩国工程师被今天的场景所感动，他对记者这样说。

摇臂“大炮”不停地转动。

……

晚 18 时 50 分。一抹晚霞映红了平静的威海湾。承载着中韩人民深情厚谊的“新金桥二号”缓缓驶离新港。

红霞染红了威海湾上空。

亚运圣火更红了!

渐行渐远……

这时，张毅和他的团队，悄悄撤出喧嚣的街区回公司了，接着，又一头扎进了编辑工作室。

同时，有一位权威人士走出来了，他就是仁川亚组委秘书长权庆相。面对火炬成功传递的场面，他感叹地说：威海站火炬传递组织得太成功，太完美了！这给我们很大的压力，回去后要组委会好好学习威海的做法。

自新德里采集圣火到仁川赛事结束，第十七届亚运会历时近两个月。

这段时间，是中韩自贸区谈判关键时刻和敏感时期。而且，威海和仁川将成为一种先例，同时被写进中韩自贸区正式协议里。这两个城市各有优势：仁川的城市基础比威海先进；而威海地处山东半岛最东端，自古就是对朝鲜半岛开放的前沿，韩国可以以此为门户走进中国，继而向纵深腹地推进。正是由于威海基础相对薄弱，才需要借力中韩自贸的机遇加快发展，扩大开放。正巧，又遇上了仁川亚运会这个机会。这两件大事交互进行，机遇难得，威海人不会放过其中任何一个机会。对威海人来说，火炬传递只是他们扩大对韩开放的第一步棋，此举既扩大了影响、树立了全新城市形象，又为促成威海与仁川结为自贸经济先行先试区起到助推作用。在火炬传递成功之后，他们不会就此停步，而是趁势深入到仁川亚运会主体育场，并在此地设立了威海主题形象馆，以直接对话方式与韩国和世界沟通。由于威海人的真诚和创造精神打动了仁川亚组委，于是出于回报，韩方对建设威海馆——从选址、建设到运营，都给以真挚合作，促使双方又创仁川亚运新传奇。

威海馆 LOGO 设计以抽象的流向造型为主体，将海浪、岛屿、鱼群等多种海洋文化意象结合在一起，对应地运用海蓝、叶绿、沙滩黄三种颜色，象征威海休闲宜居的城市环境。一经从网上发现这一具有夸张和传奇色彩的建筑作品，我的第一感觉是：这是韩国设计师的作品。然而，毕晟磊却否认了这个说法，说是威海人设计的。

蓝湾怡庭是一座具有现代色彩的居住小区，位于海滨大道中段里侧。在小区物业公用会客吧里，我采访了负责威海馆设计和运作的原威海报业集团总经理巴特。

这是一位具有传奇色彩的人物。1996 年，他由呼伦贝尔电台总编室主任应聘来威海广播电台节目部当主任，后来，又应聘到威海报业集团做广告部经理。正是这次机会搭建起他可堪用武的平台，以至走向了报业集团总经理的位子。从此，由于他的策划和组织，威海不乏国际大牌文化活动的到来，包括轰动一时的俄罗斯皇家芭蕾舞团来威演出。同时，广招人才创建起蓝媒创意公司，于是，多年在北京搞创意设计的两个威海籍小伙子，应招回来加盟了巴特的团队，这样，他创建的团队才有了这次威海馆设计建设的机会。如今，巴特已经卸任了，而当年他招聘的小伙子，已经有能力挑起这次创意设计威海馆的大梁。

当我露出想采访他们的意思后，巴特当场拨通了电话，接着，我再次驱车穿越里口山山脉的陶家夼隧道，直奔市广播电视台蓝媒创意公司去了。一见面，两小伙子笑容可掬，虔诚礼让，甚是可爱。“你是杜总?”一见面我就问为我让座倒水的高个小伙。“我是杜康。”他迅速回应的同时，向我介绍他对面的李鑫：“这是我们李总。”李鑫则虔诚地解释：“我是创意总监。”

双方落座。我开门见山、单刀直入地问，杜康、李鑫默契合作对答如流。这种采访真过瘾，没有心理障碍，没有相互猜忌，只有真挚交流和流畅对话。重要的是，这种交流使我明白了很多东西，通过解疑释惑，我心灵上获得了极大满足。

杜康，李鑫，同龄人，皆生于1985年，皆为威海城里人。杜康是鲸园人，李鑫是塔山杏花村人。二人自幼一起读书，从初中到高中。高考后天各一方，杜康于北京读应用技术大学，李鑫高中复读一年进了山东工艺美术学院。毕业后，杜康先一年进了北京同和兴业会展公司，一年后李鑫则去了北京黄橙广告公司。由此，二人于京城旧梦复圆、共筑儿时梦。

几年后，威海在京城小有名气，不少人想来看看，二人闻之不亦乐乎！一天，杜康约李鑫喝啤酒。酒至半酣，杜康坦言：李兄（李鑫长杜康两个月），家乡有草原来的能人名叫巴特，此人艺高胆大、技艺不凡，在你我之上。他欲建立创意公司起名蓝媒，托熟人找我回去挑旗，这实在令我为难。咱做北漂多年日久生情，何况我与你弟妹已定终身想在北京安家，且你我技术渐成、羽翼渐丰，回与不回实难拿捏，想听兄长赐教……不负杜康所望，李鑫当即说了这样一番话：北京的确成就人才，你我皆不应负之。但是，威海是你我家乡亦需发展，家乡养育我们，需用之际，你我岂能为己之利而彷徨？

于是，兄弟二人把盏为盟：杜康先行一步，李鑫再学一年，次年回去投奔巴特搞蓝媒创意。

杜康返威在先，李鑫随后即到。

既归，蓝媒创意出手不凡，二人双双在威海滩崭露头角，巴特自感欣慰、不亦乐乎。

这天，毕晟磊身为仁川亚运会火炬传递组委会要员，突然造访巴特，又说了一番话，令巴特也坐不住了，然而他又一反常态，对毕晟磊说：这活儿蓝媒创意接了，我有杜康和李鑫！巴特态度上的巨大反差令毕晟磊诧异了好一阵子。

其实，毕晟磊不了解北京回来的这两个小伙子的能量，当然觉得巴特在故弄玄虚了！

杜康和李鑫的确不凡。

我搞明白了他俩的出身和经历后，对他们搞成威海馆的过程和细节穷追不舍，把他俩的艰辛和甘苦搞得一清二楚。总之，为了这座城市，为了中韩友谊，他俩真遭罪了。虽然我不想过多记叙他们工作细节，但其主要过程不应忽略。

当年 5 月，杜康和李鑫接到了任务。

二人带着一个严肃命题重返北京，下榻海淀区紫竹桥如家快捷酒店一个月，同原合作团队一起攻关研发。天天通宵，艰难推进。3 天出方案思路，6 天完成平面分割，之后全面展开细化操作。为少走弯路，每周向巴特报告进展。中间，巴特陪毕晟磊专程飞北京探班催阵。终于，杜、李二人不负众望，如期背回了创意策划、平面布置、施工设计、运营办法等方案。

定位：千里海岸线，一幅山水画。

平面布置了八个展区：（一）区位交代：威海与韩国区位对应图；（二）大美威海：海岸线模拟和自然环境交代；（三）宜居城市：海草房到现代住宅，通过图版、灯箱等手段表现变迁史；（四）民俗：电视片讲述；（五）圣火传递：实景和图片展示；（六）地域传统文化：主屏幕播电视片作背景，现场名家表演剪纸、书法及古琴弹奏等；（七）休闲运动之城：图片和音像表现；（八）经贸文化开放之城：对韩投资环境，港口、空港等便利条件和威海新城等。

建筑结构：木质与钢结构。

方案一旦定稿，杜康、李鑫依次飞抵仁川组织建造。9月3日抵达，黑白突击施工。18号完工，次日，亚运会开幕。

届时，威海馆以其独有风格突然出现在主体育场显著位置，引起轰动效应。观众络绎不绝，特别是人们走进六展区，拨动心弦的中国传统文化信号扑面而来……

闻其声，古琴师把一把宋代古琴弹奏得悠扬婉转，扣人心弦，忽而悠扬似水，忽而高扬如风；观其形，剪纸艺人出手不凡，一张普通红纸一阵飞剪，一幅幅蕴含厚重民间文化气息的艺术品瞬间面世；最引人入胜的，是书法家现场泼墨挥毫，令韩国友人目不暇接甚是喜欢。

古琴，剪纸，书法，三块联动，火爆之极。艺术家现场赠作品、送光碟，令韩国朋友兴奋至极，排队等候。

威海馆大获成功！

人们不会忘记，威海馆里韩国朋友排起长队，一旦拿到中国艺术家的现场作品，便鞠躬，谢谢，口中念叨不停……

档案是历史见证。

为找到官方火炬传递原始档案我费尽了周折，最终，档案局耿涛局长帮我查到了。斟酌再三之后，我在厚厚一本子“总体工作方案”上动大手术，删去一些文件痕迹的东西，把筋骨东西抽出来，主要内容如下：

前期筹备：完成申办流程；拟定火种转场路线、火炬传递路线、火炬传递团队运行方案；拟定重要部室工作方案。

中期推进：召开动员部署会议，组建火炬传递办事机构；完善各专项工作方案、预案，制定经费预算；确定官方接待场所；拟定工作进度表；发布交通管制公告；确定传递活动赞助商；开展传递路线周边环境整治，布设传递路线景观和标语 LOGO 等；启动活动宣传；确定火炬手和护跑手名单，组织前期背景审查，并呈报给亚组委；确定运行车队和船队；确定工作人员名单。

火炬传递运行：向全体来宾发邀请；邀请境内外媒体记者；召开筹备工作现场调度会；召开新闻发布会；组织培训火炬手、护跑手及相关工作人员；组织火炬传递演练；全部筹备工作到位；火炬转场和传递活动的组织实施。

推介活动：在仁川亚运会主赛场周边搭建威海展示馆，通过实物、图片、影像等形式，以及 3D 实景体验、茶道表演、剪纸制作等互动活动，全方位展示威海特色和中国元素，推介威海旅游产品，对接洽谈招商项目。

媒体宣传：邀请韩国主流媒体采访团来威海集中采风，跟踪报道火炬传递活动；审核批准境外记者采访要求并提供相关服务；监测媒体运行，避免负面报道，做好报道资料收集；组织开展其他境内外媒体宣传推介工作。

旅游融合：多途径宣传威海优势旅游资源，推介“威韩连线”旅游产品，吸引韩国等境外游客来威观光旅游；开发“游韩国、观亚运”旅游产品，提供适量亚运会免费门票，通过媒体互动、抽奖等形式积极引导境内外游客参与其中。

立体推介：策划制作韩版招商推介片、宣传画册等外宣品；在威韩两地交通工具和重要场所投放外宣资料；在亚运会官方网站显要位置链接威海专页；在亚运会赛场广告板、手机客户端、官方出版物等平台植入威海宣传内容。

组织领导：成立亚运会（中国·威海站）火炬传递活动组委会，设办公室和传递运行部、安全保卫部、医疗卫生部、观众组织部、大型活动部、新闻宣传部、礼宾接待部、综合保障部 9 个部室，办公室设在市委宣传部。火炬传递运行期间，增设火炬传递总指挥、副总指挥。

工作机制：（一）强化组织领导。（二）强化宣传引导。（三）强化督导落实。各成员单位周密安排，抓好落实。

总结评估：总结、归档；向来宾邮寄活动宣传片和照片。

大张旗鼓地这么搞，威海人到底图什么？

最终是为了进一步提升威海国际影响力和城市形象。因为有资料显示：在韩国有不少人不知道中国有个威海！因此，一旦有了机会就抓住不放，把效果影响力扩大并发挥到极致。

特别是通过在仁川亚运会会场举办威海展示馆等载体，全方位推介威海优势资源和营商环境，为加快建设中韩（威海）经济合作示范区营造更为有利的环境。

因而，火炬传递及相关活动一丝不苟。从欢迎仪式、起跑仪式、传递仪式、欢送仪式等每个环节入手，把动态形式与变化条件及安全因素等等，分别做到万无一失、不出问题。

这种精神难能可贵。

威海历届领导心里明白，尽管威海区划变动以来，城市基础和各项事业上了一个台阶，但与周边青岛、烟台等城市比还有很大差距，因此，不惜抓住各种机会来发展自己。特别是对韩开放，只要有了机会就不会轻易放过。

人家基础好的城市，对这种出力不见成果的事儿并不热衷，威海则不同，只得从零开始、从基础入手，放下身架，出劲遭罪，多干苦差使……出发点无非就是：让中韩自贸区内的两个重要节点城市，作为并蒂之花进入全球视野！让黄海东西两岸的两个贸易口岸重镇，成为东北亚两相媲美的耀眼明星！

10 《中韩自贸协定》下的威海与仁川

改革开放以来，准确说是威海至仁川海上通航以来，凡涉及中韩关系问题，威海人都很敏锐。这种现象，是由这座城市的地缘和历史造成的。

威海是中国大陆离韩国最近的地方，由于共同利益缘故，自古至今双方友好是大趋势。在不同历史时期，虽然存在着各种矛盾，但合作友好的大方向不可逆转。

威海，在近代史上其地位起起伏伏，从英国殖民地到国家一级特别行政区，又到县级市再到地级市，发展机遇一失再失，以至其发展水平与周边青岛市相比，难以望其项背。威海要急起直追，打好对韩开放牌是其最重要的战略选项。

面对机遇，威海人跃跃欲试、急起直追。

特别是“金桥”轮的开通，使威海成为中韩合作交流的“桥头堡”。自此，威海人的视野和胸襟更加开阔，捕捉发展机会的神经更加敏锐。一旦国家亮出对外开放的风向标，特别涉及对韩开放的信息，敏锐的威海人就盯住不放、全程跟踪，直到挤进国家政策导向的“笼子”，以巩固其对韩交流的优势地位。

“25 年前，从威海至仁川‘金桥轮’的一声汽笛，开启了新时期中韩友好交往的航程”——这是李克强总理 2015 年 11 月 1 日访问韩国时，在韩国经济界欢迎午餐会上发表主旨演讲时说过的一句话。当时，如果没有 1987 年国家批准威海区划调整，就不会有威海与仁川间的“金桥”的开通。

25 年后，威海人以同样方式，又促成了威海和仁川作为地方经济合作示范区，双双被写进中韩两国签署的中韩自贸协定正式文本中。据权威人士透露，在以往此类操作中从来没有这种做法。

为此，特援引《中韩自贸协定》第 17.25 条“地方经济合作”一款条文如下，以窥威海、仁川这两座城市在中韩合作交往中的特殊地位和作用：

> 一、缔约双方同意充分利用本协定成果的优势，促进地方经济合作，并将威海和仁川自由经济区（IF-EZ）作为实施合作项目的示范区。该合作的具体方案将在本协定谈判结束之后，由威海和仁川市政府商谈。
>
> 二、试点合作项目将在包括但不限于以下的领域探索和开展合作，如贸易、投资、服务、产业合作等，以在本协定框架的地方经济合作方面发挥示范和引导作用。
>
> 三、在审议试点合作项目成果后，缔约双方将探索把地方经济合作推广到全国的可能性。

上面的成果，的确具有非凡的意义和影响力，是见证两国友好与合作最有说服力的史料，将永久载入中韩两国人民友好的史册。

“金桥”轮通航与中韩自贸示范区，时跨25年，二者之间看似互不相干，其实，里面深蕴着威海人一代接一代的追求与超越。当年主政开通“金桥”轮的一代官员和参与者，有人已经逝去，多数人已退出或正面临退出事业圈，他们不愧为中韩友好合作的开拓者。这条“黄金水道”为双方带来的红利，随着时间的推移越发凸显。如今，威海、仁川再度联手大获成功，并破天荒地被写进了中韩自贸区协议里。这里面深含的历史价值和社会意义，只有参与其中的当事人能说清楚。

笔者曾对“金桥”通航的历史背景、起因、发展过程和现状做过系统调查采访，因为当时这件事是以民间方式来推动的，这段历史记忆若不抢救将被时间所湮灭。而中韩自贸区的背景、起因、内容和谈判过程，是以官方形式推进的，各种档案资料会永志史册，自然无须我再去费力采访双方高层当事人并搜集资料。但是对两国政府把威海和仁川作为这项合作的示范城市，还是让我感觉很神奇。这件事情的背后肯定有故事，演绎这些故事的主角，肯定少不了聪明能干的威海人。

带着这个问题，我多次采访了市商贸局的曲波科长，他曾多次参与中韩自贸区谈判。

2013年夏季来临。

东山宾馆，威海湾北岸的一座官方饭店，它所处的这片海岬与对岸皂北嘴隔海相对，形成闻名遐迩的威海湾。早在100多年前英租威海卫初期，英商在这片东山花园里建的一座国王饭店，成为中国沿海当时最豪华的饭店之一。然而，百年之后，始建于1980年代初的东山宾馆，取代了当年的国王饭店，成为威海对外开放的重要窗口。

6月19日。一片绿荫红瓦掩映下的东山宾馆分外壮丽。上午9时许，中韩自贸区推动地方经济合作研讨会在此举行。会议的中心议题是通过中韩两国副部长级磋商，进一步探讨如何借助中韩自贸区建设，推动威海同韩国地方城市的经济合作。商务部国际贸易谈判副代表俞建华、韩国产业通商资源部通商交涉室室长禹泰熙、山东省商务厅和威海市领导出席了开幕式。

威海高度关注中韩自贸区谈判的进程，尤其重视中韩地方经济合作示范区的建设。依托对韩开放的优势和发展基础，威海规划了中韩产业园，在推进中韩地方经济合作建设方面取得了阶段性成果。会议希望与会的专家学者就威海在中韩地方经济合作中的发展与定位多提宝贵意见，也希望通过有关投资贸易的便利化政策能够在威海先行先试，为中韩自贸区谈判和建设提供有益参考。

商务部贸易谈判副代表俞建华、威海市委书记孙述涛先后在致辞中说了上述一番话。会上，威海推出的中韩自贸区“威海布局”，在与会专家及威海各界引发强烈反响。归纳起来，可用三个关键词和“各方声音”来表述：

构筑合作高地——把中韩地方经济合作示范区建设放在全市总体发展中进行谋划布局，以东部滨海新城、南海新区、综合保税区、国家级开发区建设为重点，完善产业布局、产业规划，优化土地资源，按照绿色生态、节能环保和可持续发展的理念，在新能源、新材料、新医药、新信息和海洋开发及高端装备等领域实施全方位合作，建设具有示范意义的中韩产业合作园区。同时，引导威海企业和经济组织积极参与仁川松岛新城等韩国重点区域、重点项目的开发建设，互相借鉴，互相促进。

投资贸易便利化——加快服务业等领域开放步伐，同韩国地方城市更加主动地开展运输、金融、医疗、教育、文化等领域的合作。简化手续，放宽市场准入，力争将相关的投资和贸易政策特别是外商投资的市场准入政策在威海率先试点。在中韩双边检验检疫和海关合作机制下，积极争取在威海试点与韩国相关部门开展进出口贸易、食品安全及相关领域、电子口岸等方面的互信认证和数据共享，在口岸部门之间建立沟通协调机制，在部门互访、人员培训、协同合作、打击走私等方面开展广泛合作。探索建立东北亚地区标准及法规共享平台，加强与韩国的技术标准对接。

创新交流合作——同仁川等韩国地方政府建立日常对话机制和领导定期会晤机制，为开展合作提供决策保障，加强双方经济、贸易、投资等相关领域的信息交流，由浅入深地推进合作，尽快取得实效。共同举办中韩高层经贸会议及官产学交流会议，创办中韩经贸合作交流论坛，举办各类中韩博览会，推动各自城市逐步成为中韩多层次、多领域经贸合作交流活动的重要举办地。坚持“引进来”和“走出去”相结合，发展出口和扩大进口相结合，不断提升与韩国经贸合作层次，积极推动威海优势企业同韩国开展投资贸易合作，在韩国建立国际合作产业基地。

> 中韩自贸区具有推动开放、推动贸易投资便利化、构建更广阔合作平台等功能。它的建设，让威海乃至山东对韩交流合作的优势进一步提升。作为韩国投资贸易的主选地，威海要加快从低成本加工区向资本技术密集区转化，加快与全球供应产业链的对接。

中国社会科学院学部委员、国际研究学部主任、山东大学一级教授张蕴岭说了上述一番话。他同时建议，威海要把海洋资源的深度开发作为对韩合作重点，大力发展跨海蓝色经济，特别是以海洋保健品、服务、旅游等为主的轻型经济，成为中韩轻型产业先行区，打造中韩经贸关系新的亮点和新的样本。比如海洋保健品方面，韩国的优势明显，威海有产业但少品牌，可以通过合作实现优势互补，打造威海产业品牌。

“自贸区在将来建成后，产品出口的出关手续或能简化，那么我们的产品能在第一时间送到韩国客户的手中，从而凭借地缘优势在激烈市场竞争中抢夺商机。”——韩国日月光半导体（威海）有限公司副总经理崔哲峰对自贸区贸易便利化远景满怀期待。他表示，日月光半导体自入驻威海以来，一直专注于生产分离式半导体元器件，生产效率不断提升，产量和质量都处于同行业领先水平，市场占有率不断提升。

“目前，我们对韩贸易总量约占公司出口额的5%，比重并不高。”——威海华东数控股份有限公司国际业务部部长曹冲告诉记者，“目前，华东数控主要向韩国出口的产品是金属切削类产品，在韩国有很大市场潜力。但目前产品在韩国大企业认知度不高，只能给中小企业供货。如果建立中韩自贸区，出口关税减免，降低贸易成本，企业就将扩大自主研发、合作开发、引进消化等方式，发展高端重型、超重型数控机床和风电、核电等主要精密重型零部件产品，增强企业在国际市场上的竞争力。”

在新的对外开放机会面前，威海人有足够的耐心和热情。

早在2004年的11月，时任国家主席胡锦涛与时任韩国总统卢武铉在智利参加的亚太经合组织（APEC）峰会上，共同宣布了启动中韩自贸区民间可行性研究，这一信息，立即引起威海人的关注。两年后，中韩双方又宣布启动政府主导的中韩自贸区官产学联合研究，这种机遇威海人不可能放过。威海人以当学生的姿态，主动参与相关学术活动，在精神、理论和行动上全面做好准备。

机会永远只青睐有准备的人。

威海人终于等到机会光临的这一天。

2012 年 5 月，中韩双方在北京宣布正式启动中韩自贸区谈判，而且动作很快，当年就进行了 4 轮谈判。5 月，在北京举行第 1 轮；7 月，在韩国济州岛进行了第 2 轮；8 月，在中国威海举行了第 3 轮谈判。中韩双方就商品、服务、投资、原产地以及通关和贸易领域的谈判原则进行协商，并就政府采购、知识产权等领域举行了专家组会议，围绕技术性问题交换意见。10 月，又在韩国庆州举行了第 4 轮谈判。

第二年，即 2013 年，双方又谈了 4 轮。4 月，在中国哈尔滨谈了第 5 轮。这时，地方经济合作议题越来越提上了议程，于是就地方经济合作问题，双方于 6 月 19 至 20 日在威海进行副部长级磋商。一周之后，6 月 27 日下午，习近平主席与韩国总统朴槿惠在北京举行首脑会谈，就签署高水平的中韩自贸协定达成共识。自此，双方谈判更加通畅顺利。7 月，双方在韩国釜山举行了第 6 轮谈判；9 月，在中国潍坊举行第 7 轮谈判；11 月，在韩国仁川举行第 8 轮谈判。

到此，2013 年 8 轮谈判很成功，为中韩自贸区建设打下重要根基。进入 2014 年，中韩自贸区地方经济合作提到重要议程。从这时起，作为一种责任和担当，威海人经受了一次严峻考验。根据谈判进程需要，双方议定，自第9 轮谈判开始，威海市作为地方经济合作城市唯一代表参加谈判——这是一种游戏规则的突破。此举有利于诞生一部更加务实和引领时代的协议文本。这样一来，作为参加正式谈判代表这颗雨点，落到了一个具有特殊人生经历的年轻人头上，这个人的名字叫曲波。作为威海市组成的三人小组成员，自第 9 轮谈判开始一直到第 13 轮，5 轮全程参加的地方城市代表成员中唯有他一人。

曲波，乳山市诸往镇崖后村人。1978 年出生，2001 年毕业于南京解放军国际学院英语专业，服役某技术部队，其间受遣加入驻澳部队从军数年。2011 年营职转业后，被分配到市商务局就职。经过综合科室锻炼和到扶贫村蹲点磨炼，2014 年出任业务科长，这时，市里正选人参与中韩自贸区第 9 轮谈判。于是，一个青春勃发，由军校到军营、到地方国家机关，经过军地多年培养锻炼的复合型人才脱颖而出。

别过 2013 年，迎来全新的 2014 年。

元旦过后，带着一种责任和使命，35 岁的曲波辞别了亲人和同事，与市里三人小组成员同机飞抵西安。如同当年抵达驻澳部队那样，这次，他将面临新“战场”、抢占新“高地”。

据商务部网站 2014 年 1 月 10 日电称：1 月 6 日至 10 日，中韩自贸区第 9 轮谈判在西安举行。本轮谈判中，双方继续进行货物贸易全面出要价谈判，并就服务贸易、投资、原产地规则、海关程序和贸易便利化、知识产权、竞争政策等十几个领域开展协议文本的谈判。

启动谈判时双方约定，先进行模式谈判，然后开展全面出要价及协议文本谈判。到 2013 年 9 月，双方经前 7 轮谈判，就各领域的模式文件内容达成一致，顺利结束模式谈判，此后开始进入全面出要价和协议文本谈判。

威海市陈宁、汤明、曲波首次参加了为期 5 天的第 9 轮中韩自贸区谈判。

第 10 轮谈判，2014 年 3 月 17 日在韩国京畿道一山区举行。此地位于首尔卫星城市京畿道高阳市，是首尔城市群商务和商业新高地。近年，新建大量高级公寓和大型商业设施。以 Lafesta 购物街为中心，各种大型购物中心林立。由首尔市中心乘地铁 1 小时即可到达，一山区由此赢得大量人气，包括重要的国际经贸活动。中韩自贸区谈判开始以来，谈判选址经过双方交替轮流之后，第 10 轮便选择在此举行。在这种新兴商贸文化浓厚氛围中，双方就货物贸易、服务贸易、投资、原产地规则、贸易救济、技术性贸易壁垒、卫生和植物卫生措施、知识产权等广泛领域进行了磋商。在西安举行的第 9 轮谈判中，双方交换了包括超敏感产品清单在内的所有清单和商品关税减让表。由于韩方将农副产品作为超敏感产品，中国则把制造业产品划为超敏感产品，因此，双方未能就相关问题达成一致。

第 10 轮谈判将继续围绕超敏感产品清单进行。威海市作为中韩双方唯一的城市代表，从第 9 轮谈判开始，特别在第 10 轮，向中方代表团提供了威海市对韩出口的水海产品等 8 大类 228 种优势产品目录，以及韩方对我出口产品采取不合理非关税壁垒措施等资料，为中国代表团提供了基础数据支持。同时，在谈判过程中，中方代表团提议并推动将威海与仁川自由经济区的合作列入中韩自贸区谈判议题。

超敏感产品问题，韩国国内最大阻力来自农业领域。韩国在同美国、加拿大、澳大利亚等国就签署自贸协定谈判时，都曾遭遇国内农业团体的抗议和示威。据韩国媒体报道，在这次3月17日中韩第10轮谈判时，也有韩国市民团体举行集会，要求中断谈判，同时取消韩澳和韩加自贸协定。

经过努力，最终威海和仁川自由经济区作为地方经济合作示范区被写入《中国—韩国自由贸易协定》，成为中韩自贸协定谈判取得的重要突破之一。

第11轮谈判，2014年5月26日在四川眉山市举行。双方就货物贸易、服务贸易、投资、原产地规则、贸易救济、技术贸易壁垒、卫生和植物卫生措施、知识产权等领域开展磋商。时间一周。威海市的曲波、汤明参加这一轮谈判。

7月14日，第12轮谈判在韩国举行。中国商务部部长助理王受文和韩国通商产业资源部部长助理禹泰熙分别率团谈判。此轮谈判为期一周，双方就货物贸易、服务贸易、投资、原产地规则、贸易救济、技术性贸易壁垒、卫生和植物卫生措施、知识产权等领域开展磋商。双方表示，按照双方领导人近日达成的共识，进一步努力在年底前完成谈判。威海市的曲波、邹佩专程来韩国参加了本次谈判。

威海参加眉山中韩自贸区第 11 轮谈判代表曲波（左一）、梁文毅（左二）、汤明（左四）与商务部陈宁（左三）在一起

第 13 轮谈判，9 月 22 日至 26 日在北京举行。中国商务部部长助理王受文和韩国通商产业资源部部长助理禹泰熙分别率团参加。双方就货物贸易、服务贸易、投资、原产地规则、知识产权、技术性贸易壁垒、卫生和植物卫生措施、经济合作、贸易救济等领域进行谈判，并在货物贸易、服务贸易、投资及规则等领域均取得了进展。在货物贸易方面，双方尚就如何完成降税安排进一步深入交换了意见；双方在服务贸易、投资及规则领域进一步缩小了分歧。双方同意，未来将就谈判的剩余问题继续保持磋商，

力争实现两国领导人提出的在年底前完成谈判的目标。

曲波、汤明代表威海参加了中韩自贸谈判收官前最后一轮谈判。其间，在专家指导下，对协议文本中地方经济合作条款文字进行推敲，最后，条文修订稿请仁川市进一步做可行性研究。

中韩自贸区第14轮谈判，即最后一次谈判，于2014年11月6日在北京举行。中国商务部部长高虎城、韩国通商产业资源部部长尹相直分别率团参加，双方就货物贸易、服务贸易、投资、原产地规则等领域的遗留问题展开磋商。

2015年2月25日，双方在泰国曼谷就中韩自贸协定全部文本进行草签。同年6月1日，双方在韩国首尔正式签署中韩自贸协定。

翘首以盼——以此形容中韩自贸协定草签前后威海人的心情，非常贴切。

25年前，“金桥”轮的开通，打开了中韩两国隔绝近半个世纪的交往之门，威海成为中韩交流最先的最前沿的最重要的门户。由此，“借韩兴威”成为威海人的战略共识，并引领了威海很长时期的发展，“对韩开放”，成为威海一枚亮丽的城市品牌，也成就了“以开放促改革、促发展”的“威海路径”。

21世界是海洋的世纪。面对全球海洋时代的来临，面对得天独厚的自然条件和资源，勤劳勇敢、敢于超越的威海人岂能坐得住、岂能在周边城市甘居小老弟？于是，从上到下再次达成共识与合力，抓住国家对韩战略新机遇，决心在与周边城市的竞争中充分发挥自己的海洋、生态与对韩关系优势，以跨越式发展求得“后发而先至”的效果。

一个地方一旦出现这种趋势，必将造成一种不可抵挡的力量。

面对扩大对韩开放，建立中韩自贸区这一历史机遇，威海人心里憋着一股劲：如果这次失去机会，威海再想发展就很难了！因此，当中韩自贸区谈判收官之后，在协定全部文本草签到正式签署这段时间里，威海凭借中韩自贸地方经济合作城市先行先试的优势，在中韩自贸协定大框架之内，创新和深化了同仁川自由经济区的合作，争取了在服务业、投资、产业合作等领域的先行先试政策，为中韩自由贸易提供了先导示范，成为中韩双边合作的“试验田”。

调整布局，集中发力，建成境内5个韩国食品日用品展示交易中心。2015年初，在中韩自贸协定草签之后，威海就出台了《关于建设韩国食品日用品交易集散中心的实施意见》，对经区韩乐坊、环翠区金桥国际购物广场、临港区盛文韩国新城、荣成中韩边贸城、文登长江汇泉国际商贸城5个项目，对照中韩自贸协定条文中的商品名录，培育专营批发和零售市场，打造山东乃至国内韩国食品日用品展示交易中心，在全省全国亮出“买韩货，到威海”的旗帜。2016年，经过精心打造，韩国商品集散地建设初见成效。同时，为诚信招商，各交易场所通过减免房租等优惠办法，帮助入驻企业发展壮大。有数据显示，韩乐坊已引进经销商50多家，在不到半年的时间里进口额超过1亿美元；荣成中韩边贸城2015年10月正式开业，成为韩货区域集散新平台。

以东部滨海新城为依托，大力建设双边产业合作平台。早在2012年4月，威海市党代会就提出了“中心崛起，两轴支撑，环海发展，一体化布局”的战略构思，由此揭开了“市域一体化、全域城市化”这一城市建设新布局的序幕。市政府工作报告提出建设东部滨海新城、南海新区、双岛湾科技城、好运角旅游度假区、乳山滨海新区、里口山风景名胜区等6大区域的任务。其中，东部滨海新城是重中之重，有望建成这座城市新的行政中心。在中韩自贸协定正式签署之后，韩国仁川“松岛新城”模式与威海“东部滨海新城”建设不谋而合，形成一种契合。

东部滨海新城规划范围涵盖泊于、桥头两个乡镇，辖区面积184平方公里。旨在主城区东扩，培养发展新城区，增强商务和公共服务功能，提升中心城区辐射带动能力。以行政办公、金融、商务、信息服务和总部经济为主导规划布局新城区；以高科技蓝色产业为先导，规范提升泊于和桥头两处镇级工业园；以标志性会展和文化设施为主体建设东部文化产业基地；以五渚河、逍遥河、石家河为载体，打造滨海旅游观光走廊和建设生态宜居新社区。

上述蓝图描述，是2012年10月31日威海网记者杜晓莹，采访了当时主持东部滨海新城前期规划的经区主任孙开莲之后，在“区域前瞻”栏目发表的新闻综述。就时间而言，这年8月，中韩自贸第3轮谈判已经在威海举行了一个多月，但那时规划未来威海的中心城区却对中韩自贸元素只字未提。理由很明显，中韩自贸未最终定论的事谁也不敢乱说！然而，过了一年后，即2013年11月，情况就大不一样了：中韩自贸区第8轮谈判在韩国举行期间，威海作为城市代表应邀出席“中韩FTA：机遇与挑战论坛”，并作了“中韩（威海）经济合作示范区——中韩自贸区建设先行先试区”专题推介。同时，参观考察了仁川“松岛新城”，特别是2015年初中韩自贸协定草签之后，威海以东部滨海新城为依托的韩文化要素迅速凸显，并在全市范围迅速行动起来，真正担起中韩自贸示范区的责任。

威海作为全国首个试点口岸，率先开通了威海—仁川中韩陆海联运通道。山东省已开通6个口岸通道中，威海占3个（威海、龙眼、石岛）。出台了《关于推进“大通关”建设促进外经贸发展的实施意见》，推行口岸签证应急服务，实现全天候办理证件；实施出入境证件自助化办理、无纸化审批，推进电子护照普及应用，进一步提高通关效率。

加快发展对韩跨境电子商务。海关、邮政、商务等部门合作，发挥中韩班轮航线多及通关快的优势，开通威海到韩国的中韩海运邮路，促进其他地区跨境电商商品物流取道威韩航线，在威海落地、分发，助推韩国食品日用品交易集散中心发展。建立跨境电商服务平台，与韩国知名企业洽谈合作，设立网上产品展示中心，促进威海产品与韩国商品互通。探讨开通中韩海运快件，促进“直购进口”模式跨境电子商务发展。

加强口岸互联互通建设。进一步优化威韩合作环境，加强口岸互联互通建设，推动检验检疫中心按照威海市和仁川市进出口贸易、食品安全等检测要求，开展相关检测工作。借助“双城”合作机制，扩大韩方对威海市检测结果的认可范围。

中国首条中韩海运 EMS 速递邮路进出口业务在威海全面开通。2015 年 6 月 1 日，威海中韩海运邮路出口业务正式开通仪式，在威海临港经济技术开放区国际物流园 EMS 分拨中心举行，标志着首条中韩海运 EMS 速递邮路进出口业务全面开通。韩国仁川是连通欧美与中国的重要中转港，据统计，每天有 20 多万件输入中国的包裹在仁川集散，威海中韩海运 EMS 速递邮路的全面开通，必将成为中国与世界各国开展跨境，电子商务的首选通道。目前，已经有邮路进口 65 个航次，出口 70 个航次。这条速递邮路的最大特点，是“空运的速度，海运的价格”，拥有与海运快件同等的通关速度与成本优势。

多元化开放平台架起双向互动高速路。2016 年 5 月 15 日，“中国·威海服务贸易创新发展试点城市说明会”在韩国仁川的威海馆举办，吸引了来自韩国医疗美容、旅游、金融、科技研发及影视文化等领域的商协会、重点企业代表，仁川市政厅和仁川自由经济区厅代表近 200 人参加。现场，威海市商务局与浦项大宇株式会社战略合作框架协议等15个中韩合作协议签约。时隔10天，受国家发改委邀请，威海市代表团赴韩国参加了第14届中韩经济部长会议，并开展经贸促进活动，与韩国各界人士进行了广泛接触，深化推进中韩跨境电商合作。至2016年，威海市已组织70多批（次）赴韩国经贸推介活动，同时有30个韩国团组来威考察洽谈。山东省委、省政府印发了《省委办公厅、省政府办公厅关于支持威海中韩自贸区地方经济合作示范区建设的若干意见》，建立了省级层面的示范区联席会议制度，与韩国产业通商资源部建立了两国省部会商机制。威海市先后出台《加快推动中韩自贸区地方经济合作第一批实施方案》《关于复制推广自贸试验区改革试点经验加快推动中韩自贸区地方经济合作示范区建设的实施方案》。

强化双向互动交流。威海市成立了威海中韩自贸区地方经济合作协调办公室和促进中心，强化了市政府驻韩国办事处的作用。仁川市设立中国协力担当官室，负责与威海对接地方经济合作。目前正在筹备在威海设立驻中国办事处，加强全方位对接合作。

在韩国仁川设立仁川·威海馆。至2016年，已接待韩国全国经济人联合会、韩国中小企业振兴公团等400多批次团组、1万多人次，签订合作协议50多个，达成采购意向3亿美元。

首批国家服务贸易创新发展试点城市、国内首个启动中韩海运跨境电商出口城市、在全国率先启动出口日韩食品同线同标同质交易公共服务平台。2016年5月27日，威海南站（威海港）至苏州西站集装箱特需班列正式开行，这成为继胶州至石龙班列之后，省内第二条快运集装箱班列，标志着威海市打开了跨越中韩、辐射东北亚的海铁联运新通道。

驻威韩国银行可办理中韩货币直接交易业务。据中国人民银行跨境办主任曲平介绍，韩国启动银行间韩元对人民币直接交易后，将在韩国形成人民币对韩元直接汇率，较之此前通过美元套算的间接汇率更加优惠，并可以通过韩国银行间的12家做市商影响到境内人民币对韩元的汇率报价，大大节省中韩企业本币结算的外汇交易成本。伴随着885家韩资企业的入驻威海，韩国银行也随之而来，友利银行威海分行就是典型，可以提供中韩货币直接交易结算业务。这家韩国银行开业以来，中韩货币直接交易结算业务不断增多。

总之，威海作为中韩自贸区地方经济合作示范区的建设硕果累累。目前已有媒体归纳出15项国内首创：中国首个也是目前唯一一个被写进自贸协定的城市；国内首个启动中韩海运跨境电商出口业务；国内首条开通中韩海运EMS速递邮路；国内首个同时启动海、陆、空运3种方式对韩跨境电商直购进口通道；全国唯一一个已获准筹建两个进口肉类指定口岸（威海港、石岛港）；全国第一个拥有3个进口冰鲜水产品指定口岸；全国首个启动检商“两证合一”工作试点城市；韩国国家级创造经济革新中心中国首个分中心落户威海；国内首个在韩国开设城市展示馆的城市；建立我国同其他国家第一个城市间消费维权合作组织；率先建成国内最大的韩国商品保税展中心；在全国率先启动从韩国出发登轮“人车同步”入境中国开展自驾游模式；仁川在中国首个医疗观光旅游服务机构落户威海；联合拍摄首部中韩合拍享受国产影视剧待遇的影片；在全国率先启动出口日韩食品“同线同标同质”交易公共服务平台。

中韩自贸区威海先行。

作为一个本土作家，我好像觉得这个事实来得太突然。但是，有谁说得清这里饱含了多少威海人的心血和艰辛！

威海—仁川，“窄水”为邻。

亲望亲好，邻望邻好。

手携手、心连心，面向未来，拥抱未来，创造未来，未来更美好！

后记："窄水"为邻和为贵

威海与韩国只隔着黄海，距离很近，就像一条衣带那样窄，故称之为窄水。这种特殊的地缘性，决定了两岸唇齿相依的关系与以和为贵的相处之道。在漫长的两岸历史长河中，虽有险流漩涡，但那只是支流；相反，和缓顺畅才是主流。古时，秦皇汉武不惜路遥远，多次来半岛东端凝望对岸、拜海祭日，其意在固边安邦。以后的朝代特别是唐、明时代，这里不乏睦邻友好、互助同心的历史记载，黄海两岸关系空前和睦友好。

史实证明，什么时候两岸和睦、友邦安定，什么时候两岸就国泰民安、经济繁荣；反之，则祸患四起、民不聊生。这种经验和教训，在已往的百年历程中实在是太深刻了。

又是一个新的百年转折、新的时代征程。人们不会忘记，在争取民族解放和独立的斗争中，炎黄子孙十分重视黄海两岸"一衣带水、唇齿相连"的睦邻友好关系。中华人民共和国成立以来，特别是改革开放以来，党和国家领导人多次来威海这个"天之尽头"视察。早在开放之初，习仲勋就来到威海搞调研，他鼓励威海的同志要学习深圳，大胆地试、大胆地闯，并鼓励要开放刘公岛、发展旅游业。谷牧回到家乡威海后，深入到企业，大力倡导向外向型经济转型。胡耀邦来到距韩国最近的成山头，写下了“心潮澎湃”“敢与邻国邻区比高低”的豪迈句子。江泽民来这里写下了“红瓦绿树、碧海蓝天、扬威奋进、前景广阔”的题词，回京后一个月中韩就正式建交了。胡锦涛来这里明确提出对韩大胆开放的希望。李克强来这里之前先访问了韩国，在演讲中特别强调了威海至仁川“金桥”轮通航的重要意义；他来到威海后第一站就视察了这条“黄金水道”的中国起航地——威海港。2018年6月12日，习近平登上了刘公岛，于海岸边昂首踱步，举目遥望这片“中华最古的海”，表达出“我一直想来这里看一看”的情怀……

回首历史，可以坚定前行步伐；展望未来，更应坚信中韩交往前景广阔。2015年，当我就今后的创作方向请教李炳银老师时，出于一种高度的文化自觉，他不假思索地说：“站在威海的角度，写一下中韩关系。”这个建议与我不谋而合。在炳银老师的支持下，这个选题被列为当年的国家扶持作品项目。当我耗费两年多时间调研并写成书稿时，因“萨德”事件干扰，书稿的发表与出版被搁置了。

“窄水”为邻，以和为贵；天道昭昭，峰回路转。朝韩关系回暖，中韩关系的冬天也该过去了。应我的约请，著名国际问题专家张蕴岭教授，在通读了我的书稿后，用情至深地为本书作了序文。姚鸿健教授是我神交多年的同志加朋友，退休后仍出任胶东（威海）党性教育基地顾问、威海市人大立法咨询委员、“荫子乡村振兴示范工程”策划人，可谓百事缠身。但他不仅兑现了为此书作序的承诺，还起早贪黑帮我修订书稿。李永玲教授是我近年结识的一位“术业有专攻”的学者，她在自己写作压力很重的情形下，帮我对书稿字斟句酌地进行润色。书稿中不好理解的古典或专业性很强的字句，山东大学（威海）的周怡教授多次提示应标明脚注，苦于我不会这种电脑技术而搁置下来，是李教授帮我解决了这个难题。从事编辑多年且年过7旬的郑起宏先生，从标点符号、字词句纠错入手，硬是把书稿通篇过滤了一遍。此举真的令我着实感动。

曲赓、张建军、吕晓东、徐东明是我多年前的同事和领导，一开始就关注和鼓励我写这本书，并提出了许多好的建议。张红军、刁瑞福、于明涛、卢树刚、秦立兴、张军勇、赵均波、李先锋、乔鸿鸣、辛明路、姜占国等师者和朋友，为此书采访、写作和修订提供了无私帮助。王涛、贺雪燕、齐正君、李霞、初志军等，是我多年一起工作过的同事，对本书资料征集和整理给予了不可或缺的帮助和支持。

作为采访对象的诸多中韩朋友，书中已有记叙，恕不一一赘述。

有识之士的参与和支持，正在改变我长期以来在整理挖掘威海相关文史资料中“单打独斗”的状况。在此，对支持、帮助过此书写作和出版的所有师长、朋友表示衷心感谢！

杨机臣

2018年秋冬之交